Fantastic Oriental Heroes
不死傳記
불사전기

불사전기 5

풍운아 新무협 판타지 소설

초판 1쇄 찍은 날 § 2005년 12월 29일
초판 1쇄 펴낸 날 § 2006년 1월 9일

지은이 § 풍운아
펴낸이 § 서경석

편집장 § 문혜영
편집책임 § 장상수
편집 § 서지현

펴낸곳 § 도서출판 청어람
등록번호 § 제1081-1-89호
등록일자 § 1999. 5. 31
어람번호 § 제2-0796호

주소 § 경기도 부천시 원미구 심곡1동 350-1 남성B/D 3F (우) 420-011
전화 § 032-656-4452 팩스 § 032-656-4453
http://www.chungeoram.com
E-mail § eoram99@chollian.net

ⓒ 풍운아, 2004

ISBN 89-5831-915-1 04810
ISBN 89-5831-114-2 (SET)

不死傳記

불사전기

Fantastic Oriental Heroes

풍운아 新무협 판타지 소설

5

완결

도서출판
청어람

제25장 괴상한 노파 / 7

제26장 빙백수 / 55

제27장 출옥 / 97

제28장 드러나는 신위(神威) / 143

제29장 실산으로 / 197

제30장 결전(決戰) / 247

후기 / 298

괴상한 노파

괴상한 노파

장불사는 밖에서 계속 토악질을 하고 있는 거지 소년을 멀거니 쳐다 보았다.

'저 애가 거짓말을 한 것일까? 이곳의 상황으로 보아 거짓말은 아닌 것 같고… 그렇다면 이 노인이 가져간 월영인은 도대체 어디로 사라진 것일까?'

거지 소년에게 눈길을 주며 생각에 잠겼던 장불사의 시선이 서문호에게 돌려졌다.

"서문 가주님?"

"말하게, 장 소협."

서문호의 표정도 사뭇 심각해져 있었다.

"혹시… 이들에게 난 상처로 누구의 소행인지 알 수 있겠습니까?"

“글쎄… 실은 나도 곰곰이 생각해 보았으나 도저히 짚이는 바가 없네.”

“음…….”

일이 점점 미궁에 빠져드는 느낌에 장불사는 낮게 신음을 토했다. 그런데 그런 심정을 알아채기라도 한 듯 이족 여자의 입에서 귀가 번쩍 뜨이는 소리가 흘러나왔다.

“소녀는 누구의 소행인지 대충 알 것 같군요.”

실망감에 사로잡혀 있던 장불사의 표정이 일순간 밝아졌다.

“낭자, 그들이 도대체 누구입니까?”

“석림(石林)이라고 들어보셨어요?”

“석림이요?”

장불사는 처음 듣는 이름에 고개를 갸웃거리며 의문을 표했다.

“석림이라면… 이곳에서 삼백여 리나 떨어진 곳이 아닙니까?”

서문호가 이해가 가지 않는다는 듯 이족 여자를 바라보며 끼어들었다.

“맞아요. 대협이 아는 것처럼 석림이라는 지명이 있지요. 하지만 그곳에 있는 문파를 지칭하기도 해요.”

“석림에 석림이라는 문파가 있다는 말입니까?”

“네.”

싱긋 웃으며 대답하는 이족 여자의 이가 유난히 하얗게 드러났다.

“…….”

“…….”

장불사와 서문호는 서로의 얼굴을 쳐다보며 잠시 말이 없었다.

“어떻게 하겠나, 장 소협?”

“……”

느닷없이 묻는 서문호의 말에 장불사는 선뜻 대답을 하지 못했다. 서문호가 무슨 의미로 묻는 말인지 잘 알고 있었기 때문이다.

어제 사라진 일행을 찾는 것이 급한 일이기는 했지만 잃어버린 월영인도 그에 못지않게 중요한 물건이었다.

“장 소협… 혹시 잃어버린 물건이 아버님이 말씀하신 그 물건이라면 지금 바로 석림으로 떠나게. 여긴 나 혼자서 일행을 수소문해 보겠네.”

장불사의 머뭇거림에 서문호도 대충 눈치를 챈 모양이었다.

“음… 그래도 되겠습니까, 서문 가주님?”

장불사가 어렵사리 말을 꺼냈다.

“어쩌겠나. 아버님의 말씀을 듣자니 보통 물건이 아닌 것 같던데.”

“죄송합니다.”

“아니네. 사실 사천에 오기 전에 아버님으로부터 장 소협의 신변에 이상이 없도록 하라는 신신당부(申申當付)가 있었네. 아마도 장 소협이 가지고 있는 물건이 그만큼 중요한 것이겠지. 그런데 장 소협의 무위를 보며 특별히 다른 불상사가 생기지 않을 거라는 생각에 그동안 그 사실을 깜빡 잊은 나의 불찰도 있는 것 같네. 그러니 너무 미안해하지 말고 지금 바로 떠나게나.”

“서문 가주님께서 그렇게 말씀하시니 이곳 일을 가주님께 맡기고 석림으로 가보겠습니다. 그리고 저 애는 당분간 가주님이 지켜봐 주시기 바랍니다. 혹여 석림으로 헛걸음할 수도 있으니.”

“알겠네.”

장불사로서는 유일한 용의자인 거지 소년을 방치할 순 없는 노릇이었다. 거지 소년 산은 여전히 토악질을 해대고 있었다.

“흥, 어린애를 계속 잡아두겠다는 얘긴가요?”

두 사람의 얘기를 옆에서 듣고 있던 이족 여자가 못마땅한 얼굴로 말을 뱉었다.

“어쩔 수 없는 일입니다.”

사사건건 트집을 잡는 이족 여자의 말에 장불사의 대꾸도 시원치 않았다.

“그래요? 그럼 소녀도 달리 생각을 해야겠군요.”

“뭘 달리 생각하겠단 말이오.”

“산이 대신 소녀가 길 안내를 하려 했더니 그만두어야겠군요.”

“…….”

장불사가 의아한 눈으로 이족 여자를 쳐다보았다. 이번 일과 그다지 관계없는 그녀가 무엇 때문에 직접 나서서 길 안내를 하려 하는지 이해가 가지 않는 것이다.

석림까지 결코 짧은 여정이 아닌데도 불구하고 청하지도 않은 일에 굳이 나서는 이유가 따로 있는 것이 아닌지 의문이 들기도 했다.

“왜요, 소녀가 주제넘게 나선다고 생각하세요?”

“…….”

“소녀의 말을 들어보면 그렇지도 않을걸요.”

“무슨… 말이오?”

“호호, 흥미가 동하시나 보네요.”

“……..”

관심을 나타내던 장불사가 약간 머쓱한 표정을 지었다.

“훗, 결론을 말하자면 석림과 저희 집안은 대대로 견원지간이에요. 옛적엔 한 집안이었으나 서로 다른 길을 가면서 원수지간이 되었지요.”

이족 여자는 하얀 이를 드러내며 싱긋 웃어 보였다. 그러자 장불사는 이 여자가 무슨 말을 하고 있는 거야? 하는 표정으로 어리둥절해했다. 하나 장불사와 달리 서문호는 뭔가 생각나는 게 있었는지 즉시 이족 여자의 말을 받았다.

“혹시 낭자는 백약문(白藥門)의 문도입니까?”

“어머, 일찍도 물어보시네요. 그래요. 저는 백약문의 백봉황(白鳳凰) 원아영(垣芽瑛)이라고 해요.”

“아~ 원 낭자셨구려. 정말 실례 많았소이다. 하하, 백약문의 운남백약(雲南白藥)은 중원에서도 그 명성이 자자하지요.”

서문호가 너털웃음을 터뜨리며 다소 과장된 행동을 보였다.

거지 소년 산과 원아영이 서로 아는 처지라는 것을 알고부터 줄곧 좋지 않은 시선으로 보고 있었는데 정도를 걷는 백약문의 문도라고 하니 갑자기 대하기가 어색해진 것이다.

“호호, 운남백약이 그리 대수로운 약은 아니지만 중원에서 명성이 자자하다니 듣기에는 좋군요.”

“험, 대수롭지 않다니요. 백약문의 운남백약이 민초들에게 많은 도움을 주고 있는 것은 사실이외다.”

“어머, 그러나요? 호호, 소녀가 아직 운남을 벗어나 본 적이 없기에 세상 물정이 어둡답니다."

시체가 뒹구는 금복방의 살벌한 풍경을 곁에 두고 웃음까지 토하는 원아영을 보면 겉모습과는 너무 어울리지 않았다. 그런 모습에 서문호는 멋쩍은 웃음을 흘리며 원아영의 의중을 살피는 듯한 말을 꺼냈다.

"어쨌든 원 낭자가 석림까지 길을 잘 아는 듯하니 장 소협과 같이 가는 것도 좋을 것 같은데……."

"소녀도 그러려고 했는데… 산이도 걱정되고 또 저 공자 분이 어떻게 생각할지 모르겠네요."

원아영은 샐쭉하니 토라지는 듯한 표정으로 장불사를 힐끗거렸다. 그러나 결코 싫어하는 눈치는 아니었다.

"하하, 원 낭자, 걱정하지 마시오. 저 아이는 내가 책임지고 아무 탈이 없도록 하겠소. 또 장 소협도 아리따운 원 낭자와 같이 길을 가는 것을 마다하지 않을 것이오. 그렇지 않나, 장 소협?"

"……."

"……."

은근한 서문호의 물음에 장불사와 원아영의 얼굴이 약간 붉어지는 듯했다.

"자자, 이럴 것이 아니라 자리를 옮깁시다. 혈향 가득한 이곳에 계속 있을 것도 못 되고, 행여 관원이나 다른 사람의 눈에 띄기라도 하면 오해받기 십상일 테니."

서문호는 두 사람의 의향을 듣지도 않고 금복방을 나갔다.

밖에 있던 거지 소년은 속이 많이 진정됐는지 토악질은 더 이상 하지 않고 기진맥진한 모습으로 담벼락에 등을 기댄 채 쭈그리고 앉아 있었다. 서문호는 그런 거지 소년을 일으킨 후 등을 몇 번 토닥거려 주더니 거지 소년의 손을 잡고 자리를 벗어났다.

금복방에 남은 두 사람은 서문호의 뒤를 따를 수밖에 없었다. 서문호의 말마따나 오래 있어봤자 괜한 오해를 살 수도 있고, 누가 봐도 토악질을 할 만한 주검들로 가득 찬 금복방에 오래 있을 이유도 없었기 때문이다.

네 사람이 다시 자리를 잡은 곳은 금복방에서 그리 멀지 않은 곳에 있는 작은 객점이었다. 점심시간이 한참 지나서인지 객점 안에는 손님이 없었다.

먼저 말문을 연 사람은 무언가 갑자기 생각이 난 듯한 얼굴의 서문호였다.

"아, 원 낭자에게 한 가지 묻고 싶은 게 있는데 대답해 주시겠소?"

"말씀하세요. 소녀가 아는 것이라면 대답해 드릴게요."

"다름이 아니라… 이곳 곤명에서 소뇌음사의 승려들을 본 적이 있습니까?"

원아영을 바라보고 묻는 서문호의 눈에 기대감이 어렸다.

"천축에 있는 소뇌음사를 말하는 것인가요?"

"그렇소."

"글쎄요. 몇 달 전부터 중원의 승려와는 다른 복장과 행색의 승려가 보이긴 하였으나 그들이 소뇌음사의 승려들인지는 모르겠네요."

"음… 이곳 곤명에서 문파 간의 싸움이나 세력 다툼 같은 일도 없었소이까?"

"소녀가 아는 바론 그런 일이 일어나지 않았어요. 몽골족이 이곳을 점령하고 난 이후부터 줄곧 평화로운 생활을 하고 있으니까요. 석림과 저희 문파도 그런 분위기 때문인지 서로 적대감을 많이 자제하고 있는 편이거든요.”

“음…….”

서문호의 이맛살이 찌푸려져 깊은 골을 만들었다.

곤명에 오면 사라진 일행이나 소뇌음사에 대해 뭔가 알 수 있으리라 생각했는데 아무런 정황이나 소식도 알 수 없게 되자 마음이 답답한 것이다.

장불사의 표정도 서문호와 별반 다르지 않았으나 이내 얼굴을 펴고 서문호에게 말을 건넸다.

“서문 가주님, 저는 이만 석림으로 떠나겠습니다.”

“아! 그렇게 하게. 여기 일은 너무 걱정 말고 잃어버린 물건을 꼭 찾아가지고 오게. 원 낭자가 지리를 잘 안다니 같이 가면 빨리 일을 끝낼 수 있을 것이네.”

“알겠습니다.”

장불사는 가볍게 포권을 취하곤 신형을 돌렸다. 그러자,

“자, 잠깐만요.”

원아영이 당황해하는 기색으로 장불사를 불렀다.

“왜 그러시오?”

“그러니까…….”

“빨리 말하시오. 이곳 금복방의 상황으로 보아 참사가 있은 지 얼마 되지 않은 것 같은데 지금이라도 부지런히 발을 놀려야 그들을 따라잡을 것이 아니겠소.”

“소녀는 아직… 공자와 같이 간다고 말하지 않았는데요. 그리고 두 분이 누군지도 모르고 있는데…….”

“…….”

무뚝뚝하게 대꾸하던 장불사는 원아영의 말에 꿀 먹은 벙어리가 되기라도 한 듯 입을 다물었다. 자신의 처지만 생각했지 원아영의 처지는 고려하지 않았던 것을 깨달은 것이다. 잠시 후 장불사의 이어지는 말투가 달라졌다.

“미안합니다, 원 낭자. 미처 생각지 못했습니다. 저는 수박권 장불사라고 하며 이쪽 분은 태원 서문세가의 취검 서문호 가주이십니다.”

“아~! 태원의 서문세가라면… 검왕…….”

“험험, 맞습니다. 못난 제가 아버님의 가주 직을 물려받았지요.”

서문호가 원아영의 말을 가로채며 씁쓸한 표정을 지었다. 자신이 서문세가의 가주로 있지만 언제나 검왕이라는 칭호가 앞서 붙었기에 아버지의 광명에 묻힌 자신의 존재감에 대한 회의가 이럴 때면 떠오르기 때문이다.

“그렇군요. 어딘지 모르게 두 분 모두 비범해 보인다고 생각했는데……. 어머나, 내 정신 좀 봐. 서문 가주님, 장 공자님, 잠시만 기다리세요. 소녀는 석림으로 떠날 채비를 하여 곧 오겠어요. 이런 차림으로 먼 길을 떠날 순 없잖아요.”

원아영은 자신 딴엔 귀여운 표정이라도 짓는지 두 눈을 살짝 치켜뜨며 싱긋 미소를 짓고는 두 사람의 의견은 듣지도 않은 채 부리나케 객점을 나갔다.

웃는 얼굴에 침 못 뱉는다고, 두 사람은 서로를 쳐다보며 쓴웃음을 지을 수밖에 없었다.

"장 소협?"

원아영이 나간 곳을 슬쩍 쳐다보던 서문호가 의미심장한 목소리로 장불사를 불렀다. 그러자,

"예?"

장불사가 어리둥절한 표정으로 반문 섞인 대답을 했다.

"좀 이상하지 않은가?"

"예? 뭐가 말입니까?"

"그러니까… 음, 잠시 밖으로 나가세."

서문호는 옆에 있는 거지 소년을 의식해서인지 한번 힐끔 쳐다보고는 밖으로 나갔다. 장불사도 눈치가 있는지라 두말 않고 서문호를 따라 나갔다.

서문호는 사뭇 심각한 얼굴이었다.

"무엇이 이상하다는 것입니까, 서문 가주님?"

장불사가 밖으로 나오자마자 의문이 가득한 표정으로 물었다.

"원 낭자 말일세."

객점 안의 거지 소년을 의식한 듯 서문호는 목소리를 낮추며 잠시 말을 끊었다.

"예? 원 낭자가 어떻다는 것입니까?"

"어떻다는 것이 아니고… 음, 석림과 견원지간이라면서 원 낭자의 행동을 보면 전혀 그런 것 같지 않아서 하는 말일세."

"뭐 수상한 점이라도 있었습니까?"

"장 소협을 선뜻 따라간다는 것도 이해가 안 되고, 석림 얘기가 나오

니 얼굴에 화색까지 도는 것이 왠지 마음에 걸려서 그러네."

"그랬던가요?"

전혀 그런 느낌을 못 받았다는 듯한 무덤덤한 말투였다.

"험, 조금 전 금복방에서 실없는 소릴 하긴 했지만… 장 소협이 마음에 들어서 원 낭자가 따라가는 것 같진 않았네."

"아~! 저는 또 무슨 말씀인가 싶었습니다."

장불사는 멋쩍은 뜻 뒤통수를 긁적거렸다.

"뭐, 내가 너무 앞서 생각하는 것은 모르지만 조심할 필요는 있을 것 같네."

"알겠습니다, 무슨 말씀이신지."

고개를 끄덕이며 수긍하는 것으로 보아 걱정해 주는 서문호의 마음을 충분히 이해한 모양이다.

"아, 그리고…….

"예? 또 달리 하실 말씀이라도…….

장불사의 얼굴에 또다시 의아함이 묻어났다.

"혹시 의선(醫仙)이 오절(五絶) 중 한 분이라는 것은 알고 있나?"

"그렇습니다만…….

"의선이 어디 출신인 것도 알고 있는가?"

"그것까지는…….

"음, 나도 정확히는 모르겠지만 이곳 백약문의 출신이라고 들었네."

"예……? 음, 그렇다면 백약문이 의약과 의술만이 뛰어난 것은 아니라는 말이군요."

"그렇다고 볼 수 있겠지. 의술도 의술이지만 무공 또한 타의 추종을 불허하는 조예가 있기에 오절이라는 칭호를 받지 않았겠는가?"

"……."

서문호의 말에 장불사의 표정이 사뭇 심각해졌다. 원 낭자에 대한 충고를 속으로는 대수롭지 않게 생각했는데 막상 서문호의 말을 듣고 보니 마음이 쓰인 것이다.

"그리고… 들리는 얘기론 의선이 백약문의 가업을 이어갈 차기 문주로 내정되어진 장자(長子)였다는데, 어인 연유인지는 몰라도 동생에게 문주 직을 양보하였다고 하네."

"다른 얘기는 없습니까?"

"글쎄, 지금까지 한 얘기도 중원에 떠도는 소문이기에 사실이 아닐 수도 있네. 더구나 백약문이 이곳 운남에서만 활동하는 문파이기에 중원엔 거의 알려지지 않은 관계로 자세한 내막을 알 수 없을뿐더러 다른 소식을 접하기도 쉽지 않다네."

"……."

"여하튼 원 낭자와 동행하면서 매사 조심하게. 백약문이 정도를 걷는 문파로 분류되긴 하지만 의선에 대한 소문이나 원 낭자의 행동으로 보아 비밀스러운 데가 많은 곳인 것 같네."

"알겠습니다."

대답은 짧게 했지만 장불사의 머리 속은 복잡해졌다.

사천당문에서 일어난 의문의 피살 사건과 때에 알맞게 의선이 사천 당문과 가까운 청성산에 있었다는 점, 운남에 도착해서 자취도 없이 사라져 버린 일행과 행적이 묘연한 소뇌음사의 행방, 그리고 속수무책으로 잃어버린 월영인…….

어느 것 하나 소홀히 할 수 없이 빨리 해결해야 할 문제들이었지만 지금 장불사의 입장으로서는 월영인을 찾는 것이 최우선이었다.

월영인을 어찌하다 소유했지만 그것이 자신의 물건이 아닐뿐더러 언젠가는 주인에게 돌려주어야 한다고 생각했고, 검왕이 당부했던 말이 아니더라도 황궁무고에서 본 음양이기에 대한 기록을 보자면 월인인이 무척 중요한 물건임은 틀림없었기 때문이다.

'빨리 되찾아야 할 텐데……'

거지 소년이 원망스러운지 객점을 향한 장불사의 눈에 조급함이 스치고 지나갔다.

석림으로 가는 여정은 순조로웠다.

서문호의 충고 때문인지 장불사는 항상 조심스럽게 행동했고, 원아영도 서문호의 의심과는 달리 특별한 행동을 보이지 않았다.

그런데 석림이 가까워지자 원아영의 얼굴엔 들뜬 기색이 엿보였다. 곤명에서 곧잘 조잘대던 때와 다르게 석림까지의 여정에서는 마치 다른 사람이라도 된 듯 필요한 말 외에는 말도 제대로 붙이지 않았다. 그런데 석림이 가까워지면서 무슨 좋은 일이라도 있는지 얼굴에 가득 웃음을 머금고는 간혹 다정하게 굴었다.

장불사는 옆에서 말을 모는 원아영을 슬쩍 쳐다보았다.

'무슨 생각을 하고 있는지 당최 알 수가 없구나.'

유람이라도 나온 듯한 원아영의 모습에 장불사는 머리를 절레절레 흔들었다. 그런 장불사의 마음을 아는지 모르는지 원아영은 손끝으로 한곳을 가리키며 장불사에게 말을 건넸다.

"장 공자님, 저기 좀 보세요. 이젠 석림에 거의 다 온 것 같네요."

"아~!"

원아영이 가리키는 곳으로 무심코 시선을 돌린 장불사의 입에서 감탄사가 흘러나왔다.

멀리 보였지만 일 장(3m) 내지 십 장(30m) 높이의 뾰족한 바위가 불쑥불쑥 솟아 있는 석림의 광경은 장관이었다. 하나같이 기이한 형태로 솟아 있는 바위들은 서로의 자태를 뽐내는 듯해 신비롭기까지 했던 것이다.

"오래전엔 이곳이 바다였다고 해요."

"……."

"조금만 더 가면 대석림(大石林)의 입구인 석병풍(石屏風)이 나올 거예요."

"……."

옆에서 조잘거리는 원아영의 말이 귀에도 들어오지 않을 정도로 장불사는 석림의 기경(奇境)에 빠져 있었다.

일각 정도 말을 몰자 원아영의 말대로 석림에 도착했는지 병풍처럼 둘러쳐진 널따랗고 웅장한 바위가 펼쳐져 있는 석병풍이 앞을 가로막았다.

"석림에 도착한 것이오, 원 낭자?"

석병풍을 올려다보며 묻는 장불사는 의외로 담담했다.

"네. 이곳 대석림을 지나면 소석림이 나오는데, 그곳이 바로 석림문의 본거지가 있는 곳이에요."

"그렇다면 빨리 갑시다."

　원아영의 말이 끝나기가 무섭게 장불사가 석병풍 뒤쪽으로 말을 몰며 재촉을 하였다.

　"호호, 너무 서둘지 마세요. 그리고 말을 타고는 들어가기가 곤란해요, 장 공자님. 이곳 대석림을 통과하는 것도 그리 쉬운 일은 아니고요. 이 석병풍 뒤에는 미로와 같은 통로가 여러 군데로 통해 있기에 자칫 잘못하면 길을 잃어버릴 수도 있어요."

　"……."

　원아영이 샐쭉한 눈으로 곁눈질을 하며 말을 하자 장불사는 자신의 행동이 성급했다는 것을 깨달았다.

　'험, 처음 와본 내가 석병풍의 뒤쪽 사정을 모르는 건 당연한 것 아닌가?'

　내심 투덜거리는 장불사였지만 겉으로는 멋쩍은 웃음을 흘릴 뿐이다.

　"석병풍이 있는 여기서부턴 석림문의 관할 구역이니 조심해야 할 것이에요. 제가 길을 안내할 테니 따라오세요."

　"알겠습니다."

　장불사의 짤막한 대답에 말에서 내린 원아영이 가까운 나무 아래 말을 매어두고는 석병풍 뒤쪽으로 발길을 옮겼다.

　'원 낭자는 석림문으로 가는 길을 잘 아는 모양이구나. 서로 원수지간이고 하더니만…….'

　원아영의 말 옆에 말고삐를 매는 장불사가 머리를 갸우뚱거렸다. 석림이 가까워지자 들뜬 기색을 보인 것도 이상스러웠고, 앞서 가는 발걸음이 가벼워 보인다는 느낌도 들었다.

대석림의 미로를 헤치며 앞서 가는 원아영은 한 번의 주저함도 없이 방향을 바꾸어가며 나아갔다. 제집 드나들듯 거침이 없는 원아영의 행보에 장불사의 궁금증은 더욱 커져만 갔다.

결국은 참지 못하고 입을 열었다.

"원 낭자?"

"네? 무슨 할 말이라도 있으세요?"

보무도 당당하게(?) 걸어가던 원아영이 의아한 얼굴도 뒤돌아보았다.

"다름이 아니라… 혹시 원 낭자는 이곳에 와본 적이 있습니까?"

"훗……."

장불사의 질문에 원아영은 긍정인지 부정인지 알 수 없는 웃음을 보이고는 가타부타 말도 않고 신형을 돌리더니 발걸음 재촉했다.

"저기, 원 낭자?"

"……."

"뭐라고 말 좀 해보시오. 원 낭자?"

"장 공자님도 참. 보면 모르겠어요? 예전에 와본 적이 있기에 이렇게 앞장서고 있는 것이 아니겠어요?"

원아영은 재차 부르는 장불사를 돌아보며 눈을 흘기더니 약간 짜증 섞인 반문을 내뱉었다.

"그게……."

원아영의 이랬다저랬다 하는 성격과 말투에 장불사는 황당하다는 얼굴을 하며 말을 얼버무렸다.

'젠장, 내가 못할 말을 했나. 왜 신경질을 내는 건지 모르겠네.'

겉으로 표현은 못했지만 장불사의 내심도 썩 좋은 것이 아니었다.

말 한번 잘못했다가 보고도 모르는 청맹과니[靑盲:당달봉사] 신세로 전락했으니 기분 좋을 리 만무했으리라.

속으로 투덜거리며 한참을 뒤따르던 장불사는 앞서 가는 원아영의 행동이 조금 전부터 이상하다는 생각을 했다. 처음 길을 훤히 알고 있는 듯 거침없이 나아가던 것과는 달리 발걸음을 가끔씩 멈칫거리는 듯했기 때문이다.

왜 그러는지 묻고 싶은 마음은 굴뚝같았으나 묻지 않았다. 또다시 원아영에게 핀잔에 가까운 말을 듣기 싫었기 때문이다.

그렇게 반 시진을 걸었을까?

장불사는 지금 걷고 있는 길이 얼마 전에 지나온 길과 비슷하다는 느낌에 고개를 갸웃거렸다.

'제대로 가고 있기는 하는 것인가?'

차마 물어보지 못하고 있던 차에 앞서 가던 원아영이 문득 걸음을 멈추었다.

"……."

그에 따라 장불사도 걸음을 멈추고 의아한 눈으로 원아영을 바라보았다.

"장 공자님, 아무래도… 길을 잘못 든 것 같아요."

뒤돌아서는 원아영의 얼굴엔 처음 미로에 들어서며 당당했던 기세는 간데없고 초조함이 가득했다.

"무슨 말입니까? 여기 길을 잘 안다고 하지 않았습니까?"

"그렇기는 한데… 중간 정도 들어오고부터는 계속 같은 길을 돌고 있는 것 같아요. 저도… 어떻게 된 영문인지 모르겠어요."

"아니… 원 낭자가 모른다면 어떻게 한단 말입니까?"

장불사는 자신도 모르게 버럭 역정을 내었다.

"분명 이 길이었는데……."

"헛……."

원아영이 난처한 기색을 표하며 어찌할 바를 몰라 하자 장불사는 그 꼴을 보며 기가 차는지 헛웃음을 날렸다. 큰소리 칠 때는 언제고 이제와 안절부절못하는 모습을 보니 헛웃음이 나올 만도 했다.

"휴~!"

미로를 만들어낸 뾰족하게 솟은 바위들을 휘휘 둘러보던 장불사가 긴 한숨을 내쉬었다. 십 장 높이로 솟은 수많은 바위들이 마치 자신의 가슴을 짓누르는 듯한 기분이 들었던 것이다.

"원 낭자, 정말 이 길이 맞기는 맞는 것입니까?"

역정을 낸 것이 미안했는지 장불사는 한풀 기운을 누그러뜨리며 물었다.

"제가 알기로는 분명 이 길이 맞아요."

"혹시 너무 오래되어 길을 잘못 알고 있는 것은 아닙니까?"

"아니에요. 얼마 전에도 와본 길인데……."

순간, 장불사의 눈빛이 빛났다. 그렇지 않아도 내심 의문스러웠는데 그 궁금증을 풀어줄 말이 원아영의 입에서 직접 흘러나왔으니 장불사가 반응을 보인 것은 당연했다.

"무슨 말입니까, 원 낭자? 얼마 전에 와봤다니."

"아, 아니, 그게……."

닦달하듯 빠르게 내뱉는 장불사의 말에 원아영은 당황한 얼굴을 하며 말을 얼버무렸다.

"원 낭자, 저에게 숨기는 것이 있습니까? 곤명에서는 석림문과 원수지간이라고 하지 않았습니까?"

"……."

장불사가 다그치자 원아영은 아무 말도 않고 입술을 꼭 깨물었다. 그런 원아영의 모습에 재차 다그치려는 듯 입을 벌리던 장불사는 무슨 생각인지 입을 다물었다.

뭔가 말 못할 사연이 있다고 생각한 것일까?

여하튼 장불사가 입을 다물자 두 사람 사이에는 묘한 침묵이 흘렀다. 그렇게 일각여가 흐르자 무거운 침묵을 참지 못했는지 원아영이 들어가는 목소리로 입을 열었다.

"변명이라고 생각할지는 모르지만… 석림에 와본 것은 호기심 때문이었어요."

"……."

"장 공자님도 보시다시피 석림의 경치는 말로 형용할 수 없을 정도로 신비롭잖아요. 석림이 경이롭고 아름답다는 소문을 듣고는 직접 눈으로 확인해 보고 싶었어요. 그래서 한 달에 한 번 개방하는 때에 맞추어 이곳 석림으로 구경을 오게 된 것이에요. 물론 석림문이 백약문과 적대 관계에 있기에 여러 사람과 어울려 온 관광객으로 위장하였고요. 그렇게 두 차례 석림을 구경하며 그때 석림문에서 안내하는 길을 외워 두었어요. 혹시 나중에 도움이 되지 않을까 하는 생각이었지요. 후~! 그런데 그때 외워둔 미로의 길을 따라갔는데도 대석림을 벗어나지 못하고 제자리만 맴돌고 있으니 저도 무척이나 당황스럽네요."

"……."

당황스럽다는 말과는 달리 얘기를 하는 동안 원아영의 모습은 많이 침착해져 있었다. 그래서인지는 몰라도 장불사의 눈은 반신반의(半信半疑)하는 빛을 띠고 있었다.

"장 공자님이 믿지 못하겠다면 할 수 없고요."

못 미더워하는 장불사의 눈빛을 눈치라도 챈 모양이다.

"그런 것은 아닙니다, 원 낭자."

원아영의 다소 원망 어린 목소리에 부정을 하는 장불사였지만 마음 한구석으로는 찜찜함을 떨쳐 낼 수 없었다.

'내참, 이 여자의 말을 믿어야 할지 말아야 할지… 수시로 변하는 성격 때문에 어떤 게 진면목인지 알 수가 없으니…….'

이마를 두어 차례 쓰다듬으며 생각에 잠기는 장불사의 얼굴엔 곤혹스러워하는 빛이 역력했다. 그때,

"아~! 장 공자님?"

원아영이 들뜬 음성으로 장불사를 불렀다.

"예? 무슨 일입니까?"

"혹시 여기에 기문진식이 펼쳐져 있는 것이 아닐까요?"

"진식이라고요?"

"네. 생각해 보세요. 그렇지 않고서야 계속해서 같은 자리를 맴돌고 있다는 게 이상하지 않아요? 제가 길을 알고 있는데."

장불사의 머리가 미미하게 끄덕여졌다.

원아영이 일부러 길을 잘못 들지 않고서야 진식 외에는 달리 설명한

방법이 없긴 하다.

"장 공자님, 무슨 진식이 펼쳐져 있는지 알 수 있겠어요?"

"음, 죄송합니다만, 저는 진식에 대해선 문외한(門外漢)이라서."

"그래요? 저도 그런데……."

원아영의 표정은 다시 시무룩해졌다. 정말 종잡을 수 없는 성격의 소유자로 보였다.

'진식이라……'

장불사는 가슴이 다시 답답해져 옴을 느꼈다. 월영인의 행방을 알 수 있는 목적지가 코앞인데 둘 다 진식에 대해서 아는 것이 없으니 답답할 수밖에 없었으리라.

"후우… 원 낭자, 이러고 있을 것이 아니라 원 낭자 알고 있던 길 말고 모르는 길로 다시 들어가 봅시다. 그래도 같은 자리를 맴돈다면 원 낭자의 말대로 이 미로 같은 길에 진식이 펼쳐져 있는 것이 분명할 겁니다."

답답한 마음에 하는 소리였다.

넋 놓고 이대로 있을 수만은 없는 일이었기에 시도해 보는 것도 나쁘지 않다고 생각한 것이다.

"알겠어요."

장불사의 마음을 알기라도 한 듯 원아영은 순순히 응하며 다시 앞장서서 나갔다.

주변을 세세히 살피고 지나치는 곳에 표식도 남긴 채, 거미줄처럼 펼쳐진 미로를 걸은 지 이각 정도가 흘렀을까?

같은 곳을 두 번 지나쳤다는 것을 안 장불사가 실망한 마음에 걸음을 멈췄을 때, 앞서 가던 원아영이 비틀거리며 신형을 가누지 못했다.

"으음……."

쿵.

장불사가 손쓸 사이도 없이 원아영은 그대로 쓰러져 버렸다.

급히 달려간 장불사는 원아영의 몸을 바로 누이며 안색을 살폈지만 원아영이 쓰러진 이유를 알 수 없었다. 다만 원아영이 쓰러진 곳엔 육안으로는 거의 확인할 수 없는 이상한 기운이 흐르고 있는 것을 볼 수 있었다.

'뭐지? 미혼향인가?'

코를 벌렁거리던 장불사의 검미가 꿈틀거렸다.

'어떻게 한다!'

순간 장불사의 머리엔 수십 가지 생각이 교차했다. 들을 수만 있다면 정말 머리 굴리는 소리가 들릴 정도로 생각이 오간 것이다.

결정은 빨랐다.

진식이 펼쳐진 미로를 빠져나갈 방법이 전무했던 상태에서 기회가 온 것이라 생각했다.

"아함~! 왜 이렇게 졸리는 것이지?"

그 말 한마디로 장불사는 원아영의 옆에 쓰러져 버렸다.

스르륵.

장불사가 쓰러진 지 일각여가 흐르자 주변의 사물이 조금씩 변하기 시작했다. 그런데 그와 동시에 마치 그 자리에 있었기라도 한 듯 다섯 명의 인영이 흐릿하게 모습을 드러냈다.

'헛!'

잠든 척 누워 있던 장불사는 속으로 헛바람을 들이켰다.

분명 누군가 나타날 것이라고 예상은 했지만 자신도 모르게 사람들의 기운이 지척에서 감지되자 무척이나 놀란 것이다.

생기(生氣)를 가진 것이라면 이십 장 이내의 모든 것을 파악할 수 있는 경지였다. 정신을 집중하여 주변의 기를 살폈지만 인기척이라곤 전혀 느끼지 못하고 있었는데 갑자기 지척에서 인기척이 느껴졌으니 놀랄 만도 했다.

'진식 때문인가?'

인기척을 느끼지 못한 것이 진식 때문이었을 거라 내심 위안을 삼는 장불사다.

'그런데 누굴까?'

몇 가지 생각이 오가며 궁금해하던 차에 다섯 명의 모습이 일목요연하게 들러났다. 그런데 나타난 다섯 명 중에는 장불사도 안면이 있는 기진자(奇陣子) 제갈승운(諸葛乘雲)이 끼여 있었다.

모습을 드러낸 제갈승운은 잠시 장불사의 상태를 살피는가 싶더니 다짜고짜 장불사를 향해 지풍을 쏘았다.

핏, 핏, 핏.

순간 장불사의 몸이 몇 차례 움찔거렸다.

"제갈 총사님?"

제갈승운의 갑작스런 행동에 이십대 초반으로 보이는 청년이 깜짝 놀라며 제갈승운을 불렀다. 뭇 여자들을 울릴 만큼 상당히 준수한 얼굴의 청년이었다.

"걱정할 것 없습니다, 소문주(小門主). 점혈을 한 것뿐이니까요."

"예?"

제갈승운의 말에 소문주라고 불린 청년은 의아한 눈으로 장불사의 몸을 요모조모 살펴보았다.

외상이라고는 전혀 없었다.

"격공지(隔空指)……."

제갈승운을 바라보는 소문주라는 청년의 눈이 휘둥그레졌다.

격공지란 장애물과는 아무런 상관 없이 그 뒤에 있는 사람을 공격하거나 점혈하는 수법으로 높은 공력을 요함과 동시에 지공에 대한 조예가 탁월해야만 펼칠 수 있는 상승의 무공이었다.

소림의 일지선(一指線)이 격공지로 유명하다지만 그 일지선을 익힌 소림의 무승들이 지금까지 손가락으로 꼽을 정도밖에 되지 않았기에 소문주라 불린 청년이 놀라는 것도 무리가 아니었다.

"그런데 왜?"

휘둥그레졌던 눈이 점차 의아함으로 바뀌며 청년이 조심스레 물었다. 분명 미혼향에 중독되어 잠에 빠졌는데 굳이 점혈까지 할 이유가 없다고 본 것이다.

"하하, 저 사람에 대해 들은 바가 있기에 취한 조치이니 염려할 것 없습니다."

"알겠습니다. 그런데… 이들을 어떻게 처리하실 겁니까, 총사님?"

"하하, 소문주는 저기 원 낭자라는 분이 걱정되는 모양이군요?"

"아, 아니… 그런 것이 아니라……."

제갈승운의 말에 청년은 무척 당황해하며 말을 더듬거렸다. 게다가 얼굴빛마저 붉게 변하는 것이 이상스럽게 보였다.

"내가 이곳에 온 목적은 저 사람 때문이니 원 낭자는 소문주가 알아서 하십시오. 내 눈엔 한 사람밖에 보이지 않는군요. 하하하."

"……."

은근한 어조로 말을 하던 제갈승운이 마지막엔 너털웃음까지 터뜨리자 청년은 더욱 얼굴을 붉히며 무안해했다.

"소문주, 나는 당초대로 진식을 바꿔놓을 테니 먼저 저 사람을 데리고 가십시오."

"알겠습니다, 총사님."

청년은 옆에 있는 덩치가 큰 사내에게 장불사를 들쳐 메게 하고 자신은 원아영을 조심스레 안더니 미로를 빠져나갔다.

스르르룽, 쿵!

끼이익, 철컥!

둔중한 소리를 내며 문이 닫히고 자물쇠가 잠기자 장불사는 슬며시 눈을 떴다.

사방 일 장 크기의 밀실이었다.

환기구로 보이는 한 치가량의 구멍을 통해 들어오는 어스름한 불빛이 있었지만 사물을 분간하기 어려울 정도로 어두웠다.

어둠 속에서 눈을 뜬 장불사는 한동안 꼼짝도 않고 쓰러진 그대로 있었다. 바닥에서 한기가 전해져 올라왔지만 밖에서 두런거리는 소리로 인하여 함부로 몸을 움직일 수 없었다. 송 도사가 조심하라던 제갈승운이 떠나지 않고 있었기 때문이다.

장불사는 정신을 집중하며 얘기를 듣기 위해 귀를 기울였다. 왠지 몰라도 석옥 밖에서 들려오는 소리가 명확하지 않았다.

"지금 들어간 저자는 극히 위험한 인물이니 안에서 소란을 피우거나 말을 걸더라도 절대 상대하지 말게."

"알겠습니다, 총사님."

"다시 한 번 말하지만… 저 석옥엔 아무도 없다고 생각하게."

"헤헤. 걱정 마십시오, 총사님. 소인이 이곳을 지킨 지가 어디 한두 해입니까? 총사님 말씀대로 따르겠습니다."

"그렇다면 다행이고."

들려오는 제갈승운의 말투는 무척이나 냉랭했다. 그리고는 이내,

"그만 올라가세."

"저기… 총사님, 저는 잠시 이 친구와 얘기 좀 나누고 올라가겠습니다."

제갈승운의 말에 약간 주저하며 대답을 하는 이는 자신을 들쳐 업고 왔던 덩치 큰 장한의 목소리였다.

"……."

가타부타 말도 않고 제갈승운이 발길을 돌리는 소리가 들렸다. 그런데 멀어져 가던 제갈승운의 발걸음 소리가 갑자기 멈췄다.

"장불사… 이름대로 정말 죽지 않을까? 장 소협, 그곳에서 잘 지내보게. 하하하."

제갈승운의 웃음소리가 석옥 안에 메아리쳤다. 순간 장불사는 내심 뜨끔했다.

'헛, 내가 거짓으로 잠든 것과 혈도를 짚인 것을 알고 있었단 말인가?

다시 멀어져 가는 제갈승운의 발걸음 소리에 정신을 차린 장불사는 뒤이어 메아리쳐 오는 웃음소리가 마치 비웃음처럼 귀에 들렸다.

'내가 잘못 판단한 것일까?'

장불사는 머리 속이 복잡해져 옴을 느꼈다. 미로를 빠져나갈 길이 없어 거짓으로나마 순순히 잡혀주었는데 그것이 도리어 화를 자초한 것인지도 모른다는 생각이 들었던 것이다.

제갈승운의 발소리가 들리지 않을 때까지 장불사는 헝클어진 생각을 추스르지 못하였다. 알 수 없는 뭔가가 가슴을 짓누르는 것 같은 답답한 느낌뿐이었다.

그렇게 장불사가 마음의 갈피를 잡지 못하고 있던 차에 지하 감옥에 남아 있는 두 사람의 얘기가 들려왔다.

"내참, 더러워서. 이보게, 아삼, 이젠 이 짓도 못해먹겠네."

"무슨 소린가?"

"내 얼굴을 한번 보게. 이게 어디 사람 얼굴인가? 하얗다 못해 누렇게 뜬 얼굴이지 않은가? 몇 달 동안 햇빛 구경을 제대로 못했더니 미칠 지경이네. 제길, 내 신세가 꼬여도 더럽게 꼬여 버렸어."

"허허, 조용히 말하게, 이 사람아. 누가 들으면 어떻게 하려고 그런 소리를 하는가?"

장불사를 들쳐 업고 왔던 아삼이라는 자의 목소리가 가늘게 떨렸다.

"달랑 두 개뿐인 석옥에 수인(囚人)도 두 놈밖에 없는데 듣긴 누가 듣는단 말인가? 이왕 말이 나왔으니 하는 말이네만, 여기에 간수를 두는 이유도 모르겠네. 그리고 저곳에 있는 늙은이는 언제 죽을지도 모르는 폐병쟁이인데 벌써 십여 년이 넘게 감시하고 있으니 이해가 안

되네.”

“허허, 아관 자네는 그자들의 귀신같은 솜씨를 보고도 그런 말이 나오는가? 행여 다시는 그런 소리 하지 말게.”

“에이……..”

아삼의 말에 불평을 늘어놓던 아관이라는 자의 목소리가 쏙 들어갔다. 아삼이 말하는 그자들의 무서움을 그도 알고 있었던 모양이다.

“자네의 심정을 내 모르는 바 아니지만 조그만 참게나. 조만간에 어떤 조취가 취해질 것 같네.”

“그게 사실인가?”

금방 아관의 목소리에 희색이 돌았다.

“자세한 것은 나도 모르네만, 소문주님과 이번에 온 총사님의 얘기를 옆에서 잠깐 엿들었는데 이곳 지하 감옥을 폐쇄할 거라고 하더군.”

“그럼… 방금 들어온 놈과 저쪽 석옥에 있는 늙은이는 어떻게 처리한다고 하던가?”

“그냥 죽을 때까지 내버려 두겠지 뭐.”

“하기야, 간수가 없더라도 두께가 다섯 자나 되는 쇠보다 단단한 금오석(金烏石)을 뚫고 탈출하기란 불가능한 일이지. 그전에 먼저 굶어 죽겠지만.”

“굶어 죽지는 않을 걸세.”

“뭔 말인가, 아삼?”

“굶겨 죽일 생각은 아닌지 하루에 한 끼 식사는 준다고 하네.”

“내참, 감옥을 폐쇄할 거라면서 밥은 왜 준단 말인가?”

“낸들 알겠나. 높으신 분들이 다 생각이 있어서 시키는 일이겠지.

어쨌거나 조그만 참으면 되니 너무 불평 말게. 아참, 지금 얘기는 누구에게도 발설하지 말게. 혹여 우리 두 사람의 목이 달아날 수도 있으니까."

"알겠네."

"그럼 나는 가네. 수고하게, 아관."

아삼의 발소리가 점점 멀어지며 더 이상 들리지 않자 장불사는 슬며시 몸을 일으켰다. 그리고는 환기구가 있는 곳으로 다가가더니 눈을 갖다 대었다.

석옥 밖의 모습은 제대로 보이지가 않았다. 아관의 말대로 석벽의 두께가 다섯 자나 되다 보니 조그만 환기구를 통해 볼 수 있는 바깥 모습엔 한계가 있었던 것이다.

'훗, 그러고 보니 어째 보혜원의 상황과 비슷하네.'

두 사람의 얘기를 듣고 있는 사이 답답한 마음은 조금 가라앉았는지 환기구에서 눈을 떼는 장불사의 입가에 쓸쓸한 미소가 어렸다.

'그나저나 나를 이곳까지 잡아온 이유가 있을 텐데 왜 석옥을 폐쇄한다는 것일까?'

장불사는 이해할 수 없다는 듯 고개를 갸웃거렸다.

'그런데 이거 계속 잠든 척하고 있어야 하나 아니면 기척을 내어야 하나.'

장불사는 이러지도 저러지도 못하는 상황이 되자 생각이 꼬리에 꼬리를 물고 일어났다. 사방 삼 장 넓이의 석옥을 왔다 갔다 하는 장불사의 얼굴엔 고민하고 있는 흔적이 뚜렷이 보였다.

한참을 왔다 갔다 하며 생각에 잠겼던 장불사는 잠시 환기 구멍으로 바깥을 한번 바라보더니 조용히 석옥 바닥에 가부좌를 하며 앉았다. 아무리 생각해도 별 뾰족한 수가 없었으리라.

'음, 아무래도 내가 잘못 생각한 것은 아닌지 모르겠네. 감시가 소홀한 틈을 타서 충분히 탈출할 수 있을 거라 여겼는데 다섯 자 두께의 석옥이라니. 허, 그런데 금오석이란 게 쇠보다 강하다는 것이 사실일까?'

어느새 장불사의 오른손 검지에서 날카로운 강기가 뻗어 나와 석옥 바닥을 가르고 있었다.

스윽.

지력이 지나간 자리엔 조금 긁힌 흔적밖에 보이지 않았다.

'헛.'

장불사는 내심 신음성을 터뜨렸다.

비록 충분한 내력을 사용하지 않았고, 황궁무고에서 재미 삼아 배운 지공으로 시험한 것이지만 이렇듯 희미한 흔적을 남길 것이라고는 생각지 않았던 것이다.

상상외로 단단한 금오석을 쓰다듬으며 장불사는 인상을 찌푸렸다.

'음, 제갈승운이 그렇게 말한 것이 이 때문이었나?'

장불사는 바닥에 깔린 금오석에서부터 한기가 등줄기를 타고 올라오는 느낌을 받았다. 어쩌면 석옥에서 영원히 빠져나가지 못할 수도 있다는 생각이 든 것이다.

"허허."

장불사의 입에서 자신도 모르게 자조의 웃음이 흘러나왔다.

초조함을 넘어서 체념에 가까운 웃음인가?

어쨌든 장불사는 자신의 처지를 바로 인지한 것인지도 모른다. 자신을 이곳 석옥에 가둔 사람의 진정한 의도가 무엇인지는 몰라도 금오석을 파괴하고 석옥를 빠져나가기란 요원하다는 것을 한 번의 시도로 안 것이다.

장불사는 한참 동안을 정신 나간 사람마냥 실실거렸다. 미로를 빠져나간답시고 자기 딴에 머리를 굴렸는데 오히려 상대방의 계책에 빠진 결과가 되어버렸으니 자신이 행한 행동과 지금의 처지가 한심스럽고 우스웠으리라.

"휴우~! 이젠 뭘 하나?"

한숨을 내쉬며 혼잣말로 중얼거리는 장불사의 얼굴엔 얼핏 체념의 빛이 보였다. 잠시 고개를 떨구고 있던 장불사는 가부좌를 푼 후 양팔로 곧추세운 무릎을 감싸더니 희미한 불빛이 새어 들어오는 환기 구멍을 멍하니 바라보았다. 그러더니 잠시 후,

"말이라도 붙여볼까?"

다시 혼잣말도 나지막이 되뇌던 장불사는 머리를 좌우로 절레절레 흔들었다. 밖에 있는 아관이라는 자에게 말을 붙여봤자 아무 소용 없는 짓이라는 생각이 든 것이다.

"음, 그나저나 원 낭자는 어떻게 되었을까? 소문주라는 자의 행동으로 보아 무슨 불상사는 생기지 않을 것 같던데."

장불사는 아삼의 어깨에 메여 석옥까지 오는 사이 원아영을 안고 가는 소문주를 두어 번 살펴보았다. 그때 소문주는 마치 소중한 보물이 깨어지지 않을까 노심초사하는 듯 원아영을 안고 있었던 것이다.

"혹시… 원 낭자가 길을 안내하겠다고 나선 것이 소문주라는 자 때문인가?"

장불사는 갸웃거리며 자신의 처지를 잠시 잊은 듯 호기심을 발했다.
역시 단순한 구석이 있는 장불사다.

"에이, 설마 그럴 리가! 서로 원수지간이랬는데."

장불사는 자신이 말해놓고선 말도 안 된다는 표정을 지으며 머리를
흔들었다. 그것도 잠시,

"아니지? 그렇지 않고서야 어째서 나만 이곳에 가두겠어?"

하지만 이내 고개를 갸웃거렸다.

"음, 여기에 두 개의 석옥밖에 없기 때문인가? 그렇다면 다른 곳에
있을 수도 있겠군. 그래도… 소문주라는 자의 행동은 뭔가 이상했단
말이야."

자문자답을 하며 나름대로 원아영의 안위를 생각하는 장불사의 얼
굴 표정은 수시로 변했다.

그렇게 원아영 생각으로 시간을 보낸 지 일 다경쯤 흘렀을까?

"쿨럭, 쿨럭. 밥~ 줘~!"

장불사는 느닷없이 들려온 소리로 인해 이마에 굵은 주름살을 만들
었다. 심한 기침을 동반한 신경을 긁어대는 찢어지는 듯한 목소리였
다.

맞은편 석옥에서 들려오는 듣기 거북한 목소리에 인상을 찌푸리던
장불사는 고개를 갸웃거렸다.

'여자였단 말인가?'

그리고는 자신의 생각이 미심쩍은지 귀를 쫑긋거렸다.

"배고프단 말이야. 밥 줘~! 쿨럭."

하지만 연신 밥을 달라며 어린아이처럼 떼를 쓰듯 들려오는 날카로

운 고음은 확실히 여자의 목소리였다.

"어이구, 저 몸서리쳐지는 소리를 언제까지 들어야 하나. 휴우, 그나 저나 정신이 오락가락하는 할망구가 밥 먹는 시간은 귀신같이 알아맞 힌단 말이야."

밖에서 아관이 투덜거리는 소리가 들렸다. 아관의 말투로 보아 반대 편 석옥에 갇혀 있는 이는 여자가 분명한 모양이다.

"무슨 죄를 지었기에 이곳에 몇십 년간 가두는 것일까? 그것도 여자 를."

원아영에 대한 생각으로 정신이 없던 장불사는 이제 맞은편에 있는 늙은 여자에게로 호기심이 옮겨가자 재차 고개를 갸웃거리며 중얼거렸 다. 그리고는 밖의 상황이 궁금한지 자리에서 일어나더니 환기 구멍에 눈을 갖다 대었다.

하지만 작은 환기 구멍을 통해 밖을 보기엔 한계가 있었다. 다만 다 시 들려오는 아관의 목소리로 밖의 상황을 미뤄 짐작할 수 있었다.

"이 할망구야! 내일부터는 점심 한 끼밖에 없으니 그렇게 알라구. 그러니 앞으로는 어린애처럼 칭얼대어 봤자 소용없어. 에구, 노망이 든 할망구가 알아듣기라도 할는지 모르겠네."

한바탕 역정을 내며 못마땅한 듯 구시렁거리던 아관의 말이 들리더 니 이내 석옥 위쪽으로 향하는 발걸음 소리가 이어졌다. 아마도 노파 의 찢어지는 듯한 목소리를 더 이상 듣지 못하고 밥을 가지러 가는 것 이리라.

"이놈아! 밥 줘!"

하지만 맞은편에 있는 노파는 계속해서 밥을 달라고 떼를 쓰며 심한 기침을 해댔다. 그 소리를 들으며 장불사는 노망이 든 노파가 틀림없다고 판단했다.

"헛, 어디서 저런 기운이 나오는지 모르겠네. 반 시진 동안 저렇게 질러대면 목이라도 쉴 것 같은데 어째 처음보다 더 기운이 넘치는 것 같군."

노파의 계속되는 괴성에 장불사는 자신도 모르게 진저리를 치며 알 수 없다는 듯한 표정으로 머리를 절레절레 흔들었다. 그렇게 반 시진이 흘렀을 때, 멀리서 계단을 내려오는 아관의 발소리가 다시 들렸다. 그리곤 잠시 후, 아관이 음식을 넣어줬는지 노파의 괴성이 그쳤다.

그때까지 제대로 보이지도 않는 환기 구멍을 통해 밖을 바라보던 장불사는 뭔가 아쉬운 얼굴을 하며 환기 구멍에서 눈을 떼었다.

그런데 생각지도 않았던 일이 일어났다.

아관이 발소리가 자신이 갇혀 있는 석옥 바로 앞에 들리더니 석옥 문의 아랫부분에서 빛이 들어오며 음식이 들어왔던 것이다.

환기 구멍으로 들어오는 어스름한 빛에 눈이 이끌려 석옥 문의 아랫부분에 음식을 넣어주는 다른 통로가 있는 줄 미처 몰랐던 장불사는 들어온 음식보다는 바깥과 통하는 또 다른 통로가 있다는 것에 대해 내심 기뻐했다.

그래서인지 몰라도 자신의 처지를 잊은 듯 장불사의 입가엔 미소가 그려졌다. 그러더니,

"이보시오?"

장불사는 반가운 마음에 무심코 아관을 불렀다.

"……."

"이보시오?"

"……."

장불사가 재차 불렀지만 아관은 귀머거리가 된 것처럼 대꾸도 없었다. 하지만 밖에 있는 아관은 느닷없이 들리는 장불사의 목소리에 깜짝 놀랐다.

석옥 안에 집어넣을 때 분명 미혼향에 중독되었고 점혈까지 당한 상태라고 알고 있었는데, 아무 생각 없이 음식을 넣다가 장불사의 목소리가 환기 구멍을 통해 들리니 놀라지 않을 수 없었던 것이다. 하지만 아관은 놀란 가슴을 한번 쓸어내리곤 고개를 몇 번 갸웃거리더니 자신이 할 일은 다 했다는 듯 발길을 돌렸다.

그러자 다급해진 장불사가 다시 불렀다.

"자, 잠깐만. 하나만 묻겠소."

"……."

하지만 아관은 전혀 반응을 보이지 않았다. 그렇지만 장불사도 꽤나 끈질겼다.

"이보시오, 그대가 아삼이라는 사람과 한 얘기를 모두 들었소. 만일 한 번 더 내 말에 대꾸를 않는다면 나는 당신이 이곳 지하 석옥의 간수 생활을 언제 끝낼지 모르게 할 수도 있소이다."

장불사는 오히려 협박에 가까운 말을 서슴없이 내뱉었다. 정말 자신이 처한 처지를 잊은 듯한 말이었다.

"……."

장불사의 협박성 어린 말에도 아관은 가타부타 말도 없었다. 대신 장불사가 갇힌 석옥을 바라보는 아관의 얼굴엔 웃기지도 않는다는 듯한 표정이 어려 있었다.

　장불사가 지하 석옥에 갇혀 똑같은 생활을 반복하며 지루한 일상을 보낸 지 한 달이 흘렀다. 맞은편에 갇혀 있는 노파의 기침 섞인 괴성은 점심시간만 되면 어김없이 계속되었고, 장불사는 이제 습관이 되다시피 한 그런 소리에 익숙해져 있었다.

　석옥에 갇혀 처음 며칠 동안은 누가 곧 찾아올 거라는 생각에 나름대로 기대를 하며 기다렸는데, 열흘이 지나는 동안 아무도 찾아오는 이가 없고 아관 또한 수차례의 부름에도 아무런 반응이 없자 포기한 상태에 이르렀다.

　그러자 장불사는 달리 할 일이 없었다. 맞은편에 있는 노망든 노파처럼 고함을 지르며 난리를 필 수도 없는 노릇이었고, 장불사의 성격상 하릴없이 시간만 축내고 있을 위인도 못 되었다.

　그렇기에 열흘이 지나고 한 달이 흐르는 동안 장불사가 할 수 있는 일이라곤 조용히 앉아 명상에 잠기거나 피부 호흡을 통한 선천진기의 수련뿐이었다.

　좁은 석옥에서 미친놈처럼 팔다리를 놀려가며 권각을 수련할 수 없었으니 석옥 바닥에 가부좌를 틀고 앉아 막 경지에 오른 피부 호흡에 주력하며 시간을 보냈고, 그동안 엄두도 못 내고 있던 염기공을 상기하며 가끔씩 수련을 하고 있는 상태였다.

　그렇게 본의 아니게 아무 잡념 없이 이십여 일 동안 꾸준히 피부 호흡에 매진한 결과 상당한 진전을 보였고, 지금도 바람 한 점 없는 석옥의 실내 공기는 장불사가 모공으로 호흡할 때마다 잔잔한 파동을 일으키고 있었다.

언제 끝날지 모를 것 같던 장불사의 피부 호흡은 밤이 깊어 축시(丑時:1~3시 사이)가 가까워져서야 끝이 났다.

“후우~”

길고 미세한 호흡을 내뱉으며 눈을 뜬 장불사는 한동안 움직이지 않았다.

‘음… 언제쯤이면 자연스러운 피부 호흡이 가능할까?’

반개한 눈으로 어둠을 응시하는 장불사의 얼굴엔 다소 실망해하는 표정이 어려 있었다. 피부 호흡이 가능해지면서 꾸준히 수련한 결과 중단전이 상당히 커지기는 했으나 특별한 변화를 보이지 않았기 때문이다.

‘휴우, 더 이상 진전이 없으니… 무엇이 문제일까?’

장불사는 곰곰이 생각에 잠겼다.

임독양맥(任督兩脈)뿐만 아니라 기경팔맥(奇經八脈)과 십이경맥(十二經脈) 상의 모든 혈들을 뚫으며 불사비전에 기록된 수련법대로 수련한 결과 하단전과 전신 세맥에 더 이상 채울 수 없을 정도의 진기를 얻을 수 있었다.

이후, 보혜원에서 독왕과 도왕의 강력한 강기의 공격을 받은 후 어찌 된 일인지 그 강기들이 모두 몸속으로 흡수되어 그렇지 않아도 가득 차 있던 하단전의 진기와 섞이며 역류하는 듯한 현상을 보이더니 가슴팍으로 올라가서는 구슬만한 둥그런 중단전이 생성되었다.

그 후 중단전을 키우기 위해 꾸준히 호흡법으로 수련을 하였으나 별다른 진전이 없었다. 그런데 외공십팔형과 삼재검법을 숨을 쉬지 않은 채 극도로 수련하면서 선천진기와 대자연의 기운이 서로 교감하는 것을 느끼며 피부 호흡의 가능성을 엿보았고, 황궁무고에서 모호호흡, 즉 체표호흡(體表呼吸)에 관한 무공 서적을 본 후 외공 수련으로 피부 호흡이 가능하게 되었다.

그렇게 외공 수련을 통해 피부 호흡을 꾸준히 한 결과 중단전이 점차 커졌고, 석옥에 갇혀 아무 잡념 없이 이십여 일 동안 피부 호흡에 주력한 결과 외공 수련을 통하지 않고도 피부 호흡이 가능해졌다.

비록 코와 입으로 숨을 쉬는 것처럼 자연스런 피부 호흡은 되지 않았으나 의식적으로 피부 호흡을 하면 폐로 숨을 쉬지 않고 언제까지나 할 수 있게 된 것이다.

피부 호흡이 가능해지면 대자연의 순수한 기를 마음대로 끌어 쓸 수 있어 체내에 있는 선천진기는 아무 소용이 없고 하단전과 중단전도 아무런 의미가 없을 거란 생각을 하였다. 그런데 생각과는 달리 중단전이 상당히 커진 지금 아무런 변화도 없자 의문이 생긴 것이다.

물론 하단전과 중단전의 진기가 모두 비워지더라도 일, 이각 정도 피부 호흡으로 대자연의 기운을 받아들이면 금방 하단전과 중단전이 채워지지만 장불사가 생각한 건 그것이 아니었기 때문이다.

'문제는 역시 상단전이란 말인가? 음… 목오검 사숙님이나 철 형이 말한 염력이라는 것과 황궁무고에서 얻은 염기공(念氣功)도 상단전이 관건인 것 같구나.'

결론이 상단전에 이르자 장불사의 이마는 절로 찌푸려졌다. 그러나 이내,

'훗, 그래도 소정의 성과는 있었네. 아관이 넣어주는 점심식사가 아

니더라도 시간의 흐름을 알게 되었으니 말이야.'

심각해져 있던 장불사의 얼굴이 다소 풀어졌다.

햇빛 한 점 들어오지 않는 지하 석옥이었으나 피부 호흡으로 대자연의 기운과 숨결을 같이하다 보니 하루가 어떻게 지나가는지 알게 된 것이다.

해가 솟아오르기 시작해서 중천에 있을 때와 서산으로 넘어갈 때 대기의 기운이 다르고, 또 달이 차고 기울 때의 기운이 다르다는 것을 알게 되면서 시간의 흐름을 관조(觀照)할 수 있었던 것이다.

장불사는 오랫동안 가부좌를 하고 피부 호흡을 했기에 자리에서 일어나 가볍게 몸을 풀었다. 그리고는 좁은 석옥의 내부를 한차례 훑어보며 나지막한 소리로 중얼거렸다.

"음… 앞으로 피부 호흡을 할 땐 조심하여야겠구나. 주변의 모든 것들이 생기를 잃고 죽을 줄은 몰랐는걸."

그리고 보니 석옥 내부의 기운은 모두 생기를 잃은 듯했다. 뿐만 아니라 석옥에 기생하던 미세한 생물들도 말라비틀어져 죽어 있었다.

장불사는 머리를 절레절레 흔들었다.

하단전과 중단전의 진기를 의도적으로 비우고 대자연의 기운을 다시 채우기 위해 피부 호흡을 하였던 것이 이런 결과를 초래할 줄 미처 몰랐던 것이다.

그것도 단전의 진기를 모두 비운 것이 아니고 시험 삼아 조금 비우고 피부 호흡을 한 것인데 대기의 기운과 생물들이 생기를 잃어버렸다는 것은 의외였다.

장불사는 아무 곳에서나 함부로 피부 호흡을 해서는 안 되겠다고 생

각했다. 특히 사람들이 있는 곳에서 피부 호흡을 했다가는 그들도 석
옥의 작은 생물들처럼 생기를 잃고 죽을 수도 있을 거란 생각이 들었
다.
　석옥 내부를 훑어보며 이런저런 생각으로 머리가 복잡해져 있던 장
불사의 시선이 갑자기 음식을 넣어주는 구멍으로 향했다.
　"……."
　석옥으로 다가오는 미세한 움직임이 있었다. 인기척은 아니었다.
　스륵.
　찌직.
　구멍으로 들어온 것은 작은 생쥐였다.
　생각지도 않은 생쥐의 등장에 장불사는 뜻밖이라는 표정을 지었다.
한 달여 동안 지하 석옥에 생활하면서 쥐를 보긴 처음이었다. 장불사
는 석옥에 들어선 생쥐를 슬쩍 보며 피식거렸다. 생쥐가 자신을 알기
라도 하는 듯 빤히 바라보고 있었기 때문이다.
　장불사는 속으로 '별놈 다 보겠네'라고 생각하며 고개를 돌리다가
다시 생쥐를 바라보았다. 생쥐의 다리에 붙어 있는 희끄무레한 물체가
눈에 들어왔던 것이다.
　'뭐지?'
　장불사는 생쥐가 있는 곳으로 조심스레 다가갔다. 생쥐는 장불사가
다가가는데도 전혀 두려운 빛이 없고 도망도 가지 않았다. 생쥐의 짧
은 다리엔 찌든 때가 잔뜩 묻어 꼬질꼬질해진 하얀 천 쪼가리가 단단
히 묶어져 있었다. 장불사는 얼굴 가득 의문을 표하며 생쥐의 다리에
묶인 천을 풀었다.

누구냐?

손바닥만한 천에 적힌 붉은 글씨가 눈에 들어왔다.

"……."

장불사는 고개를 갸웃거리며 어리둥절한 표정을 지었다.

'뭐야? 누구냐라니?'

스스로 반문하는 장불사의 얼굴에 의아함이 가득 묻어났다. 생쥐의 다리에 글이 적힌 천이 매달려 있는 것도 이해가 가지 않지만 밑도 끝도 없는 글에 이해가 가지 않았던 것이다.

'음…….'

장불사는 작은 천 쪼가리를 이리저리 살펴보았다. 그러나 '누구냐?'라는 글 외엔 아무런 흔적을 찾을 수 없었다.

생쥐의 대담한(?) 행동을 보자면 분명 누군가가 자신에게 의도적으로 보낸 것 같은데 아무리 생각해 봐도 그가 누구인지 알 수 없었다.

'간수인 아관이 보냈을 리는 만무하고… 그렇다면 맞은편에 있는 노파가…….'

잠시 생각에 잠기던 장불사는 이내 고개를 절레절레 흔들었다. 아무리 생각해 봐도 맞은편의 정신 나간 노파가 보냈다고는 생각이 들지 않는 것이다. 지하 석옥에 갇혀 한 달 동안 지내며 지켜본 결과 노파는 확실히 정신적으로 문제가 있었다. 그런 노파가 생쥐를 이용하여 자신에게 천 조각을 보낼 리 없는 것이다.

'노파도 아니라면 누굴까?'

　　장불사의 의문은 점점 커져 갔다. 잠시 제갈승운이 보내지 않았을까 하는 생각도 하였다. 하지만 그건 너무 앞서 간 생각이라고 느껴져 자신도 모르게 피식 웃음을 지었다. 제갈승운의 성격상 이런 식의 장난을 칠 만큼 엉뚱한 사람이 아니었기 때문이다.

　　"……."

　　천 조각에 쓰인 글을 내려다보며 한참 생각하던 장불사는 머리를 흔들었다. 모르는 일을 붙잡고 있어봤자 득 될 게 없다는 것을 알고 있기에 더 이상 천 조각에 신경을 쓰지 않으려는 것이다.

　　그렇지만 여전히 손에 들린 천 조각에 눈이 가는 것은 어쩔 수 없었다. 한 달 동안 아관이라는 작자는 말 한 번 붙이지 않았고, 노파는 찢어지는 목소리로 신경만 긁어댔으니 작은 천 조각 하나가 장불사의 관심을 끌 만도 했다.

　　장불사는 천 조각을 움켜진 채 좁은 석실을 몇 번 왔다 갔다 했다. 좀처럼 떨쳐 버리기 힘이 든 모양이다. 그러다가 문득 장불사는 생쥐를 보았다.

　　여전히 그 자리에 있었다. 뿐만 아니라 빤히 바라보는 것 같기도 했다.

　　"호오! 이놈 보게."

　　장불사는 사람이라면 당돌하달만큼 당당히 자리를 지키고 있는 쥐를 보며 나직이 감탄 어린 말을 내뱉었다.

　　장불사가 피부 호흡으로 대자연의 기를 흡수하기에 전체적으로 풍기는 기운이 자연에 가까운 기운이라지만 이렇듯 생쥐가 겁도 없이 자신을 빤히 바라보고 있다는 것이 신기하기도 했다.

“어쩌자는 것이냐?”

장불사는 속으로 말도 안 된다는 생각을 하면서도 혹시 저놈이 사람의 말을 알아듣는 영물이지 않을까 하고 말을 붙였다.

찌직.

“……”

예상과는 달리 생쥐가 말을 알아듣기라도 하듯 소리를 내자 당황스러운 장불사였다. 그러자 장불사는 호기심 어린 눈으로 다시 말을 했다.

“내 말을 알아들을 수 있는 것이냐?”

찍찍.

“호오!”

조그만 생쥐가 앙증맞은 입을 나불거리며 또다시 소리를 내자 장불사는 감탄사를 터뜨렸다. 정말 사람의 말을 알아듣는 듯했다.

장불사는 자신이 잘못 본 것은 아니지 싶어 새삼 생쥐를 요모조모 살펴보았다. 생쥐를 손바닥에 올려놓고 보니 확실히 보통 쥐들과는 달랐다.

눈 색깔은 보라색을 띠었고 전신을 덮고 있는 털도 비단결보다 더 부드러웠다. 무엇보다도 특이한 점은 꼬리가 보통의 쥐들과는 달리 배나 길었고, 꼬리에도 조금 긴 듯한 털이 수북이 나 있었다.

장불사의 머리는 빠르게 돌아갔다.

이런 영물을 부릴 수 있을 정도면 보통 사람이 아닐 것이다. 아관도, 맞은편에 갇힌 정신없는 노파도, 그렇다고 제갈승운도 아니라면 누굴까? 영특한 생쥐 때문에 장불사의 의문은 다시 커져 갔다.

'지하 석옥 밖에서 보낸 것일까?

장불사는 머리를 가로저었다.

밖에서 자신과 내통할 사람이 있을 리 만무했다. 이곳 석림에 아는 사람이곤 아무도 없었다. 만일 원아영이 보냈다 치더라도 '누구냐?' 라는 글을 적지 않았을 것이다.

장불사는 생쥐를 다시 내려놓고 천 조각에 적힌 글을 다시 들여다보았다. 천에 적힌 붉은 글자는 대충 아무렇게나 휘갈겨 쓴 듯 보였다.

"음……."

잠시 생각에 잠겼던 장불사는 점심때마다 들어오는 작은 물그릇에 담궈 천 조각을 씻었다. 물그릇 안의 물은 이내 더러워졌다. 꼬질꼬질해졌던 천이 어느 정도 씻겨 깨끗해지자 장불사는 천을 물그릇에서 꺼냈다. 붉은 글자는 알아볼 수 없을 정도로 씻겼으나 글씨가 적혀 있던 곳은 연분홍색으로 변해 엷게 퍼져 있었다.

"피[血]로 쓴 것이었군."

장불사는 이미 짐작하고 있었다. 머리를 끄덕이던 장불사는 손에 쥔 천 조각으로 진기를 보냈다.

푸시시.

천 조각은 순식간에 말라 버렸다.

장불사는 천 조각을 바닥에 놓고 주저함이 없이 검지를 입으로 가져가더니 깨물었다. 그리고는 피가 배어 나오는 검지로 천 조각에 천천히 글을 썼다.

당신은 누구요?

누군지도 모르는 이에게 특별히 쓸 말이 없었다. 장불사는 자신이 쓴 글을 잠시 내려다보았다. 생쥐를 보낸 상대방에게 전해질지 모르지만 자신 또한 그가 누군지 궁금한 건 사실이었다.

장불사가 천 조각을 접어 생쥐의 다리에 묶자 생쥐는 찍찍거리더니 부리나케 음식을 넣어주는 통로로 빠져나갔다.

"다시 올까?"

나직이 중얼거리는 말에 기대감이 내포되어 있었다.

제26장

빙백수

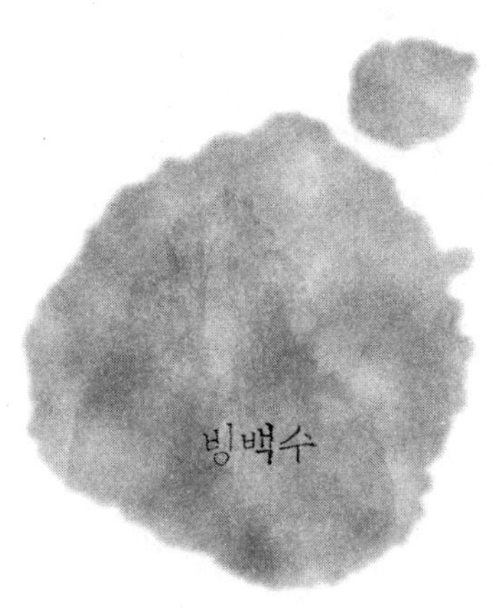

생쥐가 떠난 후 장불사는 하릴없이 시간을 죽이고 있었다. 생쥐가 다시 올지 알 수가 없었으나 지금 장불사가 할 수 있는 일이라곤 무작정 기다리는 것뿐이었다.

밖에는 아관의 코 고는 소리만 간간이 들렸다. 코 고는 소리로 보아 무척 깊은 단잠에 빠진 듯했다.

장불사는 아관의 코 고는 소리를 들으며 입가에 살며시 미소를 지었다. 처음 석옥에 갇혔을 때는 아관이 관심조차 주지 않는 것에 대해 욕이 튀어나올 만큼 미웠는데 지금은 오히려 그게 다행이라는 생각이 들었던 것이다.

명상에 잠기어 시간 가는 줄 모르고 피부 호흡에 빠져 있을 때 시도 때도 없이 아관이 집적거렸다면 번번이 수련에 방해가 되었을 것이므로 무척 귀찮았을 것이기 때문이다.

지금 생각해 보니 자신이 석옥 안에서 무슨 짓을 하던 관심조차 가지지 않는 아관이 고맙게 느껴지기도 했다. 아관이야 제갈승운이나 윗사람의 지시를 철저히 따르는 것이겠지만.

장불사가 아관의 코 고는 소리를 들으며 상념에 빠진 지 한 식경 정도 흘렀을까?

다다다닥.

기다리던 생쥐의 움직임이 들렸다.

찍, 찍, 찌직.

잠시 후, 생쥐가 구멍으로 들어오자 장불사의 시선은 어느새 생쥐의 다리에 가 있었다. 천 조각이 눈에 들어왔다. 장불사는 급히 천 조각을 풀어 펼쳐 보았다.

내가 먼저 물었다. 대답해라. 그리고 너는 뭣 하는 놈이기에 이곳에 들어온 것이냐?

이번엔 꽤나 긴 문장이었다.

장불사는 천 조각을 손에 들고 실실거렸다. 아관이 집적거리지 않는 것이 고맙기는 했지만 다른 사람과 얘기를 해본 지가 오래되었기에 이렇게 글로써 대화하는 것도 나쁘지 않았던 것이다.

"후후, 누군지 몰라도 꽤나 자존심이 강한 사람인가 보군. 뭐, 내가 누군지 먼저 말하지 못할 이유도 없지."

장불사는 빨리 소식을 전하고 싶은 마음에 천 조각을 물그릇에 가져

가다가 고개를 갸우뚱거리며 잠시 머뭇거렸다. 그리고는 다시 천 조각을 펼쳐 글을 읽었다.

"뭣 때문에 이곳에 들어왔냐고? 이곳에, 이곳에……."

장불사는 '이곳에' 라는 말을 난발하더니 맞은편 석옥이 있을 법한 곳으로 고개를 돌리며 의심 어린 눈초리를 보냈다.

"그럴 리가……?"

이해가 가지 않는다는 듯 머리를 가로젓는 장불사의 얼굴엔 미심쩍어하는 빛이 역력했다. 장불사는 다시 글의 내용을 음미해 보았다.

"정말… 정신 나간 노파가 보냈단 말인가?"

글의 내용으로 보자면 맞은편의 정신 나간 노파가 보낸 것이 확실해 보였다. 장불사는 믿을 수 없다는 듯한 얼굴을 하였다. 지금까지 노파가 보여준 행동을 보자면 장불사가 불신하는 태도를 보이는 것도 무리가 아니었다.

"음……."

나직이 신음성을 터뜨린 장불사는 잠시 생각에 잠기는가 싶더니 이내 천 조각을 물그릇에 씻었다. 그리고 진기로 말린 후 검지로 글을 적었다.

저는 장불사라고 합니다. 그런데 당신은 미친 것이 아닌가 보군요. 그리고 이 쥐같이 생긴 놈은 어떤 놈입니까? 아주 영특한 것이 영물인 모양인데.

장불사는 생쥐를 한번 슬쩍 쳐다보며 천 조각을 접었다. 초롱초롱한 눈으로 장불사를 바라보고 있던 생쥐는 천 조각을 매달자 다시 석옥을 나갔다.

장불사는 정신 집중을 하여 생쥐의 움직임을 살폈다. 피부 호흡으로 대자연의 기운과 호흡하면서 이십 장 이내에 존재하는 모든 생기를 감지할 수 있었기에 생쥐가 어디로 가는 것인지 알아보려는 것이었다.

잠시 후, 장불사는 머리를 끄덕였다. 생쥐가 영물에 가까운 동물이라서 그런지 정신을 집중하지 않으며 알 수 없을 정도로 미세하고 날렵한 움직임을 보였지만 맞은편의 석옥이 있는 곳에서 멈추는 것이 감지되었던 것이다.

"역시……."

장불사는 자신의 예상이 맞아떨어지자 저절로 입가에 미소가 그려졌다. 그런데 그것도 잠시, 미소를 짓던 장불사의 표정이 갑자기 변하였다. 미간에 내 천(川) 자가 그려지며 뭔가 알 수 없다는 듯한 얼굴을 하였다.

'음… 어째서 생쥐보다 노파의 기가 미약하게 느껴지는 것일까?'

내심 중얼거리던 장불사는 고개를 갸우뚱거리며 혹시 자신이 잘못 알고 있는 것이 아닌지 다시 한 번 정신 집중을 하였다.

"……."

하지만 노파의 기는 여전히 미약하게 느껴졌다. 지하 석옥이 상당히 넓은 편이었으나 맞은편 석옥까지는 채 십 장도 되지 않았기에 충분히 노파의 기를 느낄 수 있을 거리였다.

그런데 노파의 기는 이상하리만큼 미약했다. 아니, 노파가 석옥에 있는지 없는지 모를 정도로 기가 느껴지지 않는 것이다.

'무공을 익히지 않았단 말인가? 아니지… 내공이 없는 일반인이나 기가 약해진 병자라 해도 저처럼 풍기는 기운이 미약할 리는 없지. 설마… 나처럼 대자연의 기운을 선천진기로 사용하고 있단 말인가?'

장불사의 이마에 깊은 주름이 만들어졌다.

아무리 심오한 내공의 소유자라도 기를 완벽하게 갈무리하기는 불가능하다. 반박귀진(返璞歸眞)이나 노화순청(爐火純靑)처럼 화경(化境), 즉 신화경(神化境)의 경지에 이르면 무공을 익힌 흔적이 없어져 평범한 사람처럼 보인다지만 꼭 그런 것만은 아니다.

선천진기를 내공처럼 사용하는 장불사 같은 사람이야 자연의 기와 동일한 기운을 풍기는 정순한 내공이므로 화경의 경지라 해도 무공을 익혔는지 알 수가 없지만, 영약이나 다른 사람의 도움을 받아 내공을 쌓은 사람은 자신의 선천진기에 불순한 진기가 합쳐진 내공이므로 은연중 이질적인 기운을 풍기게 마련이다.

물론 불순한 내공을 쌓았더라도 등봉조극(登峯造極)이라는 현경(玄境)의 경지를 넘어 허공분쇄(虛空粉碎)나 등선(登仙)의 경지인 생사경(生死境)의 경지에 이르면 어느 누구도 기척을 알아낼 수는 없다.

하지만 현 무림에 생사경의 경지에 이른 사람이 있는가?

장불사는 아무리 생각해 봐도 노파에게서 감지되는 기운이 이상하게 생각되어졌다.

'어떻게 된 현상일까? 생사경의 경지에 이르렀다면 저렇듯 석옥에 갇혀 있을 이유가 없을 텐데……'

장불사의 표정은 사뭇 심각해졌다. 지금까지 미쳤다고 생각한 노파가 영물과 같은 생쥐를 이용하는 것도 그렇고, 노파에게서 감지되는 기의 정체도 정확히 파악할 수 없으니 의아스러울 만도 했다.

'음, 기다려 볼 수밖에 없겠구나.'

지금으로선 어찌해 볼 도리가 없자 장불사는 편안한 마음으로 생쥐가 오기만을 기다렸다.

하지만 반 시진이 지나도 생쥐는 나타나지 않았다. 그러자 장불사는 다시 정신 집중을 하여 맞은편 석옥을 살폈다. 그런데 조금 전과는 달리 노파의 기가 생생하게 느껴지는 것이었다. 무공을 익힌 사람의 기운은 아니었지만 분명 일반인들처럼 건강한 사람에게서 풍기는 기운과 같았다. 생쥐는 여전히 같은 자리에 있었다.

"허어, 어떻게 된 것이지?"

장불사는 자신도 모르게 헛웃음을 흘리며 중얼거렸다. 방금 전만 하더라도 있는 듯 없는 듯 미약하게 느껴지던 노파의 기가 이제는 또렷하게 느껴지니 자신의 능력에 의심이 생길 정도였다.

"이것 참, 내가 뭐에 홀린 것도 아니고……."

장불사는 연신 고개를 갸웃거렸다. 아무리 생각해도 이해가 가지 않는 것이다. 한참 신경을 곤두세우며 생각에 잠겼던 장불사는 머리를 흔들었다.

"휴~ 지금 내가 처한 상황에선 어찌해 볼 도리가 없으니……. 그나저나 생쥐를 다시 보내지 않을 건가?'

맞은편 석옥을 향해 고개를 돌리는 장불사의 얼굴엔 그래도 약간의 기대감이 어려 있었다. 노파에게서 느껴지는 기가 어떤 연유로 변하였는지 알 수 없었지만 생쥐가 가지고 오는 천 조각을 통하여 혹여 작은 실마리라도 잡지 않을까 하는 생각이었다.

하지만 장불사의 기대와는 달리 맞은편 석옥에서는 전혀 움직임이 없었다. 다만 노파의 고른 숨소리를 미세하게 들을 수 있었다. 장불사는 자신도 모르게 피식 웃었다. 노파는 이미 잠이 들었던 것이다.

다소 허탈해진 장불사는 바닥에 주저앉았다. 이젠 정말 달리 방법이 없는 것이다. 무작정 기다리는 수밖에.

"허어, 도대체 저 노파는 무슨 생각을 하고 있는 것이지?"

장불사는 어이가 없는 듯 머리를 절레절레 흔들었다. 생쥐를 보낼 때는 그만한 이유가 있었을 것인데 지금은 저렇듯 아무 일도 없었다는 듯이 자고 있으니 어이가 없을 만도 했다.

또다시 무료해진 장불사는 특별히 할 일도 없을뿐더러 혹시나 노파가 다시 생쥐를 보낼지도 모른다는 생각에 맞은편 석옥의 사정을 가끔 살피며 시간을 보냈다.

한 시진… 두 시진.

빛 한 점 들어오지 않는 지하 석옥이었으나 바깥은 이미 환하게 밝아왔을 시간이었다. 장불사는 피부로 느껴지는 대자연의 기운을 통해 아침이 되었음을 알고 있었다. 노파는 여전히 잠들어 있는지 고른 숨을 내쉬고 있었다. 대신 밤새 코를 골며 잠들었던 아관이 기지개를 켜며 일어나는 소리가 들렸다.

아관이 잠에서 깨어나자 장불사는 실망 어린 표정을 짓더니만 석옥 바닥에 벌렁 드러누웠다. 노파가 잠을 깬다 해도 아관의 눈을 피해 생쥐를 보낼 리 없다고 판단한 것이다.

"젠장……."

장불사는 심드렁하니 말을 내뱉었다. 지금까지 기다려 온 시간이 아까운 것이다. 바닥에 드러누운 장불사는 한참 동안을 눈만 깜빡거리며 천장을 쳐다보았다.

"그나저나 철 형과 나머지 사람들은 어떻게 되었을까?"

상체를 일으키며 중얼거리는 장불사의 얼굴엔 어두운 기색이 스쳤다. 누구도 찾아오는 이가 없자 피부 호흡을 하면서 시간을 보내었지만 마음 한구석으로는 운남으로 같이 온 일행의 안위가 걱정되어 가슴이 무거웠던 것이다.

"휴우~"

장불사는 길게 한숨을 내쉬며 머리를 흔들었다. 석옥에서 빠져나갈 길이 없는 지금 처지에 아무리 걱정을 한다 해도 소용이 있겠는가? 그러나 자꾸만 밀려오는 동료들의 생각을 쉬이 떨쳐 버릴 수는 없었다.

사실 장불사는 피부 호흡에 몰두하며 바깥 세상의 일은 잠시 잊어버리려고 하였다. 자신의 실력으론 석옥을 빠져나가지 못한다는 판단이 섰기에 석옥 안에 갇혀서 동료들을 걱정해 봤자 부질없는 짓이란 걸 알았던 것이다.

그렇게 한 달이 흐르면서 피부 호흡도 더 이상 진전이 없던 차에 생각도 못한 생쥐의 출현은 동료들에 대한 생각을 잠시라도 더 잊게끔 하기에 충분했다.

그런데 밤새워 장불사의 호기심만 잔뜩 부풀려 놓은 채 노파와 생쥐는 아무 일도 없었다는 듯 잠만 자고 있으니 장불사의 입에서 욕이 나올 만도 했고, 또한 아관이 잠에서 깨어남에 따라 생쥐를 기다릴 이유가 없게 되자 운남으로 함께 온 일행의 안위가 다시 걱정되는 것이었다.

"음, 서문 가주님은 어떻게 하고 계실까? 지금쯤이라면 무슨 수를 썼을 텐데……."

장불사의 얼굴에 어두운 기색과 더불어 일말의 기대감이 스치고 지나갔다. 현 처지에서 장불사가 기댈 수 있는 곳이라곤 어찌 보면 서문호밖에 없었다.

장불사가 석림에 온 것을 아는 이는 서문호와 원아영, 그리고 산이라는 거지 소년뿐이다. 그런데 원아영은 자신과 같이 잡혀 버렸고 산이라는 거지 소년은 자신을 구해줄 수 있는 능력이 없는 꼬마였기에 믿을 수 있는 이는 천하제일가의 가주인 서문호뿐이었다.

한 달이라는 시간은 결코 짧은 시간이 아니다. 자신으로부터 소식이 끊긴 지 한 달이 지났으니 서문호가 가만히 있을 리는 없으리라. 사천의 무림맹에 소식을 전하여 어떤 대책을 강구하였거나 직접 석림으로 찾아와 자신의 행방을 수소문하고 있을지도 모른다는 것이 장불사의 생각이었다.

"그나저나 모두들 무사하여야 할 텐데."

생각의 끝은 역시 일행의 안위로 이어졌다. 무엇보다 철하연과 단엽의 안위가 장불사로서는 제일 걱정이었다. 상체만을 일으킨 채 한참 동안 혼자 중얼거리던 장불사는 자신의 석옥으로 다가오는 아관의 기척을 느끼며 입을 다물었다.

"한 달 내내 조용하더니만 이놈도 이제 슬슬 미쳐 가는가? 조용히 해, 이놈아!"

꽝!

아관은 음식을 들여놓은 조그마한 철문을 걷어차며 소리를 질렀다.
장불사 딴에 낮은 목소리로 중얼거렸는데 조용한 석옥에 오랫동안 머물렀던 아관의 귀엔 미친놈이 중얼거리는 소리로 들렸던 모양이다.

'훗, 이젠 미친놈으로까지 취급당하는구나.'

장불사의 입가에 자조 섞인 웃음이 피었다.

"다시 한 번 미친놈처럼 구시렁거리면 점심이고 뭐고 없는 줄 알아라."

꽝. 꽝.

아관의 발길질이 다시 이어지며 경고성 발언을 하였다. 매우 심사가 뒤틀린 모양이었다. 하기야 매일 같은 일상이 되풀이되다 보니 꽤나 무료했을 것이고 성격 또한 날카로워질 수밖에 없었으리라.

"……."

장불사는 모르는 척했다. 괜히 긁어 부스럼을 만들 필요가 없는 것이다. 또한 아관의 심사를 알 만도 했기 때문이다.

몇 번을 더 발길질을 하며 떠들던 아관의 행동이 잠잠해졌다. 장불사에게서 아무런 반응이 없자 아마도 제풀에 기가 죽은 모양이었다. 손바닥도 마주쳐야 소리가 난다고, 혼자 북 치고 장구 치고 해봤자 미친놈 소리는 오히려 자신이 들을 수 있기 때문이었으리라.

아관이 물러나자 장불사는 몸을 일으켜서 환풍구에 슬며시 눈을 갖다 댔다. 아무것도 걸리는 것이 없는 바닥을 신경질적으로 발로 차대는 아관의 뒷모습이 눈에 들어왔다.

그런 모습을 보며 장불사는 아관의 신세가 참 안됐다는 생각을 하였다. 자신의 처지와 비교해 볼 때 별로 나을 것이 없었던 것이다. 자신이 좁은 석옥에 갇혀 있는 것이라면 아관은 조금 더 넓은 석옥에 갇혀 있는 처지나 매한가지였다.

하루 종일 말도 붙이지 않는 장불사는 둘째치더라도 점심때만 되면 어김없이 밥 달라고 미친 듯이 소리치는 노파와 입씨름하는 것도 그로서는 고역일 수 있었다. 오늘따라 왠지 아관의 어깨가 축 늘어져 보였다.

'훗, 지금 남의 처지를 걱정할 때가 아니지.'

장불사는 쓴웃음을 머금었다. 어차피 아관은 자신의 책무를 다하고 있을 뿐이었다. 그걸 잠시 잊은 것이다.

그러나 뒤이어 고민이 밀려왔다.

아관의 말마따나 입 다물고 명상이나 해야 하나?

아니면, 언제 올 줄도 모르는 생쥐를 기다리며 시간이나 보내고 있어야 하나?

고민 아닌 고민이 계속되었다. 시끄럽게 손발을 놀렸다가는 아관의 잔소리가 시작될 게 뻔했다. 그러면 귀찮아지는 건 자신이었다.

'잠이나 잘까?'

그러고 보니 피부 호흡을 한다고 한 달 내내 잠 한숨 못 자본 상태였다. 눈만 감으면 곧장 잠이 들 것 같기도 했다.

장불사는 다시 바닥에 드러누워 눈을 감았다. 눈을 감는다고 하여 쉽게 잠이 들지 않을 것이라 장불사는 생각했는데 의외로 곧장 잠이 들었다.

얼마나 단잠을 잤을까?

"밥 줘, 이놈아~!"

신경을 긁는 노파의 고함 소리에 장불사는 눈을 번쩍 떴다.

"조용히 못해, 할망구야!"

노파의 말에 장단을 맞추기라도 하듯 아관이 팩하니 소리를 질렀다. 오늘따라 유난히 아관의 말투는 신경질적이었다. 뭔가 심통이 나도 대단히 난 모양이었다. 그렇지만 여느 때와 마찬가지로 노파에게 상스러운 욕을 하거나 투덜거리면서도 점심을 가지러 계단을 올라갔다.

장불사는 잠에서 들 깬 얼굴로 인상을 찌푸렸다. 귀에 못이 박히도록 노파의 고함 소리를 들었고 또 어느 정도 익숙해졌다고 생각했지만 단잠을 자고 있는 상태에서 들으니 절로 면상이 구겨진 것이다.

또한 생쥐를 통한 천 조각으로 대화를 해본 결과 노파가 일부러 미친 척하고 있는 것일지도 모른다는 판단이 섰는데 아관처럼 대놓고 큰소리로 욕을 할 수도 없었으니 답답하기도 했던 것이다.

"쩝, 오랜만에 잠 좀 자려고 했더니만 도와주지를 않는군."

장불사는 못내 아쉬운 듯 입맛을 다셨다. 실로 오랜만에 깊은 잠을 잤었는데 노파로 인해 잠을 깨게 되자 뒷맛이 씁쓸한 것이다.

"이젠 잠도 오지 않을 것 같은데 뭘 하며 하루를 보내나?"

깍지 낀 양 손바닥을 베개 삼아 누워 있는 장불사는 멍하니 천장을 바라보았다.

다시 잠을 청하기는 어려웠다.

가만히 누워 있기도 고역인지 이리저리 몸을 뒤척이며 생각하던 장불사는 갑자기 자리에서 벌떡 일어났다. 그리고는 곧바로 양손을 앞으로 뻗더니 무릎을 살짝 구부리며 기마 자세를 취하였다. 외공십팔형 중 첫 번째 자세였다.

"젠장, 이 짓이라도 하며 시간을 보내야지."

매우 탐탁지 않는 투로 말을 뱉었으나 기마 자세를 취하고 난 후 장불사의 얼굴엔 신중함이 묻어났다. 반개한 눈으로 기마 자세를 잡은 지 일각쯤 흐르자 장불사는 무아지경에 빠진 듯한 모습을 보였다. 너무도 편안하게 보이는 자세였다.

그렇게 세 시진이 흘렀을까? 아관이 점심식사를 넣고 빼는 것조차 모를 정도로 열중을 하던 장불사가 자세를 바꾸었다. 기마 자세로 세 시진 동안 있었지만 장불사의 얼굴엔 땀 한 방울조차 흐르지 않았다. 장불사가 두 번째로 취한 자세는 팔굽혀펴기 자세였다. 그것도 검지만을 바닥에 댄 채 팔을 곧게 편 자세였다.

두 번째 자세를 취한 장불사의 표정은 여전히 진중했다. 어찌 보면 도를 구하는 선인처럼 고고한 탈속의 기풍까지 느껴졌다. 말로는 시간을 때우기 위해서라지만 외공십팔형을 시작한 장불사의 행동을 보면 그게 아니었던 것이다.

다시 세 시진이 흐르자 장불사는 일어나서 가볍게 몸을 풀었다. 허리와 목을 몇 차례 돌리고 손발을 가볍게 털더니 다시 팔굽혀펴기 자세를 취하였다. 이번엔 가슴이 바닥에 거의 닿을 정도로 팔을 굽힌 자세였다. 몸을 지탱하는 것은 역시 양손의 검지뿐이었다.

자정이 넘어 축시가 다 되었을 무렵 미동도 없이 팔굽혀펴기 자세를 취하고 있는 장불사의 시선이 음식이 들어오는 곳으로 향했다.

덜컹.

찍, 찍.

생쥐였다.

장불사의 입가에 미소가 절로 그려졌다. 작은 통로로 들어오는 생쥐의 다리에는 장불사가 기다리던 하얀 천 조각이 매달려 있었다. 장불사는 급히 자세를 풀며 생쥐의 다리에 매달린 천 조각의 매듭을 풀었다.

그놈은 자모서(紫毛鼠)라는 영물이다. 원래는 설산에만 사는 희귀한 놈이지. 그런데 너는 단명후(段明吼)와 어떻게 되는 사이냐?

단명후?
장불사는 고개를 갸웃거렸다. 전혀 들어보지 못한 이름이었다. 단씨라고는 아는 사람이 단엽밖에 없었다. 장불사는 천 조각을 씻어 말린 후 글을 써 내려갔다.

단명후라는 이름은 처음 들어봅니다. 그런데 어제도 물었지만 당신은 일부러 미친 척하는 것이오? 글을 보자면 미치지 않은 것 같은데. 아, 그리고 당신의 정체부터 밝히시오.

글을 쓴 천 조각을 다리에 매달자 생쥐는 재빠르게 통로를 빠져나갔다. 그런 생쥐의 뒷모습을 쫓는 장불사의 눈엔 의아함이 가득 묻어났다. 무엇보다 맞은편에 있는 노파가 왜 이 시간이 되어서야 생쥐를 보냈는지도 의문스러웠다.
잠시 후,
생쥐는 예의 초롱초롱한 눈을 빛내며 장불사 앞에 다시 왔다.

네가 단명후의 첩자라면 나의 이름이 매유란(枚柳蘭)이란 것을 알고 있을 텐데 왜 묻는 것이냐?

매유란? 매유란?

장불사는 매유란이라는 글을 본 순간 머리 속이 빠르게 돌아갔다. 분명 어디선가 들은 이름이었다.

그리고 첩자라니?

맞은편의 노파는 뭔가 대단히 오해를 하고 있는 모양이었다. 듣도 보도 못한 사람을 대며 그의 첩자라고 단정 지으니 장불사로서는 어이가 없었다.

그러나 장불사의 머리 속에는 계속해서 매유란이라는 이름이 맴돌았다.

'누구였지?

미간이 좁혀지고 이맛살이 접혀지는 장불사의 얼굴엔 고심하는 빛이 역력했다.

분명 어디선가 들은 것 같은 이름인데 기억이 나지 않는 모양이었다. 장불사는 몇 번인가 고개를 갸웃거리더니 눈앞에 있는 생쥐를 쳐다보았다.

"너는 알고 있냐?"

……·

장불사는 답답한 마음에 생쥐에게 말을 붙였다. 하지만 말 못하는 생쥐가 무슨 대답을 할 수 있겠는가? 자신이 생각하기에도 한심스러운

지 생쥐를 바라보는 장불사의 입가에 쓴웃음이 걸렸다.

"네게 물어볼 걸 물어야지. 설산에 사는 네가 여기 있는 것만 해도 용치……."

생쥐를 보며 자책하듯이 말하던 장불사의 표정이 갑자기 굳어지며 눈빛에 생기가 돌았다.

"가만… 설산… 설산이라고……."

장불사는 황급히 천 조각을 씻어 말리더니 글을 적었다.

설마 당신이 설산파(雪山派)의 조사인 설산설화(雪山雪花) 매유란이란 말이오?

장불사는 도저히 믿기지 않는다는 듯한 표정을 지었다. 그도 그럴 것이 당대에 대적할 자가 없을 정도로 무적의 고수였던 그녀가 이런 곳에 갇혀 있다는 사실이 이해가 가지 않았던 것이다. 당시의 검왕조차 상대가 되지 않는다고 들었으니 장불사로서는 불신이 생길 수밖에 없었으리라.

장불사는 천 조각에 적은 글을 물끄러미 내려다보았다. 막상 쓰고 보니 이것을 보내야 할지 고민이 되는 것이다. 사실 매유란이란 이름 하나로 그녀가 설산파의 조사라고 판단하기에는 섣부른 감이 있었다. 아무리 생각해도 봐도 그녀가 이런 곳에 있어야만 할 이유가 없었던 것이다.

"음, 저 노파가 설산파의 조사든지 아니든지 어쨌든 보내야겠지?"

장불사가 한참을 고민하다 천 조각을 매달자 생쥐는 기다렸다는 듯이 부리나케 석옥을 빠져나갔다. 생쥐를 보낸 장불사는 좁은 석옥을 왔다 갔다 하며 조급한 마음을 달랬다. 어떤 내용의 답이 올지 무척 궁금했던 것이다.

잠시 후, 생쥐는 장불사의 마음을 알기라도 하듯 빨리 답을 가지고 왔다.

흥, 내가 설산파의 장문인이었다는 것을 아는 것을 보니 네놈은 단명후의 첩자가 분명하구나. 훗, 단명후는 아직도 월영인에 대해 미련을 버리지 못한 모양이구나.

설마 했는데 노파가 설산파의 조사라는 것을 알자 장불사는 더욱 의아해졌다.

'왜 이런 곳에 갇힌 것일까?'

장불사는 의문을 떨쳐 버리지 못하고 곧바로 글을 적어 보냈다.

다시 한 번 말하지만 저는 단명후라는 자를 알지 못합니다. 그리고 당신의 얘기는 당신의 외손녀인 하오문의 매 호법에게 들었습니다. 그러니 오해는 마십시오. 제가 이곳에 갇힌 이유도 잃어버린 월영인을 되찾기 위해 왔다가 잡히게 된 것입니다.

생쥐를 보낸 지 얼마 되지 않아 답이 왔다.

하오문의 호법이라니… 설산파는 어떻게 되었느냐? 그리고 월영인을 잃어버렸다니… 도대체 너놈의 정체가 무엇이냐?

무척 흥분한 듯 글씨체가 어지러웠다.
"모르고 있었단 말인가?"
장불사는 고개를 갸웃거렸다. 아관과 아삼의 대화를 통해서 듣기로
는 이곳에 매유란이 갇힌 지 십여 년밖에 되지 않았던 것이다.

설산파는 멸문당했습니다. 저도 어떤 이유로 멸문을 당했는지 모르지
만, 매 호법의 얘기로는 중원으로 가서 결혼을 한 후 다시 돌아와 보니 설
산파는 잿더미로 변해 있더랍니다. 월영인은 제가 독왕에게서 얻은 후 매
호법에게 돌려주려 하였으나 매 호법이 저에게 맡긴 것입니다. 그런데 저
의 불찰로 그것을 잃어버리는 바람에 이곳 석림까지 오게 된 것입니다.

서둘러 글을 적은 장불사는 생쥐의 다리에 천 조각을 매달아 보냈
다. 그런데 한참이 지나도 생쥐는 돌아올 기미를 보이지 않았다. 장불
사는 혹시나 싶어 기를 집중하여 맞은편 석옥을 살폈다.
아니나 다를까,
매유란의 고른 숨소리가 들렸다. 이미 매유란은 잠에 빠져들어 버린
것이었다. 순간 장불사는 허탈했다. 그리고 이해가 가지 않았다. 방금
본 글들이 지금도 눈앞에 아른거리는데 저렇듯 아무렇지 않게 잠을 자
고 있으니 매유란의 정신 상태가 의심스럽기까지 했다. 하기야 일부러
그런 것인지는 몰라도 낮에 보이는 행동으로 보자면 정신 상태가 정상
인 것만은 아니었다.

장불사는 어쩔 수 없다는 듯 머리를 절레절레 흔들었다.

'음, 언제 올지 모르는 생쥐를 또 기다려야만 하나?'

장불사는 또다시 고민이 되었다. 하릴없이 생쥐를 기다려야 할지 아니면 외공십팔형을 수련하며 시간을 보내야 할지 고민이 되는 것이다. 한숨을 내쉬며 좁은 석옥을 왔다 갔다 하던 장불사는 마음을 잡았는지 방금 전 수련하던 팔굽혀펴기 자세를 취하였다.

시간은 생각보다 빨리 흘러갔다. 생쥐가 다시 나타난 날은 삼 일이 지난 후였다. 생쥐가 다시 온 시간은 축시였다. 무엇 때문인지는 몰라도 매유란에게 감지되는 기는 항시 축시가 되면 생사경의 고수처럼 기를 느끼지 못할 정도였고, 반 시진이 흐르면 다시 건강한 사람에게서 느낄 수 있는 기가 감지되었던 것이다.

장불사는 삼 일 동안 지켜본 결과 그 반 시진이 매유란의 정신 상태가 정상적으로 돌아오는 시간임을 알았다. 그리고 생쥐가 가지고 온 천 조각의 내용으로 자신의 판단이 옳았다는 것을 알 수 있었다.

네가 단명후의 첩자이든 아니든 상관하지 않겠다. 나에겐 이젠 시간이 얼마 남지 않았으니 무얼 알아낸다는 것은 어려울 것이다. 어차피 내가 제정신인 상태는 반 시진뿐이니 그 시간 동안 입을 다물고 있으면 되니까. 그리고 내가 미친 척하는 것이냐고? 훗, 나는 하루 중 반 시진 외의 나머지 시간은 어떻게 지내는지 나 자신도 모른다. 아마 네가 나의 행동을 보고 미쳤다라고 느꼈다면 내가 그 시간 동안은 미친 것일 수도 있겠구나. 한 가지만 묻자. 월영인은 어떻게 네가 가지게 되었느냐?

설산파에 대해서는 한마디의 언급도 없었다. 심적 충격이 꽤나 큰 듯 매유란의 글에서 풍기는 기운은 매우 메말라 있었다.

'시간이 얼마 남지 않았다니… 곧 죽는다는 말인가?'

장불사는 어리둥절할 수밖에 없었다. 낮에 매유란이 보이는 행동이나 그녀에게서 풍기는 기운으로 보나 매우 건강한 상태였기 때문이다. 점심시간만 되면 질러대는 목청은 건강하다 못해 지나칠 정도였다. 그런 그녀가 살날이 얼마 남지 않았다고 하니 장불사로서는 이해가 가지 않는 것이다.

한편으로는 월영인에 대해서 어떻게 얘기해야 할지 난감했다. 매소소가 얘기했듯이 월영인은 설산파가 사위에게 결혼 예물의 증표로 잠시 주었다가 장문인이 되는 날 다시 돌려받아야 하는 것인데 어쩌다가 자신이 간직하게 되었으니 뭐라 설명해야 할지 몰랐던 것이다.

장불사는 깊은 한숨을 내쉬며 망설였다. 그러나 자신이 첩자라고 생각하는 매유란의 오해를 풀기 위해서라도 있는 그대로 얘기할 수밖에 없는 노릇이었다. 한참 동안을 고민하던 장불사는 장문의 글을 적어나갔다.

독왕과 싸우게 된 이유와 그로 인해 월영인을 얻게 된 경위를 얘기하였고, 매소소를 만나 설산파에 얽힌 사연을 듣게 되었으며 그때에 월영인을 돌려주려 하였으나 매소소의 딸인 심형연으로부터 월영인을 조건없이 받게 되었다는 사실을 털어놓았다. 그리고 소뇌음사의 일로 곤명으로 왔다가 월영인을 잃어버리게 된 후 지금까지의 일들을 구구절절이 늘어놓았다.

“휴우, 오해가 조금이라도 풀렸으면 좋으련만……."

장불사의 표정은 그다지 밝지 못했다. 설산파의 비사를 다시 생각하니 자신의 일인 양 기분이 우울해졌던 것이다. 그리고 무엇보다도 한 시대를 풍미했던 매유란이 이런 어둡고 좁은 석옥에 갇혀 있다는 사실이 너무도 안타까웠다.

“그런데 단명후라는 자는 누굴까?"

설산파의 비사를 생각하던 장불사는 단명후를 떠올렸다. 매유란이 저렇듯 적개심을 보이는 것을 보면 단명후라는 자가 설산파의 멸문을 가져온 이가 아닐까 하는 생각이 들었던 것이다.

생각이 거기에 이르자 장불사는 그에 대한 분노가 치솟아오름을 느꼈다. 그러나 이내 쓴웃음을 짓고 말았다. 단명후가 어떤 사람인지 실제로 잘 알지도 못하면서 설산파와 연계하다가 그에 대한 반감을 가지게 되는 자신이 조금 우습기도 한 것이다.

장불사가 보낸 장문의 글을 읽고 생각하는 것이 많은지 매유란은 꽤 오랜 시간이 지난 후에 생쥐를 보내왔다.

독왕이 아무리 그 애의 시아버지라 하더라도 월영인과 설산파의 독문절기인 빙백신공(氷白神功)를 함부로 넘기지 않았을 것인데, 너는 어떤 이유인지 알고 있느냐?

글을 읽는 장불사는 다시 의문이 들었다. 월영인은 그렇다 치더라도 빙백소수마공을 빙백신공이라 칭하는 것도 이상했고, 당연히 독왕의 절기라고 생각한 빙백소수마공이 설산파의 독문절기라고 하니 이상할 따름이었다.

　독왕이 어떻게 월영인과 빙백소수마공… 아니, 빙백신공을 얻게 되었는지는 모릅니다. 매 호법에게도 그에 대한 얘기는 들은 적이 없고요.

　장불사는 반 시진이 다 되어가자 앞뒤 가릴 것도 없이 급히 글을 적어 보냈다. 매유란도 자신에게 시간이 별로 없음을 알아서인지 빨리 답을 보내왔다.

　음, 시간이 얼마 없으니 내일 얘기하자.

　알겠습니다.

　내일 얘기하자는 것으로 보아 어느 정도 오해가 풀렸다고 느낀 장불사는 그것이 위로가 되었다. 만일 매유란이 오해를 풀지 않고 생쥐를 보내지 않는다면 장불사로서는 여간 괴로운 일이 아닐 수 없었다.
　그도 그럴 것이 정말 오랜만에 대화를 하는 기쁨을 찾았는데 매유란의 오해로 말미암아 대화가 중단된다면 장불사는 또다시 명상이나 외공십팔형으로 시간을 보내야 하는 신세가 되어야 하기 때문이다.
　아무리 인내성이 강하고 끈질긴 장불사라지만 이젠 별로 성과도 없는 외공십팔형의 무공 수련이나 명상을 누군가가 석옥에서 구해줄 때까지 몇 달째 계속해야 된다는 것은 정말 고역일 수밖에 없는 것이다.
　그날 이후로 장불사와 매유란은 십여 일 동안 글을 주고받으며 서로에 대해 알아갔다. 매유란은 주로 매소소의 어머니, 그러니까 자신의 딸에 대한 행방과 매소소의 근황을 물었고, 그 뒤에는 강호 정세에 관한 일들을 물어왔다.

장불사는 매유란에게 성심껏 대답해 주는 동시에 그동안 자신이 겪은 일들을 재미있게 꾸며서 들려주곤 했다. 매유란이 자신의 처지를 잊은 듯 호기롭게 맞장구를 친 것이 한두 번이 아니었기에 장불사로서도 심심치 않았던 것이다.

그렇게 글이 오고 가는 사이 매소소의 어머니가 매화선(枚花善)이라는 것과 단명후가 아버지라는 것을 알게 되었다, 또한 매유란을 이 지경에 이르기까지 철저하게 망가뜨린 장본이 다름 아니라 매소소의 아버지이자 매유란의 사위가 되는 단명후라는 사실도 알게 되었다.

그리고 장불사가 마음속으로 우려하던 일도 알게 되었다. 매유란이 글에서 밝혔듯이 시간이 얼마 남지 않았다는 이유가 선천진기 때문이었던 것이다.

매유란이 익힌 설산파의 독문절기인 빙백신공은 다른 음유한 무공과 비교해 볼 때 상상도 할 수 없을 만큼 절정의 음공이었고, 또한 자신은 천음지체(天陰之體)를 타고났기에 전신의 혈과 머리 속이 망가진 상태에서도 축시가 되면 강한 음기로 인해 빙백신공이 저절로 운용되는 현상이 발생한다는 것이었다.

그때 정신이 약간 돌아오는 틈을 타서 선천진기를 억지로 끌어올려 반 시진 동안 버티게 되었는데 선천진기란 것이 장불사처럼 호흡으로 채워지지 않는 매유란이었기에 선천진기가 고갈되면 생명이 다할 것이다.

장불사는 그 시기가 언제인지 물었지만 매유란은 대답을 하지 않았
다. 별로 유쾌하지 않은 얘기는 하고 싶지 않다는 것이었다.
　그렇게 십여 일이 지난 후 매유란은 뜻밖의 글을 보내왔다.

　너는 이곳을 빠져나가거라.

　매유란의 짧은 글을 읽는 장불사의 입가엔 자소 어린 웃음이 걸렸
다.
　'헛, 방법이 있었다면 이렇게 글로 얘기 나눌 시간도 없었을 것입니
다.'
　장불사는 내심 씁쓸한 기분을 떨칠 수 없었다.

　하하, 좋은 방법이라도 있습니까?

　내심과는 달리 다소 유쾌한 글이었다. 그러나 장불사의 표정은 그렇
지 않았다. 씁쓸한 기분이 그대로 반영된 우울한 표정으로 생쥐의 다
리에 천 조각을 매달아 보냈다.

　빙백신공을 가르쳐 주겠다.

　다시 온 매유란의 글을 본 장불사는 깜짝 놀랐다. 단명후가 매유란
을 저렇게 망가뜨린 이유도 빙백신공을 얻기 위해서 고문을 했기 때문
이다.

그런데 아직 장불사를 완전히 믿지 못할 텐데 빙백신공을 가르쳐 준다고 하니 장불사로서는 놀라지 않을 수 없었던 것이다.

제가 단명후의 첩자라면 어떻게 하려고 그러십니까? 사양하겠습니다. 서문 가주님이나 무림맹에서 구하러 올 때까지 기다려 보지요.

글을 그렇게 썼지만 여전히 뒷맛은 씁쓸하기만 했다. 매유란이 무슨 이유로 마음이 변했는지 모르지만 의심을 받고 있으면서 석옥을 빠져나가기 위해 남의 무공을 배운다는 것이 장불사는 못마땅했다.

또한 빙백신공을 배운다고 하여 단단한 금옥석을 깨고 나갈 수 있을까 하는 불신도 들었던 것이다.

'죽음이 임박해서인가? 그렇다고 빙백신공을 나에게 가르칠 필요는 없을 텐데…….'

장불사는 알 수 없다는 듯 고개를 갸웃거렸다.

글을 보낸 후 한참이 지나도 답이 오지 않았다. 장불사는 내심 그럴 수밖에 없을 것이라 생각했다. 자신이 같은 처지에 있더라도 쉽게 결정을 내리지 못할 것이라는 생각이 들었던 것이다.

매유란으로서는 어떤 결심이 섰기에 빙백신공을 가르치려고 했겠지만 장불사의 글을 보는 순간 마음이 흔들릴 수도 있었다. 그리고 정말 장불사가 단명후의 첩자라면 자신의 몸이 망가지도록 버틴 것이 모두 허사가 될 수 있었으니 섣불리 결정을 할 수 없었으리라.

하지만 장불사의 예상과는 달리 매유란의 의지는 단호한 듯 보였다.

그것은 네가 짊어져야 할 업보겠지. 배우겠느냐?

천 조각을 무심히 바라보던 장불사는 고개를 가로저었다. 무엇 때문에 매유란이 이렇듯 나오는지 갈피를 잡을 수 없는 것이다.

뭐 배우는 것이 어렵겠습니까? 하지만 전에도 얘기했듯이 독왕의 빙백… 수는 저의 몸도 어쩌지 못했습니다. 빙백신공을 배운다고 단단한 금오석을 뚫고 빠져나갈 수가 있겠습니까?

장불사는 자신의 솔직한 심정을 적어 보냈다. 아무리 빙백소수마공이 천하오대신공에 든다고 하지만 다섯 자 두께나 되는 금오석을 깰 순 없다 생각되었던 것이다.

흥, 독왕인지 하는 놈이 배운 것은 빙산의 일각에 불과할 뿐이다. 빙백신공 상의 빙백수가 십이성의 경지에 오르면 어떤 현상이 일어나는지 알고나 떠드는 소리냐? 독왕이라는 놈의 손이 투명하게 변한 것은 겨우 오성의 경지에 이르렀기 때문이다. 네가 설령 내외활금강의 신체를 이루었다 해도 십이성의 경지에 이른 빙백신공과 부딪치면 요행을 바라지 못할 것이다. 그래서 너는 배우겠다는 것이냐? 배우지 않겠다는 것이냐?

매유란은 자신의 절기가 장불사에게 평가 절하 되자 몹시 자존심이 상한 듯 흥분한 글을 보냈다. 하기야 당대의 천하무적이었던 매유란의 자존심이 어디 가겠는가?

　장불사는 글을 읽으며 난색을 띠었다. 결코 그런 의도로 쓴 것이 아닌데 매유란의 심기를 건드린 결과가 되었으니 난처할 만도 했다. 장불사는 잠시 머리를 굴렸다. 어떻게 써야 매유란의 마음이 풀릴지 고민이 되는 것이다. 하지만 딱히 쓸 말이 없었다. 그렇다고 이렇게 시간만 보내고 있을 수는 없었다. 글을 나눈 지 반 시진이 다 되어갔기 때문이다.

　죄송합니다. 선배님의 절기를 얕잡아보고 한 말이 아니었기에 더 이상의 변명은 않겠습니다. 가르쳐 주신다면 배워보겠습니다.

　장불사는 진심에서 우러나오는 글을 적어 보냈다. 매유란이 흔쾌히 받아들이면 더할 나위 없이 좋겠지만 오해를 하더라도 어쩔 수 없는 일이었다.
　그러나 장불사의 우려와는 달리 매유란은 아무렇지 않은 듯 글을 보내왔다.

　좋다. 하지만 그전에 한 가지 부탁할 것이 있다. 들어주겠느냐?

　'뭘 부탁하겠다는 것이지? 단명후에 관한 것인가?
　장불사는 이맛살을 찌푸리며 고개를 갸웃거렸다. 몸이 망가져 가며 지켰던 빙백신공을 아무 조건 없이 가르쳐 주지는 않을 것이란 생각을 내내 하였지만 어떤 속셈으로 그러는지 알 수가 없었던 장불사로서는 한편으로 걱정이 되었다. 자신이 해결하지도 못할 부탁을 해온다면 어떻게 해야 될지 걱정이 앞서는 것이었다. 하지만 배운다고 하였으니 승낙을 하지 않을 수도 없었다.

말씀하십시오, 제가 할 수 있는 일이라면 들어드리겠습니다.

할 수 있는 일이라는 단서를 달았지만 장불사로서는 불안하기 짝이 없었다.

빙백신공을 배워 밖으로 나가면 즉시 증손녀에게 빙백심법을 가르쳐 주어라.

매유란의 부탁은 별로 어려운 것이 아니었다. 장불사는 속으로 안도의 한숨을 내쉬었다. 단명후를 찾아 죽이라거나 설산파를 재건하라는 부탁을 하였다면 장불사로서는 심히 괴로운 일이 아닐 수 없었다.
강호에 뛰어들면서 은원에 얽매이게 되었지만 자신과 상관없는 은원에는 관여하고 싶지 않는 것이 장불사의 솔직한 심정이었다.
'음… 그런데 왜 심 소저에게 빙백심법을 전하라고 하는 것일까?
매유란의 부탁은 장불사의 의아심을 자아내게 했다. 결국 장불사는 매유란에게 그 이유를 물을 수밖에 없었다. 의문점을 참고 지나가기 힘들었던 것이다.

어려운 부탁은 아니군요. 그런데 빙백심법을 심 소저에게 가르치라는 이유가 무엇인지 알 수 있겠습니까?

잠시 후, 매유란으로부터 장문의 사연이 적힌 글이 왔다.

우리 설산파의 여인들은 태어날 때부터 천음지체의 몸을 타고난다. 빙백신공 때문이지. 아들을 낳지 못하고 여아(女兒)만 낳은 것도 천음지체의 신체이기 때문이다. 원하지 않는 천형일 수도 있지. 그런데 천음지체로 태어난 여아가 빙백심법을 익히지 않는다면 자라면서 신체의 불균형을 가져와 끝내는 죽음에 이를 수 있다. 네비 증손녀의 얘기를 들었을 때 그 애가 빙백심법을 익히지 않아서 다리가 불편했을 거란 생각을 하였다. 아마 그 애의 어미는 빙백심법의 효용을 듣지 모양이다. 그렇지 않고서야 자신의 딸이 불편한 몸을 가지고 사는 것을 원하지 않았을 테니까. 휴우… 내가 지금 한 번도 보지 못한 증손녀에비 해줄 수 있는 일이라곤 건강한 몸으로 살아갈 수 있게끔 하는 것이 고작이구나. 네가 단명후의 첩자라도 이 부탁만은 꼭 지켜주길 바란다. 오늘은 시간이 다 되었구나. 내일부터 빙백신공을 가르쳐 주마.

장불사는 마지막 글을 읽는 순간 가슴이 찡해왔다. 자신으로 인하여 후대가 불행한 삶을 살고 있다고 생각하면 가슴이 얼마나 아프겠는가. 장불사는 한동안 글에서 눈을 떼지 못했다.

"당신의 마음을 잘 알겠습니다. 이곳을 나가게 된다면 될 수 있는 대로 빨리 심 소저에게 빙백심법을 전하겠습니다."

장불사는 나지막이 중얼거리면서 천 조각을 씻어 말린 후 생쥐에게 매달았다. 생쥐는 장불사의 말을 알아듣기라도 한 듯 초롱초롱한 작은 눈으로 장불사는 잠시 바라보더니 맞은편 석옥으로 돌아갔다.

다음날부터 매유란이 적어 장불사에게 보낸 것은 빙백심법과 빙백소수마공이라 불리는 빙백수였다.

매유란의 말에 따르면 빙백수가 삼성의 경지에 오르면 팔이 백옥같이 변하고, 오성의 경지에는 투명하게 변하며, 팔성의 경지에 이르면 다시 백옥처럼 하얗게 되었다가 십성의 경지에 이르면 원래의 피부색으로 돌아온다는 것이었다.

채 십 일도 지나지 않아 장불사의 왼손은 백옥처럼 하얗게 변해 있었다. 빙백수가 삼성의 경지에 이른 것이다. 매유란은 장불사가 익히는 빙백수의 무공을 보며 무척이나 놀라 했다. 너무도 빠른 성취였기 때문이다.

물론 장불사가 막히는 부분이 있으면 매유란이 조목조목 설명을 해주었기에 가능했지만 어쨌든 상상도 못할 만큼 빠른 성취임엔 틀림없었다.

처음에 매유란은 장불사가 손을 강철처럼 단련하는 것만으로도 최소한 일 년이 넘을 것이라고 판단하였다. 그 정도가 되어서야 겨우 빙백수를 운용할 수 있는 경지가 되기 때문이었다. 독왕과 싸운 장불사의 얘기를 들었을 땐 단지 호신강기로 빙백수를 막았다고 생각했던 것이다.

하지만 장불사가 금강불괴지체라는 것을 알고 난 후에는 두 달 정도는 되어야 빙백수를 운용할 수 있을 거라 생각했는데 예상을 뛰어넘어 십 일 만에 삼성의 경지에 이르렀으니 경악할 만한 일이었다.

그렇지만 장불사가 음양의 기운을 두루 갖춘 선천지기를 내공으로 삼고 있다는 것을 알면 그리 놀랄 일도 아니었다. 또한 장불사의 신체는 전신의 혈과 세맥들까지 모두 뚫린 상태였기에 빙백심법의 운용 구결을 쉽게 익힐 수 있었다.

빙백수는 깨달음의 무공이 아니라 손을 단련하고 빙백심법을 운용하여 극강의 파괴력이 되도록 내공을 모으는 무공이었던 것이다. 매유란이 젊은 나이에 강호를 종횡하며 무적의 고수가 될 수 있었던 이유도 그와 같은 비밀이 빙백신공에 있었기 때문이다. 물론 천음지체라는 신체가 한 몫을 한 것도 사실이었다.

십오 일째 되는 날에 장불사의 빙백수는 오성의 경지를 넘어 팔성의 경지를 바라보고 있었다. 빙백심법의 구결을 더욱 능숙하게 운용할 수 있게 되고 익숙해지자 내공이 급속히 응축되면서 한 단계 더 발전하게 된 것이다. 얼마 전까지만 해도 투명하다 못해 약간 푸르게 보이던 장불사의 손은 다시 백옥처럼 하얗게 변해가고 있었다.

장불사가 팔성의 경지에 이르자 매유란은 할 말을 잊은 듯했다. 그도 그럴 것이 그녀 자신도 팔성의 경지를 겨우 넘어서고서는 더 이상의 진전을 보지 못했기 때문이다. 내공이 뒷받침되지 않았던 것도 문제였지만 그녀의 손이 내공의 강력한 응집력을 이겨낼 정도로 단단하지 못했기 때문이기도 하다.

그러고 보면 장불사는 빙백신공을 익히기 쉬운 점을 두루 갖췄다고 볼 수 있었다. 내외활금강의 신체에다가 누구도 이루지 못한 선천진기라는 내공을 끊임없이 사용할 수 있는 경지에 이르렀으니 빙백수를 익히기에 장불사만한 재목은 없는 것이나 마찬가지였다.

장불사는 빙백신공을 배우면서 확실히 상승의 무공은 뭔가 달라도 다르다는 것을 깨달았다. 또한 자기 혼자서 고민하며 깨우쳐 나가는 것보다 앞서 걸어간 사람이 옆에서 도와주면 더욱 빠른 성취를 이룰 수 있다는 점도 알았다.

매유란은 장불사가 팔성의 경지에 접어들었다고 하자 곧바로 석옥을 빠져나갈 것을 종용하였다. 팔성의 경지면 금오석을 충분히 깰 수 있다는 것이었다.

인시(寅時)를 넘어선 지하 석옥은 아관의 코 고는 소리만 요란하게 들리고 있었다.

"지금까지 내공만 운용하였을 뿐인데 실전에도 가능할지… 부딪쳐 보는 수밖에……."

석문 앞에서 나지막이 중얼거린 장불사는 공기를 한껏 들이쉬면서 빙백심법을 운용한 빙백수를 펼쳤다. 순간 장불사의 왼손이 백옥으로 변하면서 강력한 예기가 뻗어 나왔다. 장불사는 공력을 최대한 손끝에 집중하여 석문을 향해 손을 뻗었다.

퍽.

"우웃."

그다지 크지 않은 소리와 함께 장불사가 짧은 신음을 토했다. 빙백수가 부딪친 곳을 바라보는 장불사의 인상은 몹시 찌푸려져 있었다. 손끝으로 상당한 충격이 전해졌던 모양이다.

"휴우, 이렇게 단단할 줄 몰랐는데……."

장불사는 머리를 흔들며 왼손은 쥐었다 폈다 하였다. 하지만 금오석으로 된 석문은 밤톨만한 크기로 한 치가량 파여 있었다. 매유란의 말대로 팔성의 경지면 금오석을 깰 수 있다는 말이 사실인 것이다.

그러나 겨우 한 치의 두께만 깰 수 있는 팔성의 경지로 금오석을 깨라고 한 매유란의 의도가 궁금해지는 장불사였다.

장불사는 마음의 준비를 하며 다시 빙백수를 펼쳐 석문을 쳤다.

퍽, 퍼석, 퍽.

연이어 세 번의 격타음이 들렸다. 하지만 장불사는 여전히 인상을 찌푸리고 있었다. 그래도 조금 전과 비교해 훨씬 양호한 편이었다. 빙백수를 시전 중인 장불사의 왼손엔 아직까지 강력한 예기가 흘러나오고 있었던 것이다.

장불사는 또다시 석문을 향해 빙백수를 펼치지 못했다. 손끝으로 전해진 충격이 전신을 휘감으며 잔떨림을 일으켰기 때문이다. 내외활금강에 가까운 경지를 이룬 장불사였지만 다섯 자나 되는 금오석을 손끝으로 깨려고 하니 그 전해진 충격이 이만저만한 것이 아니었던 것이다.

빙백수는 손끝으로 강기를 뿜어내는 무공이 아니라 손 자체를 금강체보다 더 단단하게 외공과 내공으로 단련하여 무엇이든지 파괴할 수 있도록 한 무공이다. 그렇지만 금강불괴의 경지에 이른 장불사도 충격이 왔던 것이다.

"음, 빙백수를 펼칠 때 왼손에만 진기를 집중할 것이 아니라 전신에 진기를 일으켜 내, 외부를 보호하여야 충격이 덜하겠구나."

장불사는 두 번 빙백수를 펼치자 무엇이 문제인지 감이 잡혔다. 처음 두 번 펼친 빙백수는 아무런 생각 없이 왼손에만 진기를 집중하여 빙백수를 펼쳤던 것이다. 그러니 내부에 충격이 올 수밖에 없었으리라.

“후웁.”

장불사는 길게 숨을 들이쉬며 선천진기를 전신에 퍼뜨렸다. 생각만 해도 진기가 저절로 움직이는 경지였지만 이런 호흡도 한 번쯤 마음을 가다듬을 수 있는 좋은 방법 중 하나였던 것이다.

한 호흡에 전신의 혈맥으로 진기를 일주천하자 장불사의 몸에는 호신강기가 일어났다. 그와 함께 빙백수를 시전하자 장불사의 왼손은 다시 하얗게 변하였다.

숙.

퍽.

두 번째 시도보다는 더욱 빨라지고 강력한 빙백수가 펼쳐졌다. 금오석의 석문에 부딪친 왼손을 바라보는 장불사의 얼굴엔 흐뭇한 미소가 어려 있었다. 자신의 생각대로 충격이 훨씬 적어져 연속해서 빙백수를 펼칠 수 있었기 때문이다.

퍽, 퍽. 퍼벅. 퍼석, 퍽.

낮은 타격음은 아관의 코 고는 소리와 이상하리마치 잘 조화되었다. 연속해서 펼친 빙백수의 위력은 처음보다 약했지만 석문에 패인 구멍은 점점 커져 갔다.

두 시진이 흐르자 세 자 크기의 지름에 거의 한 자나 되는 깊이까지 구멍이 파였다. 아관이 깨는 바람에 중단하기는 했지만 두 시진 동안 쉬지 않고 석문을 깬 결과 빙백수를 펼치고 거둬들이는 수법의 위력은 더욱 강력해졌다.

“젠장, 조금만 더 늦게 일어날 것이지.”

장불사는 아쉬움을 토로하며 바닥에 쌓인 석문의 부스러기를 한쪽으로 치우고는 자신의 왼손을 물끄러미 내려다봤다.

"며칠만 더 이런 식으로 빙백수를 펼치면 십성의 경지에 곧 도달하겠는데……."

장불사가 왼손에 공력을 집중하자 얼마 전까지만 해도 하얗던 손이 드문드문 원래의 색을 찾고 있었다. 십성의 경지에 이르는 현상이었다.

금오석의 석문을 깨기 시작한 지 오 일이 지나자 석옥 한편은 금오석의 부스러기들로 가득 차 있었다.

퍽, 퍽, 퍼벅, 퍽.

쉴 새 없이 석문을 깨뜨리고 있는 장불사의 왼손은 본래의 색깔을 하고 있었다. 장불사의 빙백수가 한 번씩 부딪칠 때마다 석문은 세 치 정도 깊이로 파이며 볼썽사나운 모양이 되어갔다.

"음, 이 정도면 내일 안에 뚫을 수 있겠는데?"

부단히 손을 놀리던 장불사는 무슨 생각에선지 빙백수를 거두고는 부스러기들을 치웠다. 그러더니 보다 좁아진 석옥을 왔다 갔다 하며 심각한 표정을 지었다.

"그나저나 어째서 오 일 동안이나 아무 소식이 없는 것일까? 내가 잘못한 것이라도 있나?"

장불사는 매유란이 있는 석옥을 바라보며 난처한 기색을 표했다. 빙백수로 석문을 깨기 시작했다는 소식을 전한 후 매유란으로부터 답이 오지 않았던 것이다.

잠시 후면 매유란이 정신을 차릴 축시가 될 시간이었다. 그래서 장불사는 석문을 깨는 일을 중단하고 오 일 동안 소식이 없는 매유란의 소식을 기다리고 있는 중이었다.

축시가 지나자 장불사는 더욱 초조해진 모습을 하였다. 간수인 아관 때문에 소리쳐 부를 수도 없는 노릇이고 전음도 하지 못하니 매유란에게 자신의 뜻을 전할 방법이 없었다. 맞은편 석옥을 살펴보니 분명 매유란의 기가 달라져 있었는데 생쥐를 보내지 않고 있으니 안달이 나는 것이다.

'무슨 일이 있는 것일까?

초조함을 넘어선 장불사는 이젠 내심 매유란의 안위가 걱정되기까지 했다.

그렇게 이각 정도 흘렀을까?

장불사의 눈이 한순간 빛났다. 맞은편에 있는 생쥐의 움직임이 포착되었던 것이다.

아니나 다를까?

잠시 후 생쥐는 장불사가 기다리던 매유란의 소식을 가지고 왔다. 하지만 매유란이 보낸 글은 장불사가 초조해하며 기다리던 소식과는 다르게 생뚱맞은 내용이었다.

네가 그토록 빨리 빙백수를 성취하리라곤 생각도 못했다. 축하한다. 모쪼록 네가 나의 부탁을 저버리지 않았으면 하는 게 내 마지막 소원이다.

매유란의 글을 보던 장불사는 잠시 어리둥절한 표정을 지었다. 글의 내용으로 보아 곧 죽을 것같이 얘기했지만, 서신을 나누면서 줄곧 매유란에게서 풍기는 기를 살펴본 장불사로서는 이해가 가지 않는 것이었다. 방금 전 제정신으로 돌아오기 전만 하더라도 매유란에게서 느껴지는 기는 건강한 사람에게서나 풍기는 기운이었던 것이다.

"도대체 무슨 생각을 하고 있는 것이지? 내가 석문을 뚫는 데 오랜 시간이 걸린다고 생각한 것인가?"

장불사는 알 수가 없다는 듯 머리를 가로저으며 나직이 중얼거렸다. 아무리 생각해 봐도 매유란이 이런 식의 글을 쓸 이유가 없었던 것이다.

매유란이 보낸 글의 진위가 무엇인지 파악할 길이 없는 장불사는 의문에 가득 찬 얼굴이 되어 좁은 석옥을 서성였다. 하지만 마냥 시간을 보내고 있을 수만은 없었다.

다시 석문을 뚫기 시작하면 새벽이나 아침나절이면 탈출을 할 수 있기에 매유란에게 그런 사실을 알려야만 하는 것이다. 장불사는 자신을 멀뚱멀뚱 보고 있는 생쥐를 잠시 물끄러미 쳐다보더니 이내 글을 적었다.

방금 보낸 글이 뭘 의미하는지 모르겠지만… 내일 아침이면 석문을 모두 뚫을 수 있을 것 같습니다. 그러니 선배님도 마음의 준비를 하시기 바랍니다. 탈출할 시간은 내일 이 시간입니다.

장불사는 글을 적어 보낸 후 다시 석문을 깨기 시작했다. 매유란이 무슨 생각을 하는지 모르지만 내일 탈출할 때 그녀를 함께 데리고 갈 작정이었다.

매유란은 이후로 글을 보내지 않았고, 장불사도 기다리지 않는 듯 열심히 빙백수를 전개하여 석문을 깰 뿐이었다.

아침 해가 뜰 무렵에 장불사는 금오석으로 된 석문을 거의 뚫을 수 있었다. 그런데 전혀 예상하지 못한 상황이 발생했다. 금오석으로 된 석문의 바깥쪽은 철로 덧대어져 있었던 것이다.

다음날 축시에 완전히 뚫으려고 막바지에 조심스럽게 석문을 깨지 않았다면 지금까지의 일이 모두 헛수고가 될 뻔했기에 장불사는 가슴을 쓸어내리며 안도의 한숨을 내쉬어야 했다.

하지만 안도의 한숨도 잠시, 어떻게 철판을 뚫고 빠져나가야 할지 대책이 서지 않았다. 빙백수로 덧대어진 철판을 간단히 뚫을 수는 있겠지만 자칫 잘못했다간 타격음이 크게 들려 아관이나 지하 석옥 바깥에서 들을 수도 있었던 것이다.

"이거… 어떻게 한다."

고민이 될 수밖에 없었다. 철문을 뚫고 나가 아관을 제압하는 것이야 어렵지 않겠지만 지하 석옥 바깥에서 소리를 듣고 사람들이 몰려온다면 귀찮은 일이 발생할 것이 뻔했기 때문이다.

혼자라면 바깥에서 사람들이 몰려온다 해도 충분히 상대할 자신이 있었지만 매유란과 같이 빠져나가야 한다는 것이 문제였다. 몸도 성치 않은 매유란을 보호하며 빠져나가기가 쉽지만은 않을 것이었다.

또한 어떤 비밀인지는 몰라도 그 비밀을 알아내기 위해 십여 년 동안 매유란을 가둬놓았는데 그녀가 쉽사리 빠져나갈 수 있을 만큼 허술한 방비를 하고 있지는 않을 것이었다.

"음, 내일 축시까지 기다려야 하나?"

아관이 잠에서 깰 때까지 장불사의 고민은 계속되었다. 속 시원히 해결할 마땅한 방안이 떠오르지 않는 것이다.

"휴우~"

장불사는 긴 한숨을 연거푸 내쉬며 답답한 마음을 달랬다.

그렇게 아무 대책도 없이 한 시진이 지날 무렵 지하 석옥으로 들어오는 인기척이 들렸다. 장불사가 석옥에 갇힌 지 두 달이 다 되어갔지만 지금까지 아관 외에는 다른 이가 지하 석옥으로 온 일이 없었다.

답답한 마음에 하릴없이 시간만 보내고 있던 장불사는 석옥을 방문한 사람이 누군지 무척이나 궁금해 방금 뚫어놓은 구멍을 통해 밖을 내다봤다.

다섯 자나 되는 석문일 때는 환기구를 통해 밖을 볼 수 있는 곳이 한정되었지만 한 치 두께의 철판에 나 있는 환기구는 지하 석옥 밖을 거의 볼 수 있을 정도가 되었다.

"헛."

그런데 환기구에 눈을 갖다 댔던 장불사는 헛바람을 들이킴과 동시에 화들짝 놀라며 급히 눈을 떼었다. 지하 석옥을 방문한 사람은 장불사가 전혀 생각지도 못했던 사람이었다.

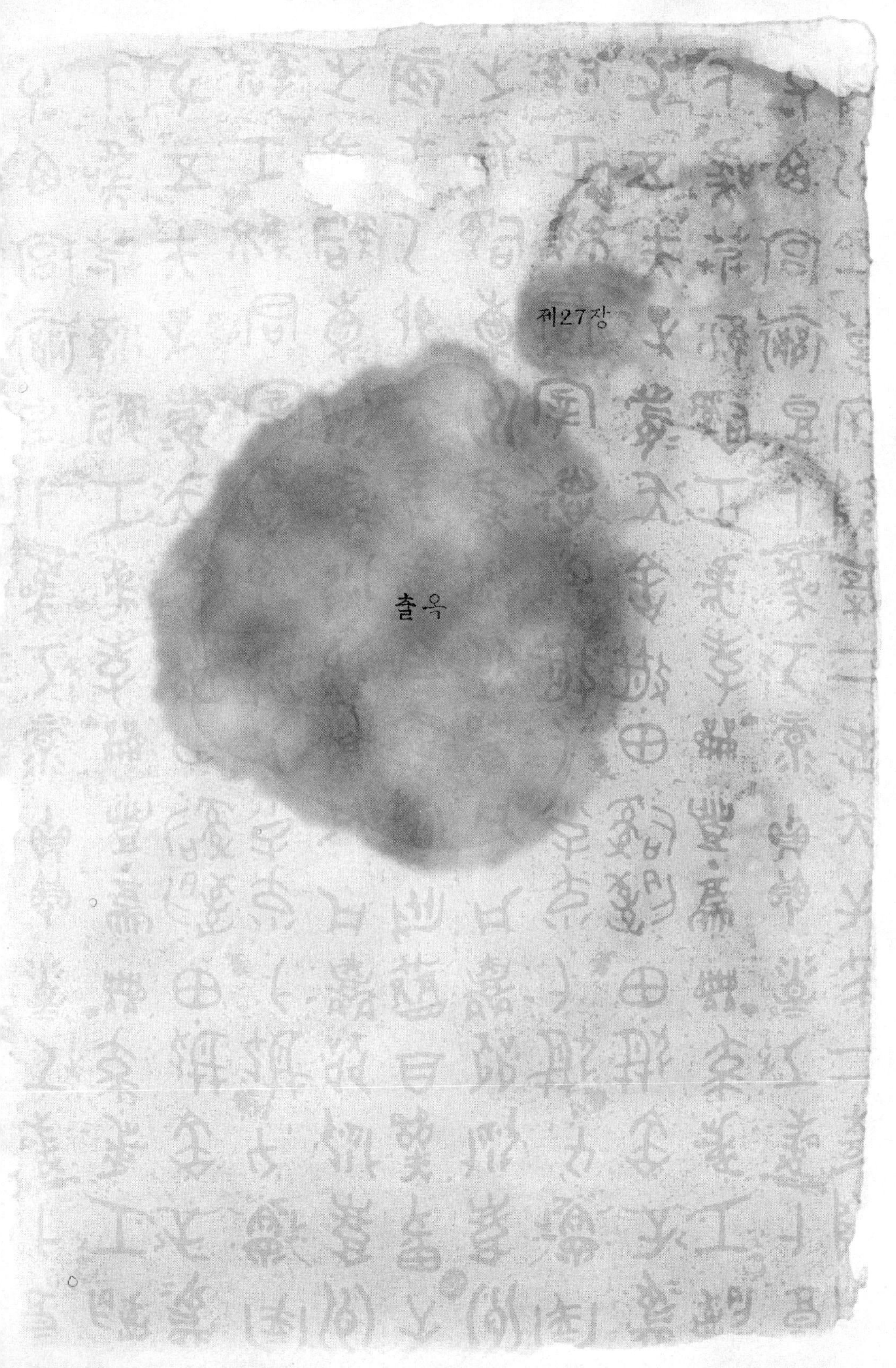
제27장
출옥

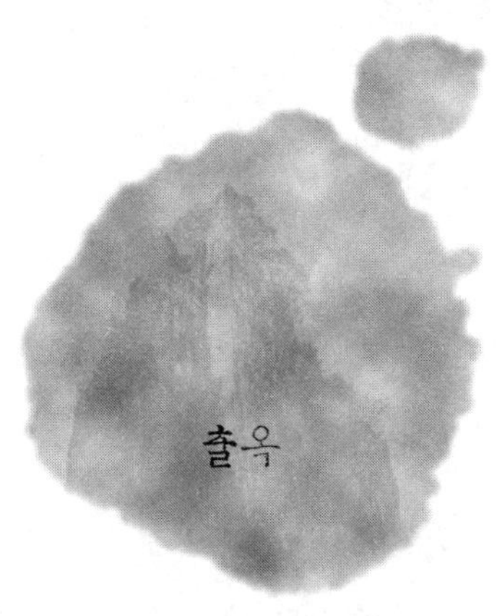

장불사는 갑자기 머리 속이 복잡해졌다. 지하 석옥을 방문한 사람은 갑자기 사라져 버린 철하연이었던 것이다.

'허어… 철 형이 왜 이곳에 있는 것이지?'

환기구로 향한 장불사의 시선엔 의문과 불신의 빛이 뒤엉켜 있었다. 철하연이 이곳에 있다는 자체만으로도 혼란스러운 것이다. 장불사가 놀란 가슴을 진정시키며 어떻게 해야 할지 몰라 하는 사이 철하연의 목소리가 들려왔다.

"장 소협?"

철하연의 목소리엔 왠지 힘이 없었다.

"……."

장불사는 철하연이 부르는 소리에 멈칫거리며 대답을 해야 할지 말아야 할지 갈피를 잡지 못했다.

“장 소협?”

“……”

두 번째 부르는 소리에도 장불사는 아랫입술을 깨물며 망설였다. 철하연과 대화를 나누기가 두려워졌던 것이다. 철하연이 이곳에 있는 것만으로도 그때 숲 속에 있던 일행이 어떻게 되었는지 짐작이 갔기 때문이다.

“…하나만 묻겠습니다. 일행은 어떻게 되었습니까?”

침묵을 지키던 장불사가 갑자기 말을 꺼냈다. 생각보다 침착한 어조였다. 장불사의 느닷없는 질문에 당황하였는지 철하연은 잠시 머뭇거렸다. 그러자 기다리지 못한 장불사가 깊게 깔리는 목소리로 다시 물었다.

“어떻게 되었습니까?”

“그들은 모두 무사해.”

“훗, 다행이군요.”

철하연이 힘없는 소리로 대답을 한 반면 장불사는 조소가 가득 담긴 말투를 내뱉었다.

“……”

“……”

잠시 말이 오간 두 사람은 한동안 말이 없었다. 한마디의 대화로 모든 상황이 파악되어졌기에 달리 할 말이 없는 것이기도 했다. 그러다가 먼저 입을 연 사람은 장불사였다.

“그들은 지금 어디에 있습니까?”

“이곳 석림에 있어.”

“물론 감금된 상태겠지요?”

“…….”

철하연은 대답을 못하고 머뭇거렸다.

“설마… 나처럼 이런 곳에 갇혀 있지는 않겠지요?”

감정을 쉬이 드러내지 않으려고 무단히 애를 쓰던 장불사의 말이 약간 떨렸다.

“그렇지는 않아.”

철하연의 말에 장불사는 안도의 한숨을 몰래 내쉬었다.

“그런데… 지금 제 앞에 나타난 이유가 무엇입니까?”

그것이 무척 궁금한 장불사였다.

“…….”

하지만 철하연은 곤혹스러운 표정을 지으며 쉽게 말을 꺼내지 못했다.

“저를 이곳에서 꺼내주기 위해서 온 것은 아닐 테고… 건공대나이신공의 비급 때문입니까?”

“그래.”

철하연의 대답은 의외로 단호했다.

“훗, 그런데 저에게 비급이 없으니 어쩝니까?”

“…….”

“그냥 돌아가시지요.”

장불사의 마지막 말은 싸늘했다. 말을 붙이기 어려울 정도로 냉막한 말투였다. 하지만 철하연은 입술을 깨물어 이내 말문을 열었다.

"며칠 후면 이곳 지하 석옥은 폐쇄될 거야. 그러니 비급의 행방을 알고 있다면 알려줘. 최소한 장 소협이 굶어 죽지 않게는 할 테니."

"핫하하, 굶어 죽지 않게 하겠다고요? 이거… 구미가 당기는 얘기네요. 홍, 그런데 이 몸은 먹지 않고도 살 수 있느니 어쩝니까?"

"장 소협, 그러지 말고 말해. 장 소협의 말대로 굶어 죽지 않는다 해도 이곳을 빠져나가지는 못해."

"훗, 그건 두고 보면 알겠죠."

"고집 부리지 말고 말해줘. 비급의 행방만 얘기해 준다면 내가 이곳을 나갈 수 있도록 해볼게."

장불사의 마음을 돌리려는 철하연의 말은 애원조에 가까웠다. 장불사의 처지가 안타까운 철하연으로서는 달리 해줄 수 있는 일이 없었던 것이다.

하지만 장불사는 대꾸도 하지 않았다. 굳은 표정으로 환기구를 쏘아보고 있을 뿐이었다.

두 사람 사이에 잠시 침묵이 흘렀다.

철하연은 수심에 가득 찬 얼굴로 그저 장불사가 갇혀 있는 석옥을 멍하니 바라보며 있었다. 그러더니,

"내일 다시 올게."

무거운 침묵을 참지 못한 철하연이 먼저 말을 꺼내며 발길을 돌렸다. 왠지 철하연의 목소리가 처연하게 들렸다.

"잠깐……."

철하연이 몇 발자국 움직였을 때 장불사가 무슨 생각인지 불러 세웠다.

"월영인은 어디에 있습니까?"

"휴우, 아마… 제갈 공자가 가지고 있을 거야."

철하연이 발길을 멈추고 한숨을 내쉬며 말했다. 그러자 장불사는 뜻밖이라는 듯한 얼굴을 하고 다시 물었다.

"제갈승운이 아직도 이곳에 있단 말입니까?"

"그래. 그렇지만 지하 석옥이 폐쇄되는 날 떠날 거야."

"……."

"…내일 다시 올 테니 잘 생각해 봐."

할 말은 다 했다는 듯 철하연은 발길을 돌려 석옥을 나갔다.

"내일이면 나는 이곳에 없을지도 모르오."

장불사는 멀어지는 철하연의 발소리를 들으며 자신만이 알아들을 수 있을 정도로 나지막이 중얼거렸다.

철하연이 나간 후, 잠시 생각에 잠긴 듯 미동도 않고 있던 장불사는 인상을 찌푸리며 고개를 갸웃거렸다. 철하연과 몇 마디 대화를 나누면서 더욱 머리 속이 복잡해진 것이다.

철하연의 의도가 무엇인지 명확해졌다. 황태후의 지시를 받고 건공대나이신공을 얻기 위해 행동한 것이 분명했다. 그런데 황태후와 환관 제갈량 사이에 알력이 있다고 생각한 장불사로서는 철하연과 제갈승운이 서로 협력하고 있는 것이 이해가 가지 않았다. 화산의 선인봉에서 제갈승운에 대하여 철하연이 보여준 행동이나 말은 그리 곱지 않았던 것이다.

뿐만 아니라 단명후와 제갈승운의 관계도 이상했다. 두 사람 사이를 연결할 만한 인과관계가 전혀 없었기 때문이다. 매유란을 이곳에 가둬놓은 이가 단명후가 분명할진대 어떻게 해서 제갈승운이 이곳에 있는지 이해가 가지 않는 것이다.

또한, 자세한 내막은 모르나 매유란의 말을 빌자면 단명후가 원했던 것이 월영인과 빙백신공이 분명한데 왜 독왕이 두 가지를 가지고 있었을 때 빼앗지 않았을까 하는 생각도 들었다. 매유란을 저 지경으로까지 만들 실력이라면 독왕 정도는 쉽게 이겼을 거란 게 장불사의 생각이었다.

단명후, 제갈승운, 철하연…….

세 사람의 이름을 차례로 떠올리며 그들이 어떤 관계에 있는지 한동안 생각했지만 머리만 아파올 뿐이었다.

장불사는 거의 하루를 아무것도 하지 않은 채 여러 가지 생각으로 보냈다. 세 사람에 대한 생각뿐 아니라 일행을 어떻게 구해내야 할지도 고민이었고, 제갈승운이 가지고 있는 월영인을 어떻게 하면 다시 찾을지도 고민이었던 것이다.

하지만 하루를 꼬박 보내고도 뚜렷한 결론을 내리지 못했다. 그렇게 다음날 축시가 가까워지자 장불사는 또 한 가지 고민에 휩싸였다. 며칠 후 지하 석옥을 폐쇄한다는 철하연의 말을 듣고 나니 갈등이 생긴 것이다.

"음, 어떻게 한다? 지금 나가는 것이 좋을까, 아니면 이곳이 폐쇄된 후 나가는 것이 좋을까? 석옥이 폐쇄된 후 조용히 나가는 것도 좋을 것 같은데……."

장불사는 쉽사리 결정을 내리지 못했다. 두 가지 다 장단점이 있었기 때문이다. 그래도 장불사는 석옥이 폐쇄된 후 빠져나가는 것이 좋은 것이란 생각을 하였다. 철하연이 다시 온다고 하였으니 자신이 궁금한 점을 물어본 후 나가는 것도 나쁘지 않다고 판단한 것이다.

잠시 후, 장불사는 결정을 내렸는지 입술을 굳게 다물며 머리를 끄덕였다.

"그래… 철 형에게 물어볼 것도 있고, 며칠 늦는다고 달라질 것도 없겠지. 그나저나 선배님이 기다리고 있는 것은 아닌지 모르겠네. 오늘 빠져나간다고 하였는데……."

장불사는 근심 어린 눈으로 맞은편 석옥을 바라보았다. 하지만 걱정과는 달리 축시가 지나고 인시가 다 되어도 매유란에게서는 소식이 오지 않았다. 분명 축시가 지나면서 매유란에게서 풍기는 온전한 기를 감지했는데 매유란은 석옥을 빠져나가는 일에 관심이 없는 것인지 아무런 행동을 취하지 않았던 것이다.

철하연이 다시 찾아온 때는 어제와 다르게 점심시간이 훨씬 지나서였다. 석옥에 들어서자마자 어제와 같은 질문과 걱정 어린 말을 쏟아부으며 장불사의 생각을 돌리려 했지만 뜻대로 되지 않았다. 오히려 장불사의 요지부동한 태도에 한숨만 내쉬고 장불사가 묻는 말에 대답을 하는 입장이 되어야 했다.

그렇게 삼 일 동안을 찾아와 장불사의 마음을 돌리려 애쓰던 철하연이 사 일째 되는 날엔 제갈승운과 같이 석옥을 방문하였다. 석옥에 들어올 때부터 제갈승운은 무엇이 그리 좋은지 연신 빙글거리며 기쁜 기색을 감추지 못하고 있었다.

"하하, 오랜만입니다, 장 소협."

웃는 얼굴로 말을 건네는 제갈승운이었지만 장불사는 너무도 가식적으로 느껴져 절로 인상을 찌푸렸다.

"……."

"내일부로 이곳은 폐쇄될 것입니다. 그래서 마지막으로 장 소협을 만나러 온 것인데, 혹시… 할 말은 없습니까?"

"없소."

느닷없는 제갈승운의 등장에 석옥을 폐쇄할 것이라 이미 짐작한 장불사는 퉁명스럽게 말을 내뱉었다. 자신을 이런 석옥에 가둬놓은 제갈승운이 좋게 보일 리가 만무했다. 또한 철하연으로부터 들을 건 다 들은 장불사로서는 제갈승운과 말조차 나누기 싫었던 것이다.

하지만 한편으론 천천히 피부 호흡을 하며 대자연의 기운을 받아들여 전신에 선천진기가 충만하게 하였다. 화산에서 제갈승운이 다른 사람의 마음을 읽을 수 있는 초인적인 능력이 있다는 것을 알았기에 그에 대비를 하기 위함이었다.

"하하, 좋습니다. 무척 궁금한 점이 많을 거라 생각했는데 없다고 하니 어쩔 수 없군요. 험, 그렇다면 내가 하나 묻겠습니다. 혹여… 장 소협은 월영인의 진정한 내력을 알고 있습니까?"

장불사는 제갈승운의 물음에 어리둥절했다.

"무슨… 뜻이오?"

제갈승운이 무슨 의도로 저런 질문을 하는지 장불사로서는 짐작이 가지 않았다.

"음, 장 소협이 황궁무고에 들어갔다는 것을 알고 있습니다. 그래서 묻는 것입니다."

“…….”

장불사는 쉽게 대답을 하지 못하고 머뭇거렸다. 제갈승운의 속셈이 무엇인지 모르는 마당에 함부로 입을 놀릴 수는 없었던 것이다.

“장 소협, 음양이기라고 들어보지 못했습니까?”

제갈승운이 다시 묻는 말에 장불사는 속으로 뜨끔했다. 그러나 이내 고개를 갸웃거렸다.

‘저자 정도면 충분히 황궁무고에 들어갈 수 있었을 텐데 왜 나에게 묻는 것이지? 혹시 병기실에 가보지는 않았던 것일까? 음… 그때 진열대에 쌓인 먼지로 보아 상당히 오랫동안 방치해 둔 것 같기는 한데.’

장불사는 내심 많은 의문이 들었지만 대답을 하지 않을 수 없었다.

“흥, 월영인을 가지고 있는 그대가 잘 알 것인데 나에게 그런 것을 묻는 이유가 무엇이오?”

“음, 장 소협의 말 한마디에 이곳을 나갈 수도 있기에 하는 말입니다.”

“…….”

“황궁무고에서 음양이기에 대해 본 것이 있다면 얘기해 주시오. 그러면 장 소협을 풀어드리겠습니다.”

“…….”

제갈승운을 답답하게 만들 심산인지 장불사는 입을 닫고 있었지만 속으로는 코웃음을 쳤다. 황궁무고에서 읽어본 내용으로 보아 제갈승운이 저렇게까지 말할 정도로 대단한 내용은 아니었다.

월영인이나 전영비가 금석을 두부처럼 자르는 신병이기이기도 하지만 음과 양의 결정체라는 것이 그나마 특이한 것이었다. 그 외에는 자신을 석옥에서 풀어줄 정도로 제갈승운이 관심 가질 만한 내용이 없었던 것이다.

"어떻습니까, 장 소협? 말해주겠습니까?"

"훗, 내가 이곳을 나가지 못한다고 하더라도 당신에게는 말해줄 수 없소."

"다시 생각해 보시오, 장 소협. 내일 이곳이 폐쇄되면 장 소협은 영원히 이곳에 뼈를 묻어야 할지도 모릅니다."

장불사의 말에 제갈승운은 애가 타는 듯, 말투가 간절하기 그지없었다. 장불사의 안위를 생각해서 하는 말이 아니겠지만 모르는 사람이 옆에서 듣는다면 무척이나 장불사를 위해서 하는 말처럼 들렸다.

"훗, 여기에 뼈를 묻을지 다시 당신을 보게 될지는 두고 보면 알겠지."

"음……."

장불사의 냉소 어린 말에 제갈승운은 깊은 신음을 터뜨리며 침묵했다. 그리고는 잠시 후,

"훗, 장 소협을 살려주려고 했는데… 철 소저, 철 소저도 들었다시피 장 소협이 나의 조건을 거절했으니 더 이상 다른 말은 마시오."

"……."

제갈승운의 흐트러짐없는 말에 철하연은 아무 말도 하지 못하고 고개를 숙였다. 반면 제갈승운이 철하연을 부르는 호칭에 장불사는 의아함을 느끼며 고개를 갸웃거렸다.

'소저? 왜 저자가 철 형을 공주라 부르지 않고 소저라고 부르는 것일까?

두 사람의 사이에 어떤 일이 있었는지는 모르지만 제갈승운이 철하연을 저렇게 부를 이유를 알지 못하는 장불사로서는 너무도 생소한 느낌까지 들었다.

한참 혼자만의 생각에 빠져 있던 장불사는 다시 들려오는 제갈승운의 말에 상념에서 깨어났다.

"어차피 알게 될 일. 시간이 조금 늦어질 뿐이건만. 휴… 장 소협과 내가 이런 인연이 아니었다면 좋은 친구가 될 수도 있었을 텐데 안타깝습니다, 장 소협. 너무 나를 원망 마시오."

환기구 너머로 보이는 제갈승운의 표정은 상당히 굳어 있었다. 옆에 있는 철하연의 표정도 마찬가지였다.

제갈승운의 말에 잠시 어리둥절해하던 장불사는 자신도 모르게 입술을 질근 깨물었다.

'젠장, 저런 소리까지 듣고 있어야 하다니…….'

제갈승운의 말뜻을 음미해 볼 것도 없이 그의 입에서 나오는 말에 무조건 반발심이 생겨난 장불사는 인상을 잔뜩 찌푸렸다.

"다시 볼 일도 없겠지만… 잘 지내시오."

이내 짧게 한마디를 던진 제갈승운은 간수인 아관에게 이것저것 지시를 내리고는 석옥을 나갔다. 제갈승운이 나가자 지금까지 아무 말도 않고 있던 철하연이 한숨을 내쉬며 조심스레 말을 꺼냈다.

"후우, 장 소협, 다시 한 번 생각해 볼 수 없겠어?"

"뭘 말입니까?"

"그… 음양이기인가 하는 것 말이야."

"후후, 내가 얘기를 한다고 제갈승운이 풀어줄 거라 생각하시오?"

“……?”

“철 형은 건곤대나이신공의 비급을… 제갈숭운은 음양이기를… 훗, 내가 어느 장단에 춤을 춰야 하겠소?”

“…….”

장불사의 말에 철하연은 대답을 하지 못했다. 장불사의 말이 틀린 것이 아니기 때문이다.

“그나저나 궁금한 것이 있습니다, 철 형.”

“휴… 뭔지 말해. 내가 아는 것이라면 대답해 줄게.”

석옥에 갇힌 장불사보다 오히려 철하연이 더 삶을 체념한 듯한 표정으로 대꾸했다.

“음, 제갈숭운이 어째서 철 형을 보고 소저라고 말하는 것입니까?”

“…….”

생각지도 못한 장불사의 질문에 철하연은 순간 멈칫했다.

“말 못할 사정이 있는 모양이군요?”

“아니… 이 마당에 못할 말이 뭐 있겠어. 그는… 나의 약혼자야.”

“예? 뭐라고요?”

장불사는 자신의 귀를 의심했다.

약혼자라니…….

분명 무슨 사연이 있을 거라 생각은 했지만 두 사람이 약혼한 사이일 것이라고는 생각지도 못한 일이었다.

“나도 어머니에게 일방적인 통보를 받고는 어리둥절했는데 제갈 공자의 말을 듣고는 이해할 수 있었어, 그렇게 될 수밖에 없다는 것을.”

“그렇게 될 수밖에 없다니… 도대체 무슨 일이 있었던 것입니까?”

"그것까지는 장 소협에게 말해줄 수 없어."

철하연의 목소리엔 힘이 없었다.

"음… 피치 못할 사정이 있긴 있는 것 같군요."

"그래, 장 소협에게 얘기하지 못하는 나의 심정을 이해해 줬으면 해. 나도 뭐가 뭔지 모를 정도로 혼란스러우니……."

철하연의 풀 죽은 목소리에 장불사는 차마 더 이상 물어보지 못했다. 두 사람 사이에 잠시 침묵이 흐른 후 철하연이 다시 입을 열었다.

"이제 다시 볼 수 없겠지. 휴… 목영이가 이 사실을 알면 무척 슬퍼할 거야. 장 소협을 무척 믿고 따랐는데……."

나지막이 뇌까리는 철하연의 말은 거의 독백에 가까웠다. 묵묵히 듣고 있던 장불사는 목영의 이름이 나오자 잠시 침울한 표정을 지었다. 본의 아니게 사부 아닌 사부가 되었지만 그래도 일말의 애정을 가지고 가르친 아이였기에 마음이 심란해졌기 때문이다.

"잘 가십시오, 철 형. 언젠가 볼 날이 있을 것입니다."

장불사는 가타부타 말도 않고 작별을 고했다. 더 이상 대화를 나누는 것은 철하연을 힘들게 할 뿐만 아니라 자기 자신도 힘이 들었던 것이다.

"그래… 언젠가… 언젠가는 볼 일이 있겠지……."

혼자 말하듯 중얼거린 후 발길을 돌리는 철하연의 어깨가 축 쳐져 있었다. 장불사는 그런 철하연을 보며 속으로 한숨을 내쉬었다. 어느새 철하연에 대한 분노와 배신감은 사라지고 연민이 마음 한구석에 자리잡고 있었던 것이다.

다음날 아침 지하 석옥이 폐쇄되자 장불사는 석옥의 철판을 부수고 나왔다. 두 시진이나 기다리며 혹여 감시자의 눈길이 있을지도 모른다는 생각에 소리 내어 철판을 부수기가 망설여졌던 장불사는 정오가 되어서야 석옥을 빠져나왔다. 하지만 걱정과는 달리 철판을 부수고 나올 땐 의외로 소리가 나지 않고 쉽게 빙백수에 의해 찢어졌다.

석옥을 나온 장불사는 한 차례 내부를 훑어보았다. 지하 석옥을 폐쇄하자 한 치 앞도 볼 수 없는 어둠이 내부를 잠식했지만 장불사에게는 그다지 불편함을 주지 못했다. 이미 심해에서 외공십팔형으로 단련된 눈과 피부 호흡으로 인한 선천진기가 심후해짐에 따라 어둠에서 사물을 분간할 수 있는 정도가 되었던 것이다.

"일단 선배님부터 구해야겠지?"

퍽, 퍼벅, 퍽.

장불사는 빙백수를 전개하여 무서운 속도로 금오석을 깨기 시작했다.

내일이면 제갈승운과 함께 실종된 동료들이 애뇌산(哀牢山)으로 떠난다는 사실을 철하연에게 들은 장불사로서는 매유란을 빼내는 것이 급선무였다.

또한 철하연으로부터 동료들이 산공독과 고독(蠱毒)에 중독되어 제압당해 있다는 말도 들었기에 앞으로 어떻게 될지 모르는 상황에서 한시라도 빨리 매유란을 구해서 뒤따라가야만 했던 것이다.

장불사의 손놀림은 빙백수를 거듭 전개할수록 빨라지고 있었다. 며칠 전보다 훨씬 강력한 위력을 담은 빙백수는 단단하기 그지없는 금오석을 빠른 속도로 깨내고 있었다. 하지만 워낙 두꺼운 석문이다 보니 어딘가 모르게 더디게 보였다.

퍼벅, 퍽, 퍽, 퍽.

쉴 새 없이 이어지는 빙백수에 의해 한 사람이 들락거릴 수 있을 정도의 크기로 반쯤 구멍이 뚫린 때는 다음날 축시가 다 되었을 무렵이었다.

하지만 장불사는 시간이 가는 줄도 모르고 열심히 석문을 깨고 있었다. 그러다가 지척에서 들려오는 매유란의 목소리에 의해 장불사는 손을 멈췄다.

"누구야?"

약간 떨리는 듯한 음성이었다. 정신을 차린 장불사는 반가운 마음에 자신도 모르게 소리를 질렀다.

"접니다. 장불사입니다, 선배님."

"음……."

"잠시만 기다리십시오, 선배님. 곧 꺼내 드리겠습니다."

장불사는 다시 손을 놀리려다가 다시 들려오는 매유란의 말에 눈을 동그랗게 떴다.

"그냥 두어라."

"옛?"

"나는 가지 않을 것이니 그만두란 말이다."

"무슨 말입니까, 선배님! 그만두라니요?"

장불사는 당황할 수밖에 없었다. 지금 상황에서 매유란이 왜 그만두라는지 납득이 가질 않았다.

"나는 나갈 생각이 없다."

“그러니까 그 이유를 말씀하십시오. 그래야 저도 수긍을 할 것이 아닙니까.”

“……”

“휴우, 도대체 무엇 때문에 그러는 것인지 말씀을 하십시오.”

매유란이 말도 않고 있자 장불사는 답답해졌는지 한숨을 내쉬며 매유란을 다그쳤다. 그도 그럴 것이 한시라도 빨리 제갈승운의 뒤를 쫓아야 하기 때문에 매유란과 입씨름한 시간이 없었다.

“선배님!”

“……”

장불사가 다시 신경질적인 목소리로 불렀지만 매유란은 여전히 말이 없었다. 장불사는 입술을 깨물며 잠시 생각하는가 싶더니 다시 입을 열었다.

“정말 혼자 가도 되겠습니까? 몇십 년 동안 이렇게 버려진 채 송장 같은 생활을 하였는데 분하지도 않다는 말이군요. 하하, 선배님은 정말 훌륭한 고인이십니다. 훗, 좋습니다. 저도 가고 싶지 않다는 사람을 억지도 데려갈 만큼 한가하지는 않으니까요.”

잔뜩 비웃음 어린 소리를 날린 장불사는 더 이상 볼일이 없다는 듯 신형을 돌려 지하 석실 입구로 향했다. 그렇게 대여섯 걸음을 갔을까!

“자, 잠깐……”

매유란은 다소 다급한 음성으로 장불사를 불러 세웠다.

“왜요? 더 부탁할 것이라도 있으신 겁니까?”

장불사의 어투엔 여전히 비웃음이 담겨 있었다.

“……”

“없다면 이만 가보겠습니다.”

“…….”

“…….”

“불을… 좀 밝히거라.”

한참 말이 없던 매유란이 뜬금없는 말을 내뱉었다.

“예……?”

“불을 밝히래도.”

“헛…….”

장불사는 헛웃음을 흘리며 매유란이 시키는 대로 했다. 생뚱맞기 그지 없는 말이었으나 어쨌든 자신의 도발적인 말에 매유란이 넘어간 것 같았기에 속으론 안도의 한숨을 내쉬었다.

다행히 등잔불과 부싯돌은 치우지 않아 쉽게 불을 밝힐 수 있었다. 장불사가 불을 밝히자 매유란의 말이 다시 이어졌다.

“빙백신공으로 빙백수를 펼쳐 환기구 앞에 내밀어보거라.”

“…….”

마음 한편으로 의아함을 느끼면서도 장불사는 매유란의 말에 따랐다. 환기구로 향한 장불사의 왼손은 겉으로 보기엔 일반적인 손과 다름없었다.

“음, 네가 팔성의 경지에 올랐다고 했을 때 들뜬 마음에 아무 생각도 없었는데… 극성까지 익힌 것이냐?”

“극성까지 익혔다기보다…….”

장불사가 말끝을 흐렸다. 십이성의 경지를 넘어 극성으로까지는 익히지 못했던 것이다.

"그렇겠지… 천음지체를 타고난 나조차 극성으로 익히지는 못했으니. 음, 그런데 월영인을 잃어버렸다는 너의 말이 거짓은 아니겠지?"

매유란은 말을 하던 도중 뭔가 미심쩍은 일이 떠올랐는지 매우 날카로운 말로 장불사를 몰아붙였다.

"참 내, 속고만 살았나. 선배님이 못 믿는다면 어쩔 수 없지요."

장불사가 불만에 찬 목소리를 내뱉었다.

"남자인 네가 그런 정도 수준까지 도달한 것이 믿기지 않아서 하는 소리다. 생각해 보아라. 빙백신공은 음공의 무공 중에서도 최상승의 무공이다. 그런데 내가 어찌 의심을 하지 않을 수 있겠느냐?"

"아니… 그게 월영인과 무슨 상관이 있다고 그러십니까?"

"음, 아니다."

"말을 했으면 끝을 맺어야지 그게 뭡니까? 확실히 하십시오. 아직도 저를 못 믿는 것입니까?"

장불사는 괜히 심술을 부려보았다. 또다시 매유란이 나가지 않겠다는 말로 자신의 속을 긁을 수도 있었기 때문이다.

"그런 것이 아니다. 지금 생각해 보니 네가 그 짧은 시간에 빙백수를 상승까지 익혔다는 것이 이해가 가지 않아서 하는 말이다. 빙백수는 음기(陰氣)가 강한 여자가 익히기에 적당한 무공이다. 독왕이라는 놈이 빙백수를 오성의 경지밖에 이룰 수 없었던 것도 그 때문이지. 한데 너는 십이성의 경지에 다다랐지 않느냐?"

"훗, 여전히 의심이 간다, 이 말이군요. 한 가지만 묻겠습니다. 선배님, 선배님이 지금 정신 차릴 수 있는 것이 무엇 때문입니까?"

"그거야… 내 생명을 스스로 갉아먹고 있는 선천진기 때문이지."

매유란의 목소리에 힘이 없었다.

“험, 그렇다면 그 선천진기란 것이 음기에 속한 기운입니까, 아니면 양기에 속한 기운입니까?”

“그건… 음양을 아우르는 모든 기운이며, 근본이라고 할 수 있지.”

“오호, 잘 아시는 분이 제가 빙백수를 익힌 것이 그리도 못 미덥더란 말입니까?”

“그렇다면……”

“예예. 저의 몸은 이상하리만치 많은 선천진기들로 가득 차 있습니다. 이제 됐습니까?”

“음……”

장불사의 장난 같은 말에 매유란은 깊은 신음성을 터뜨리며 한동안 말이 없었다. 그에 따라 장불사도 말없이 지켜보기만 했다. 더 이상 매유란을 충동질하여 마음을 심란하게 할 필요가 없다고 생각되었기 때문이다. 이제 매유란이 마음을 잡고 같이 빠져나가기만 하면 모든 것이 해결되는 것이다.

“홋, 네가 독왕과 도왕의 대결을 얘기할 때 알아봤어야 하는데… 내가 어리석었구나.”

“무슨 말입니까, 선배님?”

매유란의 입에서 자신의 생각과 다른 말이 나오자 장불사는 당황해했다.

“너 같은 초극강의 고수가 이런 석옥에 잡혀온다는 것이 너라면 이해가 되겠느냐?”

“그건……”

“됐다. 네가 누구든 간에 내 중손녀에게는 꼭 빙백신공을 전해주기를 바란다.”

“…….”

당황한 장불사는 할 말이 없어졌다. 뭐라 대꾸해야 할지 딱히 할 말이 떠오르지 않았던 것이다.

“그만 가거라.”

“하아, 선배님은 정말 불쌍한 사람이군요.”

“…….”

“혼자서 오랫동안 이런 곳에 갇혀 있다 보니 모든 사람들을 불신하는 모양이군요. 알겠습니다. 빙백신공은 심 소저에게 꼭 전하겠습니다. 앞으로 아무도 찾지 않을 이곳에서 잘 견디어보십시오.”

“…….”

무척이나 냉소적인 말을 내뱉은 장불사는 더 이상 볼일이 없다는 듯 지체없이 지하 석옥의 입구 쪽으로 발길을 돌렸다. 계단을 오르는 장불사의 마음 한구석엔 이래선 안 된다는 생각이 들었지만 발길은 어느새 입구에 다다르고 있었다.

‘젠장, 이대로 두고 가야 하나?

장불사는 갈등이 되지 않을 수 없었다. 혼자 내버려 둔다면 선천진기의 고갈로 죽기보단 분명 굶어서 죽을 게 뻔해 보였다. 오해를 하고 있는 매유란의 마음을 돌려 데리고 나가야 할지 고민이 되었다.

하지만 장불사는 매유란으로 인해 심란해진 마음을 떨쳐 버리려는 듯 이내 머리를 흔들더니 바깥 동정을 살피기 시작했다. 삼라만상이 고요한 축시 중반에 가까운 시간이었는지 이십 장 이내엔 전혀 인기척이라곤 느껴지지 않았다.

　장불사는 그런 바깥의 동정에 약간은 의아한 생각이 들었다. 아무리 금오석이 단단하다 할지라도 이렇듯 아무도 입구를 지키지 않는 것은 이상했던 것이다.

　장불사는 고개를 갸웃거리며 입구의 문을 조심스레 두들겨 보았다. 다행이 지하 석옥 입구의 문은 금오석이 아닌 철문으로 되어 있었다. 들려오는 소리로 짐작컨대 그리 두껍지도 않았다.

　'음, 빙백수로 자물쇠 부분만 부수면 나갈 수 있겠는데…….'

　지하 석옥을 빠져나가는 데 문제가 없을 것 같자 잠시 매유란이 갇혀 있는 석옥을 뒤돌아보던 장불사의 눈빛이 흔들렸다. 이대로 혼자 떠날 것인지 아니면 매유란을 데리고 갈 것인지 아직도 망설여지는 것이다.

　'휴우… 일단은 석림부터 살펴보고 생각하자. 그나저나 아직 애뇌산으로 떠나지 않았을 텐데 어떻게 한다?'

　자물쇠를 부수고 나가기는 쉽겠지만 석림에 남아 있는 누군가가 내일 석옥을 찾아온다면 귀찮은 일이 발생할지 모르기 때문에 장불사는 쉽사리 결정을 내리지 못했다.

　매유란을 그냥 놔두고 간다면야 지금 당장이라도 석림을 빠져나갈 수 있겠지만 매유란에 대한 처리를 보류한 시점에서 함부로 몸을 움직일 수는 없는 일이었다.

　'오! 그렇지.'

　잠시 생각에 잠겨 있던 장불사는 자책하듯 자신의 이마를 한 차례 치더니 입가에 미소를 그렸다. 그리고는,

쿵, 쿠궁. 쿵.

매유란이 들을 수 있을 정도의 소리로 철문을 두세 번 쳤다. 그러더니 다시,

끼이~익.

빙백수를 전개한 왼손으로 천천히 철문을 긁었다. 마치 철문을 열고 나가는 소리 같았다. 그런 후 장불사는 조용히 철문 앞에서 기식을 감추고 앉았다.

그렇게 있는 듯 없는 듯 철문 앞에서 한 시진가량을 보낸 장불사는 다시 계단을 내려가 매유란이 갇혀 있는 석옥 앞으로 갔다. 그리고는 이내 빙백수를 전개하여 석옥의 문을 다시 깨기 시작했다.

퍽, 퍽, 퍼벅.

'훗, 이렇게 정신없는 노인네가 되었을 때 석문을 깨고 데리고 나가면 될 것을 괜한 걱정을 하고 있었네.'

장불사는 신이 났는지 석문을 깨는 속도가 전보다 훨씬 빨랐다. 석문을 깨는 소리가 크지 않았음인지 석옥 안에 있는 매유란은 이상하리만치 조용했다. 제정신으로 깨어 있을 때 선천진기의 소모로 인하여 무척이나 피로한 상태가 되기에 세상모르고 잠이 든 것이리라.

아침이 지나고 점심시간이 되자 매유란은 잠에서 깨어났는지 밥 달라고 아우성을 쳤다. 매유란의 찢어지는 듯한 목소리에 혹시나 누가 올지 몰라 불안한 마음도 들었지만 장불사는 매유란이 외치는 소리를 외면하고 묵묵히 석문을 깨는 데만 열중했다.

다행이도 석옥을 폐쇄해서인지 아무도 찾아오는 사람이 없었기에 망정이지 만일 누군가가 매유란의 귀곡성 같은 목소리에 참다못해 찾

아왔더라면 꽤나 성가신 일이 일어났을지도 모를 일이었다.

반나절 내내 소리를 질러대며 장불사의 귀를 귀찮게 하던 매유란은 해가 질 무렵이 되자 지쳐서인지 잠잠해졌다. 그때쯤에 십이성의 경지에 오른 장불사의 빙백수는 다섯 자 두께의 금오석을 삼분지 이가량 깨고 있었다.

"휴우, 축시가 되기 전에 다 깨어야 할 텐데……."

장불사는 빙백수를 전개하던 손을 잠시 멈추었다. 그리고는 잠잠해진 매유란의 석옥을 보며 혀를 찼다.

"쯧쯧, 그렇게 소리를 질러댔으니 힘도 빠지고 허기가 질 만도 하지."

잠시 한숨을 돌린 장불사는 다시 석문을 깨는 데 박차를 가하였다.

퍽, 퍽, 퍽, 퍽.

석문을 깨는 데 요령이 생기자 속도는 배로 빨라졌고 자시가 되었을 무렵 세 자 크기의 구멍을 뚫을 수 있었다. 장불사는 지체하지 않고 석옥 안으로 들어갔다.

"윽."

석문 안으로 들어선 장불사는 갑자기 코를 잡으며 인상을 찌푸렸다. 역한 냄새가 후각을 자극했던 것이다. 한쪽 구석에 배설물들이 가득 쌓여 있었다. 사방 벽에는 붉은 글씨의 바를 정(正) 자가 수없이 그려져 있었다. 아마도 피로써 글을 쓰며 날짜를 계산한 듯했다.

장불사는 피부 호흡을 하여 후각의 자극을 없애고 석옥 바닥에 드러누워 있는 매유란을 바라보았다. 매유란의 옆에는 서신을 나르던 생쥐가 초롱초롱한 눈으로 장불사를 올려다보고 있었다.

"음……."

매유란의 몰골은 말이 아니었다. 걸쳐진 옷은 중요한 부분만 가려진 채 모두 너덜너덜해져 있었고, 겉으로 드러난 전신의 피부엔 검버섯이 피어나 있었으며, 피죽도 못 먹은 것처럼 앙상하게 말라비틀어져 있는 몸뚱이는 해골을 연상케 했다.

"휴우, 저런 몸으로 이곳에서 몇십 년을 버텨왔단 말인가?"

장불사의 눈엔 어느새 물기가 촉촉이 어려 있었다. 매유란의 처참한 모습은 차마 눈으로 볼 수 없을 정도였다. 잠시 멍한 눈으로 넋을 잃고 바라보고 있던 장불사는 힘없이 누워 있는 매유란을 모로 누이고는 명 문혈에 손을 갖다 대었다.

장불사는 선천진기를 천천히 명문혈로 흘려보내면서 매유란의 몸 상태를 살폈다. 매유란이 얘기했던 것처럼 대부분의 혈도가 온전한 곳 이 없었다. 혈맥들도 뒤틀려져 있고 굳어 있어 어디서부터 손을 대야 할지 모를 정도였다.

"내부 장기가 꽤나 손상되었지만 치료가 가능하니 그나마 다행이구 나. 휴… 굳고 뒤엉켜진 혈맥들은 천천히 치료하면 어느 정도 제자리 를 찾겠는데… 손을 쓸 수도 없이 망가진 혈들이 문제구나."

정 의원으로부터 의술을 전수받은 장불사는 단번에 매유란의 몸 상 태를 알 수 있었다. 예전 같으면 병의 증상을 듣거나 진맥을 해야만 알 수 있었겠지만 진기요상술을 알고 난 후부터는 선천진기로 환자의 몸 을 살펴보면 바로 알 수 있었던 것이다.

장불사는 선천진기를 꾸준히 매유란의 몸에 주입하면서 당장 치료 가능한 부분부터 살폈다. 우선 내부의 장기들이 더 이상 나빠지지 않게 하기 위해 선천진기를 흘려보내 장기들을 자극했다.

겉모습을 보자면 내부 장기조차 손을 쓸 수 없을 정도가 되었을 텐데도 그나마 온전한 것을 보면 제정신이 돌아올 때마다 매유란이 선천진기로 장기들을 손보고 있었다는 것을 알 수 있었다. 참으로 끈질긴 생명력이 아닐 수 없었다.

축시마다 제정신을 차렸을 때 자신이 처한 상황을 보며 얼마나 가슴이 무너져 내렸겠는가? 아무렇게나 퍼지른 배설물이나 형편없이 말라 비틀어진 몰골을 볼 때는 또 어떠했겠는가? 자기 자신이 너무도 혐오스러웠을 것이며 죽고 싶은 마음이 어디 한두 번이었으랴!

매유란의 심정을 짐작하자 장불사는 가슴이 쓰라려 왔다.

"무엇이 이토록 당신의 생명을 끈질기게 했소?"

장불사는 앙상한 매유란의 몸을 주무르며 처연한 목소리로 읊조렸다.

장기의 기능이 악화되지 않게 조치를 취한 후, 선천진기를 동반한 추궁과혈로 전신을 문지르던 장불사는 이각 정도 흐르자 매유란의 몸에서 손을 뗐다. 몇십 년 동안 방치되어 온 매유란의 몸은 단번에 치료가 되지는 않는 것이다. 두고두고 치료해도 완치가 불가능한 상태였다.

더군다나 환경이 열악한 석옥 안에서 치료한다는 것은 매유란에게도 좋지 않았고, 한가하게 치료나 하고 있을 상황이 아니었다. 애뇌산으로 떠난 제갈승운을 따라잡기 위해서는 한시라도 빨리 석옥을 빠져나가야 했다.

그렇기에 장불사는 자신이 할 수 있는 한도 내에서 기본적인 조치만 취한 것이다. 그러나 그것만으로도 매유란의 몸 상태는 상당히 좋아져 있었다. 누워 있는 매유란의 얼굴이 편안하게 보이는 것도 그 때문이었다.

"선배님의 생각이 어떻든 이곳을 같이 빠져나갈 것입니다. 그러니 나중에 너무 나무라지 마십시오."

장불사는 생쥐를 품에 넣고는 편안히 잠이 든 매유란을 들쳐 업었다. 등 뒤로 전해지는 가벼운 무게감에 장불사는 또 한 번 기분이 울적해졌다.

석림을 빠져나온 장불사는 곤명을 향해 최상의 경공술을 펼쳤다. 아직도 완벽한 경공술이 아닌데다가 등 뒤에 잠이 든 매유란으로 인해 제약이 많았으나 앞서 간 제갈승운을 따라잡기 위해서는 부지런히 발을 놀려야 했다.

그래도 위안이 되는 것은 애뇌산으로 향한 제갈승운이 자신처럼 경공을 펼치며 가지는 못한다는 것이었다. 석림으로 잡혀온 삼십여 명의 동료를 데리고 가기 때문에 말이나 마차 등의 운송 수단을 사용할 수밖에 없을 것이고, 말들의 휴식이나 끼니를 때우기 위해서는 필히 쉬어야 하기 때문에 속도가 느려질 수밖에 없을 것이란 생각이었다.

쉬이이익.

석림을 빠져나온 후 반 시진가량 달리자 장불사의 자세는 나름대로 안정되어 갔고 속력도 더욱 빨라지기 시작했다. 황궁을 떠나면서 매일 경공술을 연습한 보람이 있었다. 양 위사에게 지형지물을 보는 방법을 배우지 않았더라면 지금처럼 달리기도 어려웠을 것이다.

그렇게 제갈승운을 뒤쫓기 위해 열심히 발을 놀리던 장불사는 등 뒤에서 들려오는 소리에 신형을 멈추어야 했다.

"잠시 좀 내려놓아라."

"……."

약간 거칠어진 목소리였다. 장불사의 등 뒤에 업혀 있었다지만 너무도 빠른 경공에 몸 상태가 온전치 못한 매유란으로서는 숨 쉬기조차 힘들었을 것이다.

"좀 어떻습니까?"

매유란을 조심스레 바닥에 내려놓은 장불사는 자신의 의지와는 다르게 퉁명스런 말이 튀어나오자 속으로 흠칫했다. 그것을 만회라도 하려는 듯 장불사는 슬머시 매유란의 명문혈로 선천진기를 불어넣었다.

"그만두어라."

"괜찮습니다. 저에게는 마르지 않는 진기나 같으니까요."

"……."

"앞으로는 선배님의 선천진기로 생명을 이어가지 마십시오. 임독양맥의 혈이 많이 망가지긴 하였으나 어느 정도 치료하면 미약하게나마 소주천 정도는 가능할 것 같습니다. 그때까진 제가 진기를 불어넣어 드리겠습니다."

장불사의 말에 매유란은 눈을 동그랗게 떴다. 워낙 피골이 상접해서인지 몰라도 얼굴 표정은 그다지 변함이 없었다. 하지만 더욱 숨이 거칠어진 것을 보면 장불사의 말이 약간은 충격적인 모양이었다.

남들이 보면 고개를 돌릴 정도로 보기 흉한 폐인으로 살다가 선천진기가 고갈되면 죽을 것이라 생각했는데 소주천이 가능하다고 하니 매유란으로서는 흥분이 될 만도 했을 것이다.

그러나 그것도 잠시, 매유란의 눈은 차갑게 가라앉았다.

"나에게 바라는 것이 무엇이냐?"

"그런 것 없습니다. 이미 선배님으로부터 전수받은 빙백수만으로도 감지덕지한걸요."

"……."

매유란은 무엇을 생각하는지 아무 말이 없었다. 그러자 덩달아 장불사도 할 말이 없어졌다. 두 사람 사이에 잠시 묘한 침묵이 흘렀다. 그렇게 반 각 정도 흐르자 매유란이 먼저 입을 열었다.

"그런데… 어디로 가는 것이냐?"

"아이쿠, 지금 이러고 있을 때가 아닌데… 애뇌산으로 가고 있습니다."

"애뇌산?"

"예, 소뇌음사와 무림맹 간에 혈투가 그곳에서 한바탕 벌어질 모양입니다."

"소뇌음사라니… 사십 년 전 소뇌음사는 멸문하지 않았느냐?"

"다시 준동했습니다. 저도 자세한 것은 모르나 그때보다 더 강력한 세력을 갖췄다고 합니다. 얼마 전에 소뇌음사의 한 금신승과 손속을 겨뤄본 적이 있는데 정말 엄청난 무력이었습니다."

"음……."

매유란은 장불사의 말에 깊은 신음성을 터뜨리며 생각에 잠겼다. 하지만 마음이 급한 장불사는 더 이상 지체할 수 없었다.

"이럴 것이 아니라 빨리 떠나야겠습니다, 선배님."

"네가 간다고 달라질 것이 있더냐?"

"그게 아니라, 단명후와 어찌 되는 사이인지는 몰라도 제갈승운이라는 놈이 월영인을 갖고 저의 동료 삼십여 명과 함께 애뇌산으로 떠나고 있는 중입니다. 분명 독에 의해 제압당한 동료들을 내세워 무림맹의 사람들을 몰아붙일 것이 뻔한데 가만히 있어야 되겠습니까?"

"가만… 자세히 말해보거라."

단명후의 이름이 나오자 매유란은 몸을 흠칫 떨며 눈빛이 변했다. 장불사는 그런 매유란을 보며 이해가 간다는 듯 머리를 미미하게 끄떡이고는 자신이 알고 있는 일을 차근차근 얘기했다.

제갈승운이 환관 제갈량의 양자라는 것과 그의 무공에 관한 것. 석옥에 잡혀오면서 알게 된 사실로 어떤 단체의 총사라는 직책을 맡고 있다는 점. 또한 황궁의 알력을 얘기한 후 지금은 철하연과 약혼자 사이가 되었다는 점. 그리고 제갈승운이 자신에게 음양이기에 대해서 물었다는 것과 동료들이 산공독과 고독에 중독되었다는 것. 끝으로 어제 아침에 제갈승운이 애뇌산으로 떠났다는 것까지 소소하게 얘기했다.

장불사의 얘기를 듣고 난 매유란은 한참을 생각에 잠기더니만 반 각 정도 지나서 입을 열었다.

"음, 너는 음양이기가 무엇인지 알고 있느냐?"

"…월영인과 전영비라고 알고 있습니다."

"어디서 들은 것이냐?"

매유란의 눈빛이 갑자기 날카로워졌다.

장불사는 돌변한 매유란을 보며 왜 그러는지 모르겠다는 표정을 지었다. 방금 그동안의 일들을 얘기하면서 음양이기에 대한 제갈승운과의 대화 내용을 자세하게까지는 말하지 않았다고 하지만 이렇게 매유란이 신경질적으로 나올 이유가 없다고 생각했던 것이다.

'음, 아직도 나를 의심하며 오해하고 있는 것 같구나.'

장불사는 곁눈질로 매유란의 신색을 살피며 조심스레 대답을 했다.

"황궁무고에서 우연히 보게 되었는데… 뭐, 잘못된 것이라도 있습니까?"

"황궁무고에서 봤단 말이냐?"

매유란이 다소 풀어진 언색(言色)으로 물었다.

"예, 제갈공명이 남긴 글이었는데 음양이기(陰陽二氣)에 대해서 적혀 있더군요."

"분명히 음양이기(陰陽二氣)라고 적혀 있더냐?"

"예."

"음……."

매유란은 다시 혼자만의 생각에 빠진 듯 입을 다물고 말이 없었다. 한참을 기다려도 말이 없자 참다못한 장불사가 넌지시 말을 건넸다.

"저기… 선배님, 길을 떠나야 할 것 같은데요."

"너무 조급해 말아라. 네가 달리는 속도로 보아 한나절이면 따라잡을 수 있을 것이다. 그나저나 나의 명문혈에 진기를 주입하면서도 달릴 수 있느냐?"

장불사에 대한 의심을 어느 정도 풀은 듯 매유란의 음성은 상당히 부드러워졌다.

"뭐, 조금 힘들겠지만 가능할 것 같습니다."

"홋, 무당파의 양의신공(兩儀神功)까지 알고 있단 말이지."

“예? 양의신공이라니요?”

매유란의 중얼거림에 장불사는 어리둥절한 표정을 지으며 물었다.

“모른단 말이냐?”

“예.”

“음… 하기야 이렇게 나와 얘기를 하면서 진기를 계속 주입할 수 있는 것을 보면 양의신공이 아니더라도 가능하긴 하겠구나.”

“…….”

“너무 빠른 경공은 전개하지 말거라. 네가 명문혈로 진기로 주입하고 있더라도 힘이 드니까.”

“알겠습니다.”

‘참 내, 언제는 죽을 것같이 얘기하고 석옥에서도 나가지 않겠다더니만… 사람이 이렇게 변할 수도 있는 것인가?’

이랬다저랬다 하는 매유란의 종잡을 수 없는 성격에 장불사는 내심 불평을 늘어놓았다.

“아참, 나의 자모서는 어떻게 됐느냐?”

매유란의 물음이 무엇을 말하는 것인지 몰라 잠시 멈칫거리던 장불사는 이내 자신의 가슴에 있는 생쥐를 꺼내며 내밀었다.

“이리 오너라.”

매유란이 부르자 생쥐는 쪼르르 달려가 재빨리 앞섶을 젖히며 들어갔다.

그러고 보니 너덜너덜해져 있던 매유란의 옷은 깔끔한 옷으로 갈아입혀져 있었다. 장불사도 마찬가지였다. 급하게 석림을 빠져나오느라 석림의 정세를 살필 겨를도 없이 가까운 전각에서 옷가지만 슬쩍 챙겨서 나왔던 것이다.

"급하다더니… 그렇게 급한 것도 아닌 모양이구나."

"아, 아닙니다."

잠시 생쥐의 귀여운 모습에 한눈을 팔던 장불사는 매유란의 말에 정신을 차리며 등을 내밀었다.

매유란의 말대로 다음날 점심때가 조금 지났을 무렵 제갈승운이 이끄는 행렬을 뒤따를 수 있었다. 조금만 늦었어도 하마터면 제갈승운을 따라잡지 못할 뻔했다.

넓은 관도를 따라 곤명을 거쳐 애뇌산으로 갈 줄 알았는데 어찌 된 일인지 장불사가 따라잡은 반 각 후부터는 마차 한 대만 겨우 지날 수 있는 소로로 방향을 잡았기 때문이다.

많은 사람들이 움직이다 보면 다른 사람들의 주목도 받을 것이고, 그로 인해 사소한 일로 의심을 받을 수도 있었기에 애뇌산으로 가는 지름길을 제갈승운이 택한 것이리라.

장불사를 비롯하여 삼십여 명의 무림인이 사라졌으니 무림맹에서는 눈에 불을 켜고 운남 일대를 샅샅이 뒤지고 있다는 사실 또한 제갈승운이 잘 알고 있었던 것이다.

말을 탄 사람은 세 명이었다. 제갈승운과 석림의 소문주로 보이는 청년, 그리고 장불사도 본 적이 없는 오십대의 중년인이었다. 그렇게 세 사람이 선두에 있었고 그 뒤로 내부를 볼 수 없는 여섯 대의 사두마차가 일렬로 따랐으며 마차의 양옆과 뒤로는 석림문의 무사로 보이는 사십여 명의 무리가 뒤따르고 있었다.

　장불사는 그들과 삼십여 장의 간격을 두고 은밀히 뒤를 따르고 있었다.

　"선배님, 저 마차 안에 저의 동료들이 있겠죠?"

　"그럴 것이다."

　"어떻게 합니까? 이대로 계속 뒤만 쫓아야 하는 걸까요?"

　"네 말대로 동료들이 고독에 중독되었다면 구하기가 쉽지 않을 것이다. 너의 선천진기로 산공독과 고독 정도는 쉽게 태워 없앨 수 있겠으나 고독을 심은 놈이 누군지를 먼저 알아야 한다. 네 동료들 몸에 있는 고(蠱)는 시전자와 영적 교감이 가능하기에 시전자를 제압하지 않고 무턱대고 동료들을 구하려 하다간 시전자의 명에 의한 고독의 활동으로 네 동료들이 먼저 죽을 것이다. 그리고 무엇보다도 저 제갈승운이라는 놈이 사람의 마음도 읽어낼 수 있는 사술을 익혔다면 접근하기조차 어려울 것이 아니냐? 그런데 그런 것이 가능하기는 한 것이냐?"

　장불사의 등에 업힌 매유란은 무척 미심쩍어하는 기색이 역력했다.

　"사실입니다. 그래서 저도 이렇게 멀찍이 떨어져서 뒤쫓는 것이 아닙니까."

　매유란이 자신의 말을 못 미더워하자 장불사는 시큰둥하게 말했다.

　"그래 봐야 너에게 비할 수가 있겠느냐?"

　"예?"

　"아니다. 조심해서 뒤따르기나 하여라."

　"……."

　장불사는 방금 비꼬듯 내뱉은 매유란의 말을 곱씹어보았지만 그 진의가 무엇인지 잘 모르겠다는 듯 고개를 한번 갸우뚱거리고는 은밀히 신형을 움직였다.

제갈승운의 일행을 뒤따른 지 십 일이 지나도 장불사는 동료들의 얼굴조차 보지 못했다. 그들이 지나는 길목에 객점과 주루가 더러 있었으나 제갈승운은 그곳에 들르지 않고 야숙을 하거나 음식을 사가지고 와서 야식을 하며 길을 갔기 때문이었다.

한번은 비가 폭포처럼 쏟아져 어쩔 수 없이 객점에 묵게 된 일이 있었지만 그때도 마차에 있던 동료들은 꺼내주지도 않고 음식만 넣어주고는 밤을 지새워 돌아가며 무사들이 파수를 보는 바람에 접근조차 하지 못했다. 그날 새로 알게 된 일이라곤 여섯 대의 마차 중 한 대에 철하연과 원아영이 타고 있다는 것뿐이었다.

무엇보다 황당한 것은 제갈승운의 일행이 야숙을 할 때마다 눈앞에서 사라져 버린다는 것이었다. 제갈승운의 지시로 무사들이 돌무더기를 허리 높이로 이곳저곳 일각 정도 쌓다 보면 감쪽같이 사라져 버렸던 것이다.

처음 그 모습을 본 장불사는 너무도 놀랍고 신비로운 현상에 한동안 입을 다물 줄 몰랐다. 매유란이 코웃음을 치며 별것 아니라고 했지만 그런 현상을 처음 보는 장불사로서는 무척 충격적인 일이었던 것이다.

애뇌산이 가까워질수록 수풀이 우거지고, 아름드리 나무들이 하늘을 모두 가릴 정도로 빽빽이 들어찬 밀림 지대가 나오자 숲 속엔 빨리 어둠이 드리웠다.

장불사는 야숙을 준비하는 제갈승운의 일행을 멀리서 보며 매유란을 등에서 내려놓았다. 매유란의 상태는 십 일 전보다 많이 좋아 보였다. 검버섯이 온몸에 피어 푸석푸석해 보이던 피부는 조금 살이 올라서인지 한결 윤기가 있어 보였다. 그러나 그것뿐이었다. 여전히 피골이 상접한 매유란의 육체는 보기에 안쓰러웠다.

제법 푹신해 보이는 수풀 더미 앉은 매유란은 끼니부터 찾았다.

"불사야, 저녁 준비해야지?"

십 일 동안 장불사와 몸을 부대끼며(?) 생활해서인지 매유란의 눈빛과 말투는 많이 부드러워졌고 호칭 또한 바뀌어져 있었다.

"오늘은 뭘로 드시겠습니까?"

"휴, 저놈들은 뒤쫓느라 산짐승만 잡아먹어서 그런지 다른 것을 먹고 싶은 마음이 꿀떡 같구나. 그렇지만… 힘들겠지?"

"하하, 잘 아시면서……."

"어쩔 수 없지. 그래도 토끼란 놈이 개중에 제일 나은 것 같더구나."

"알겠습니다."

장불사는 부리나케 숲 속으로 뛰어 들어갔다. 그리고 이각 정도 흐르자 양손에 각각 한 마리의 토끼와 나무 작대기를 들고 왔다. 털과 가죽은 이미 벗겼는지 양손에 들린 토끼는 벌건 속살을 드러낸 것이었고 게다가 꼬치가 되어 있었다.

"어떻게 구워 드릴까요, 선배님?"

"기름기가 쫙 빠지게 구워라."

"예~"

대답하는 모양새가 꽤나 신이 난 장불사였다. 나무 막대기 두 개를 적당한 간격으로 벌려 바닥에 단단히 꽂고, 꼬치가 된 토끼를 그 위에 올려놓았다. 그러더니 양손으로 꼬치가 된 토끼를 둥그런 공을 쥐듯 감싸니까 구수한 냄새를 풍기며 익기 시작했다.

지이이익.

"하하, 이 삼매진화(三昧眞火)라는 수법이 꽤나 쓸 만하군요, 선배님."

"덜렁대지 말고 잘 구워라. 점심때도 속살이 익지가 않아 몇 번이나 다시 구웠지 않았느냐? 한 번에 속살까지 잘 구워야 맛이 있는 법이다."

"걱정 마십시오. 이번엔 잘될 것입니다."

장불사는 진기를 이용하여 고기를 굽는 일에 재미를 붙이고 있었다.

제갈승운의 뒤를 쫓으면서 장불사와 매유란도 야식을 해야 했다. 게다가 급히 뒤를 쫓느라 아무것도 준비하지 못한 장불사와 매유란은 산에 있는 짐승들을 잡아먹을 수밖에 없었다.

한데, 문제는 불을 피우지 못한다는 것이었다. 특히 밤에 불을 피웠다간 자칫 잘못하여 미행을 들킬 수가 있었기 때문이다. 밤에는 말할 나위도 없겠지만 낮에도 문제였다. 불빛이야 그리 염려가 되지 않겠으나 불을 피우면서 나오는 연기 또한 문제였던 것이다. 그리고 어찌어찌하여 불빛과 연기를 감춘다 하더라도 고기를 구우면서 풍기는 냄새도 조심해야 하는 것이었다.

그래서 생각한 것이 삼매진화였다. 매유란이 판단하기에 장불사의 무공 수준이라면 충분히 가능하고도 남으리라는 생각이었다. 고기에서 풍기는 냄새는 바람의 방향만 잘 살피면 들키지 않을 수 있었다.

그런데 그런 매유란의 기대와는 달리 장불사의 삼매진화 수준은 수준 이하였다. 매유란이 가르쳐 주는 방법으로 삼매진화를 일으키는 것은 쉽게 되었으나 진기의 조절이 들쑥날쑥하여 고기를 새카맣게 태우는 일이 한두 번이 아니었던 것이다.

검게 탄 고기를 먹는 것도 한두 번이지, 누가 매일 먹는 것을 좋아하겠는가? 그래서 십 일이 지난 지금까지도 진기 조절이 불안정한 장불사를 보며 매유란의 잔소리가 이어진 것이다.

장불사는 꼬치가 된 토끼의 주위를 빙글빙글 손을 돌려가며 제법 진지한 자세로 구웠다. 손을 가까이 가져갔다, 멀리 가져갔다 하기를 몇 번 반복하자 토끼는 구수한 냄새와 함께 노르스름하니 보기 좋게 구워졌다.

"선배님, 다 된 것 같은데 한번 드셔보시죠?"

장불사는 기대에 찬 눈으로 매유란을 보며 말했다.

"그래?"

다리 한쪽을 쭉 찢어 요리조리 살펴보던 매유란은 날름 한입 물어뜯고는 맛을 음미하려는 듯 천천히 씹었다.

"어떻습니까, 선배님?"

"……."

"이번에도 덜 익은 것입니까?"

매유란이 말이 없자 장불사는 다소 풀이 죽은 목소리로 물었다.

"음… 먹을 만하구나."

장불사의 입이 함지박만하게 벌어졌다. 그러나 다시 이어진 매유란의 말에 표정이 시무룩해질 수밖에 없었다.

"그런데 뼈다귀에 붙은 살이 조금 덜 익었구나. 그쪽 부분이 제일 맛있는데……."

“……”

삼매진화의 진기 조절이 아직까지 완벽하지 못하다는 얘기였다.

“뼈다귀 부분의 살까지 익히려면 먼저 뼈다귀 부분이 어디에 위치해 있는지 진기를 불어넣어 살펴봐야 한다. 그런 후 뼈다귀가 상하지 않게 삼매진화의 수법으로 구우면 되는 것이지.”

“……”

매유란이 뭔가 가르침을 준 말인데 장불사는 그것이 무엇인지 알 듯 말 듯 아리송하기만 했다. 고개를 갸웃거리며 잠시 생각에 잠기던 장불사는 기대에 찬 표정으로 입을 열었다.

“안쪽부터 구우라는 말입니까?”

“……”

장불사의 질문에 매유란은 웃기만 할 뿐이었다. 그런데 얼굴에 워낙 살이 없다 보니 웃는 얼굴조차 흉하게 보였다.

“아니, 두루뭉술하게 알려주고선 웃고만 있으면 어쩌자는 말입니까.”

“급하게 먹을수록 체하는 법이지. 나중에 생각하고 너도 고기나 먹어라.”

“……”

장불사는 다시 시무룩한 표정이 되어 건성건성으로 자신이 구운 토끼 고기를 먹기 시작했다. 두 사람은 말없이 한동안 고기를 먹는 데 열중했다. 나름대로 생각에 잠긴 듯 고기를 다 먹을 때까지 서로 입을 열지 않았다.

어둠이 짙게 깔리자 매유란은 곤한 잠에 빠져 있었다. 매유란이 하루 종일 제정신인 상태로 지내도록 선천진기를 주입할 수도 있었지만 그녀의 치료를 위해 밤이 되면 수혈을 짚어 잠이 들게 하였던 것이다. 매유란도 그걸 원했다. 석옥에서 자신이 어떻게 생활했는지 다음날이면 알 수 있었기 때문이다.

장불사가 십 일 동안 한시도 쉬지 않고 선천진기를 주입하며 보살핀 결과 매유란은 스스로 미약하나마 소주천이 가능하게 됐다. 임독양맥 상에 위치한 혈들이 워낙 망가졌기에 완전히 복구할 수는 없었지만 각 혈들 간에 진기를 이을 수 있는 조그마한 통로는 복구가 되었던 것이다.

특히 삼매진화의 수법을 알고 난 후부터 매유란을 치료하는 것이 더욱 수월해졌고, 세심한 치료가 가능해지자 두 시진 정도는 장불사의 도움 없이 스스로 제정신인 상태를 유지할 수 있었다.

장불사는 곤히 잠든 매유란을 물끄러미 내려다보았다.

"선배님 자신이 더 잘 알겠지만… 너무 기대는 마십시오. 보통 사람들처럼 생활하기는 가능하겠지만 잃어버린 무공을 다시 찾을 수는 없을 것 같습니다."

안타까운 눈길로 잠시 매유란을 바라보던 장불사는 추궁과혈을 시작했다. 추궁과혈을 시전하는 도중 혈도의 위치가 조금이라도 다르면 돌이킬 수 없는 일이 발생할 수 있기 때문에 원래는 피부를 직접 맞대고 시전하여야 하나 장불사는 그런 수준을 이미 넘어섰기에 매유란이 입고 있는 옷은 문제가 되지 않았다.

그렇게 매유란을 치료한 지 두 시진 정도 흘렀을까.

장불사는 언뜻 눈가를 스치는 불빛을 보게 되었다. 제갈승운이 머무는 곳은 이상한 진으로 둘러싸여 있어 안을 볼 수 없기 때문에 불빛이 새어 나올 리가 없었다.

"뭐지?"

매유란의 몸에서 손을 뗀 장불사는 한차례 사방을 훑어보았다. 하늘의 별도 간혹 보일 정도로 우거진 숲에서 보이는 것이라곤 적막한 어둠뿐이었다.

"잘못 본 건가?"

장불사는 고개를 갸웃거리다가 다시 추궁과혈을 시작했다. 하나 그것도 잠시, 장불사는 다시 추궁과혈을 멈추고 방금 보았던 곳으로 고개를 휙 돌렸다.

분명 불빛이었다. 장불사처럼 안력이 뛰어난 사람이라도 자세히 살피지 않으면 안 될 정도로 멀리 떨어진 곳이었다. 잠시 시간이 흐르자 십여 개로 보이는 불빛이 일정한 간격과 속도로 다가오고 있는 것이 확실히 보였다.

"어쩐다?"

장불사는 잠들어 있는 매유란을 슬쩍 쳐다보며 망설였다. 뭔지를 알아보긴 알아봐야겠는데 매유란을 두고 가야 할지 아니면 업고 가야 할지 판단이 서질 않았던 것이다.

한밤중인데다 맹수들과 독충들이 득실거리는 밀림에 아무 힘도 없는 매유란을 두고 가자니 그녀의 안전이 걱정되었고, 그렇다고 업고 가자니 저들의 동태를 은밀히 살피는 데에 불편함을 줄 것 같았기 때문이다.

"음, 잠시 갔다 오는 것인데 별일이야 없겠지."

피부 호흡으로 한순간에 진기를 가득 모은 장불사는 기를 발산하며 주위를 살폈다. 저녁때 토끼를 잡아 오면서 주변에 맹수나 독충들이 있는지 살폈지만 혹시 또 모르기에 다시 한 번 살펴본 것이다.

사방으로 반경 이십 장 이내에 움직이는 것이 없다는 것을 확인한 장불사는 미끄러지듯 자리에서 벗어났다.

십여 개의 불빛이 향하고 있는 곳은 제갈승운의 일행이 야숙하는 곳이었다. 장불사는 그곳과 가까이 있은지라 먼저 도착하여 기다리고 있었다. 얼마 기다리지 않아 횃불을 든 열 명의 사람이 도착했는데 그중 한 사람은 장불사도 안면이 있는 소뇌음사의 금신승인 금장선사였다.

'음? 저자가 어떻게?'

이미 철하연으로부터 소뇌음사와 제갈승운과의 관계를 대충 들은 바 있는 장불사였지만 애뇌산이 가까워진 지금, 그것도 이런 야밤에 금장선사가 나타난 것은 뜻밖이었다.

두 명의 은신승과 일곱 명의 동신승을 대동한 금장선사는 야영지 근방에 도착하자마자 입에서 이상한 소리를 냈다.

휘이익, 휘이익, 휘이익.

마치 휘파람을 불듯 세 번을 연속해서 소리를 내고 난 후 조금 지나자 감쪽같이 사라졌던 제갈승운 일행의 야영지가 서서히 모습을 드러냈다. 잠시 후 희미하게 모습을 드러낸 야영지에서 제갈승운과 오십대의 중년인이 걸어나왔다.

"하하, 본산에 계셔야 할 분이 야밤에 이곳까지 어쩐 일입니까?"

불쑥 나타난 금장선사의 출현에 제갈승운은 별로 놀란 눈치가 아니었다.

“제갈 총사, 일이 틀어졌소.”

“예? 무슨 말씀이신지…….”

밑도 끝도 없이 내뱉는 금장선사의 말에 제갈승운은 영문을 모르겠다는 표정을 지었다.

“천산으로 갔다던 무림인들이 이곳으로 오고 있답니다.”

“옛? 음… 들어가서 얘기합시다.”

다소 놀란 듯한 얼굴로 주변을 두리번거리던 제갈승운은 금장선사가 이끌고 온 무리와 함께 다시 야영지 안으로 들어갔다. 잠시 후 야영지는 원래 없었던 것처럼 다시 보이지 않았다.

이십 장 밖에서 귀식대법으로 기척을 숨긴 채 그들의 대화를 듣고 있던 장불사는 아쉬운 듯 입맛을 다셨다.

‘젠장, 귀신같은 놈이네. 저 이상한 진이 발동되면 안에서 나는 소리도 들리지 않았는데… 혹시… 내가 미행하고 있다는 것을 눈치챈 것은 아니겠지.’

제갈승운의 치밀한 행동에 장불사는 속으로 뜨끔했다. 마치 자신이 주시하고 있는 것을 아는 것처럼 행동하니 왠지 불안하기도 했다.

‘그나저나 설산으로 갔다던 무림인들이라니… 무얼 말하는 것이지?’

금장선사가 한 말을 되새겨 보던 장불사의 눈빛이 빛났다.

“장보도……?”

장불사의 입에서는 자신도 모르게 한마디 말이 튀어나왔다. 비록 나지막한 말이었으나 자신의 말에 놀란 나머지 장불사는 아무도 없는 사방을 빠르게 둘러보았다.

‘음, 무슨 일이 있었기에 설산으로 가지 않고 이곳으로 온다는 것일까? 소뇌음사와의 일전 때문일까? 장보도가 사실이라면 설산에 있는 보물을 포기하기가 쉽지 않을 텐데…….’

설산으로 떠난 이들이 돌아오는 이유가 무엇인지 나름대로 추측하던 장불사는 머리를 흔들었다. 아무리 생각해도 명확한 이유를 알 수가 없었다.

그것보다 진 안에서 무슨 말이 오가는지 더욱 궁금했던 장불사는 보이지 않는 야영지를 뚫어져라 쳐다봤다. 그렇지만 별다른 대책이 없었다.

‘어떻게 한다? 마냥 이대로 기다릴 수도 없는 노릇이고… 벌써 이각이 흘렀건만…….’

장불사는 고개를 돌려 매유란이 있는 곳을 바라보았다. 시간이 꽤 흐르고 보니 매유란의 안위가 걱정되었던 것이다. 그렇게 안절부절못한 마음으로 지켜본 지 다시 일각이 흘렀을 때 제갈승운의 야영지가 다시 눈앞에 나타났다.

‘…….’

급히 귀식대법으로 기척을 숨긴 장불사는 갑자기 나타난 야영지를 살펴보았다. 각자 횃불을 하나씩 들고 마차에도 두 개의 횃불이 설치된 야영지는 대낮처럼 환했다.

‘뭘 하려는 거지?’

장불사의 의문은 오래가지 않았다.

“출발.”

두두두두두.

　제갈승운이 말이 떨어짐과 동시에 선두에 선 십여 명이 빠른 경공을 펼치며 나아가자 뒤이어 마차가 힘차게 달리기 시작했다. 갑자기 발생한 상황에 어쩔 줄 몰라 당황해하며 모두 떠나가는 것을 바라보던 장 불사는 이내 매유란이 있는 곳으로 신형을 날렸다.

제28장

드러나는 신위(神威)

드러나는 신위(神威)

제갈승운의 일행을 삼 일 밤낮으로 뒤쫓아온 곳은 애뇌산 아래의 산기슭에 위치한 조그마한 마을이었다. 그다지 크지 않은 마을이었으나 길도 꽤나 넓었고 객잔도 두 개나 있었다.

인적이 드문 곳으로만 길을 가던 제갈승운이 마을로 들어선 것은 의외였다. 금장선사의 일행과 합하면 칠십여 명에 가까운 대인원이었는데 무슨 생각으로 마을로 들어선 것인지 장불사로서는 이해가 가지 않았다.

또한 애뇌산에서 소뇌음사와 무림맹 간에 일대 혈전이 있을 거라는 말을 철하연에게 들었는데 너무도 평온해 보이는 마을의 풍경이 이상하기만 했다.

제갈승운이 제법 규모가 큰 객잔으로 들어서는 것을 본 장불사는 잠시 어떻게 해야 할지 갈피를 잡지 못했다. 반대편에 다소 멀리 떨어져 있는 마을 입구의 허름한 객잔에라도 들어가야 할 텐데 수중에 동전이라고는 한 푼도 없었기 때문이다.

그렇게 장불사가 이러지도 저러지도 못하고 마을 입구에서 서성이고 있을 때였다.

"혹시… 수박권 장 대협이 아니에요?"

뒤에서 나지막이 들리는 소리에 장불사는 흠칫 놀라며 급히 신형을 돌렸다. 열두세 살로 보이는 어린 거지였다. 곤명에서 어린 거지에게 된통 당한 경험이 있던 장불사는 자신도 모르게 뒤로 두 발자국 물러나며 낯빛을 굳혔다.

"누구냐?"

장불사의 말은 많이 굳어 있었다. 이런 오지에서 자신을 알아볼 사람은 없었던 것이다.

"아! 장 대협이 맞군요. 저는 개방의 사천 분타에 소속된 흑아(黑兒)라고 해요."

"음, 네가 어떻게 나를 아느냐?"

"사천의 무림대회에서 장 대협을 멀리서 본 적이 있어요."

흑아의 말에 장불사는 잠시 생각을 하더니 이내 입을 열었다.

"그래? 그런데 어린 네가 어떻게 이곳까지 온 것이냐?"

"그건… 일단 들어가서 얘기해요. 여기서는 조심해야 해요."

주위를 둘러보며 낮게 말을 한 흑아는 허름해 보이는 객잔으로 앞장서서 들어갔다. 장불사는 순간 어찌할 바를 몰랐다. 누군 들어가고 싶지 않아서 이렇고 있었겠는가?

장불사가 머뭇거리며 들어오지 않자 흑아는 왜 그러냐는 듯 커다란 눈을 끔벅거리며 장불사를 쳐다보았다.

"돈이… 없단다."

장불사는 차마 떨어지지 않는 입을 열었다.

"아~! 걱정 마세요. 저에게 있어요."

"……."

장불사는 흑아를 따라 들어갈 수밖에 없었다.

때가 지난 시간이었기 때문인지 객잔엔 손님이라곤 한 사람도 보이지 않았다. 흑아는 구석진 자리로 장불사를 안내하더니 간단한 요리를 시켰다. 흑아나 장불사의 꼬락서니를 보면 당장 쫓아낼 만도 하건만 객잔 주인은 아무 말도 않고 주문을 받고는 주방으로 갔다. 보아하니 흑아가 이곳 객잔에 자주 들락거린 것이 분명했다.

"저기… 장 대협? 등에 업힌 분은 누구에요? 같이 실종되었던 분인가요?"

흑아는 호기심 어린 눈으로 매유란을 힐끔거리며 쳐다보았다.

"아니다. 곤경에 처한 할머니를 그냥 볼 수가 없어 모시고 온 것이다. 그것보다 네가 이곳에 있는 이유를 듣고 싶구나."

"아참! 히히, 제가 좀 깜빡해요."

흑아는 무안한지 뒤통수를 긁적거렸다.

"괜찮다. 얘기를 해봐라."

"으응, 그러니까, 원래는 장 대협과 다른 분들을 찾기 위해 저와 다른 형제 두 명이 이곳까지 오게 되었어요. 그런데 이곳 마을에서 소뇌음사의 괴승들이 애뇌산에 있다는 얘기를 들었어요. 그래서 우리는 그들이 어디에 있는지 알아보기 위해 애뇌산을 헤매던 중 애뇌산 중턱에 자리잡은 홍문사(紅門寺)라는 사찰에 있다는 것을 알게 되었죠. 그후 우리는 어떻게 해야 할지 망설이다가 장 대협을 찾는 것보다 우선 이 사실을 무림맹에 전해야겠다고 생각했어요. 해서 나머지 두 형제는 무림맹으로 가게 되었고 저는 그들의 감시자로 이곳에 남게 된 거죠. 히이, 아무리 소뇌음사의 괴승들이 흉악하다 해도 저같이 어린 거지를 어떻게 하겠어요?"

"……."

흑아는 어깨를 으쓱거리며 득의의 웃음을 지었다. 어린아이라고 하기엔 참으로 겁이 없고 당돌해 보이는 흑아였다.

"음, 너는 그럼 무림맹의 사정에 대해서는 잘 모르겠구나?"

"그렇다고 봐야죠. 제가 여기서 지낸 지도 한 달이 다 되어가니 무림맹의 사정을 알 길이 없죠. 히이, 무엇보다 어린 저에게 자세한 얘기를 하는 분들이 있겠어요? 제가 보고 듣는 것만으로 알 수 있을 뿐이에요."

"……."

장불사는 수긍이 간다는 듯 머리를 끄덕였다.

"그런데 장 대협께서는 어떻게 이곳까지 온 거예요?"

"……."

흑아는 다시 호기심 어린 눈이 되어 장불사를 쳐다보았다. 하지만 장불사는 쉽사리 말을 꺼내지 못했다. 어린 흑아에게 미주알고주알 얘기하는 것도 뭐했고 무엇보다 흑아의 말을 완전히 믿을 수 없었던 것이다.

"장 대협과 다른 분들을 찾기 위해 지금도 많은 사람들이 운남 일대를 샅샅이 뒤지고 있는데… 곧장 곤명에 있는 무림맹으로 갔으면 좋았을 텐데……."

"무림맹의 사람들이 곤명으로 왔단 말이냐?"

"그럼요. 사천의 무림대회에서 도망치듯 떠났던 곤륜파와 공동파, 그리고 하북팽가와 진주언가도 지금쯤이면 도착했을걸요."

흑아는 의기양양한 태도로 자랑스럽게 말했다. 그런 흑아의 천진난만한 모습을 보며 장불사는 내심 걱정이 되었다. 조만간에 소뇌음사와 무림맹 간에 혈전이 벌어질 것이 분명한데 그런 참혹한 광경을 어린 흑아가 본다는 게 마음에 걸린 것이다. 적아(敵我)를 떠나서 어린 흑아가 있을 곳은 아니었다.

"음, 그건 참으로 다행이구나. 그런데… 네가 아무리 어리다고 하지만 이런 객잔에 들락거리는 것을 보고 누가 의심을 하진 않더냐?"

"헤에, 웬걸요. 비록 제가 어리긴 해도 명색이 개방의 제자가 아니겠어요? 본분을 잊어서는 안 되죠. 무엇보다 의심을 받지 않기 위해서는 구걸을 해야 하죠. 이곳에서 얼마 떨어지지 않은 곳에 안강(岸江)이라는 마을이 있는데, 그곳과 이곳을 오가면서 구걸을 함과 동시에 감시자의 역할도 열심히 하고 있는 거예요. 그리고 뭐, 거지라고 객잔에서 음식을 먹지 말란 법이 있어요? 동냥한 돈으로 사 먹을 수도 있는 것이지."

"헛, 네 말이 틀린 것도 아니구나. 그렇지만 나는 어린 네가 이런 일을 한다는 것이 마음에 걸리는구나. 머지않아 이곳에서 소뇌음사와 무림맹 간에 싸움이 벌어질 텐데… 너는 그만 곤명으로 가는 것이 어떠냐?”

“……”

장불사의 말에 흑아는 아랫입술을 꼭 깨물고 고개를 숙이고는 말이 없었다.

“어떠냐, 이곳은 나에게 맡기고 가는 것이?”

다시 채근을 하자 잠시 생각을 하는 것 같던 흑아는 그렁그렁한 눈으로 고개를 쳐들었다.

“장 대협께서는 너무하는 처사가 아니에요? 비록 제가 일결도 안 되는 백의개지만 그래도 어엿한 개방의 제자라구요.”

“……”

흑아의 말에 장불사는 무안해졌다. 어찌 보면 타 문파의 일에 자신이 간섭을 하고 있는 것이나 마찬가지였기 때문이다.

“미안하구나. 그런 뜻으로 한 말이 아니었다. 내가 사과하마.”

“아니에요. 저도 장 대협께서 저를 위해서 하는 말인 줄은 알고 있어요. 하지만… 한 문파에 몸담은 사람이라면 맡은 바 임무는 충실히 해야 하잖아요.”

“그래. 네 말이 맞다. 하하, 흑아를 보니 개방의 앞날이 밝을 것 같구나.”

뒤이은 장불사의 말에 흑아의 얼굴이 다소 풀어지는 듯했다.

‘헛, 사람은 겉모습만으로 판단해서는 안 된다더니……’

겉으로는 웃고 있는 장불사였지만 내심 당혹한 마음을 감출 수 없었다. 어린 흑아에게서 저런 말이 나올 줄은 상상도 못했던 것이다. 장불사는 흑아에 대한 생각을 바꿔야 했다.

거무스름한 얼굴과 지저분한 옷만 보자면 정말 볼품없는 아이다. 그러나 몇 번 말을 해본 결과 대단한 아이라고 생각됐다. 겁이 없고 영악할뿐더러 소신과 신념도 있고, 책임감과 패기도 있었다.

무림맹으로 소식을 전하러 갔다던 두 형제가 아무 생각 없이 흑아를 혼자 놔둔 것이 아니었던 것이다.

두 사람 사이에 어색한 침묵이 흘렀다. 잠시 후, 그 침묵을 먼저 깬 이는 장불사였다.

"그런데 흑아야?"

"예, 말씀하세요."

아직 못마땅한 듯 흑아의 말은 다소 퉁명스러웠다.

"음, 이곳에 있으면서 평소와는 달리 이상한 점이 없더냐?"

어색함을 떨쳐 버리기 위해 의미없는 질문을 던졌다. 이미 흑아에게 들을 것은 다 들은 장불사였다. 그러나 흑아는 심각한 표정이 되어 장불사의 질문에 대답했다.

"글쎄요……. 홍문사에서 내려온 소뇌음사의 괴승들이 저쪽 맞은편에 있는 객잔으로 건어물이나 식량을 사러 오는 횟수가 많아진 것 외엔 별다른 일이 없었는데……."

고개를 갸웃거리며 말을 잇던 흑아는 잠시 뭔가를 생각하는 듯했다. 그러더니 이내 다시 입을 열었다.

"그러고 보니 이상한 점이 있긴 했어요."

"그래?"

"그러니까, 요 며칠 사이에 소뇌음사의 괴승들이 삼삼오오 짝을 지어 속속 애뇌산으로 들어가는 것을 보았어요. 그건 아마 장 대협께서 말씀하신 무림맹과의 일전 때문이 아닐까요?"

"음, 그런 것 같구나. 저들도 준비를 해야겠지."

별 의미 없는 대화가 오간 후 두 사람 사이에는 다시 어색한 침묵이 흘렀다. 그런데 이번엔 흑아가 먼저 말을 건넸다. 그것도 무척 망설이는 듯한 표정으로 입을 열었다.

"그런데… 저기… 장 대협?"

"으응, 왜……?"

"저기… 그냥 형이라 부르면 안 될까요?"

"응……? 하하, 그러려무나. 사실 나도 대협, 대협 할 때마다 귀가 간지러웠단다."

흑아의 당돌함에 잠시 당황한 빛을 보이던 장불사는 이내 안색을 고치고 호탕한 음성으로 승낙을 하였다.

"정말요?"

"하하, 그래."

"고마워요, 형."

참으로 붙임성도 있는 녀석이었다.

때마침 음식이 나오자 두 사람 사이의 분위기가 화기애애해졌다. 장불사는 매유란을 깨우려고 하다가 그만두었다. 매유란으로 인해 좋아진 분위기가 다시 나빠질 수도 있었기 때문이다.

나온 음식을 다 먹어갈 무렵 장불사는 흑아에게 말을 건넸다.

"흑아야?"

"네, 형."

"이제 너와 내가 호형호제하는 사이가 되었으니 하는 말인데, 내가 하는 말을 너무 고깝게 듣지 말거라.”

“혹시… 이곳을 떠나라는 말을 하려고 하는 것은 아니지요, 형?”

흑아가 불안한 눈빛을 보이며 반문했다.

“그 말을 하려고 그랬다.”

장불사는 천천히 머리를 끄덕이며 뜻을 보였다.

“형~!”

“안 되겠니?”

“절대로 안 돼요.”

흑아는 단호하게 말했다. 장불사는 그런 흑아의 단호한 태도에 어쩔 수 없음을 알았는지 한숨을 내쉬었다.

“후우, 네가 그렇게 강경하게 나오니 나도 더 이상 할 말이 없구나.”

“죄송해요, 형. 형의 마음은 잘 알겠지만 이제 그 얘기는 그만 하는 것이 좋겠어요.”

“그래, 그러자꾸나.”

한발 물러설 수밖에 없었다. 더 얘기하다간 좋아졌던 분위기가 다시 어색하게 변할지도 몰랐다.

잠시 시간을 둔 후 장불사는 분위기도 전환할 겸 다른 얘기를 꺼냈다.

“그런데 흑아야?”

“네, 형.”

“소방주 홍성의 행방은 어떻게 되었는지 알고 있느냐?”

“…….”

장불사의 질문에 흑아는 곤혹스런 표정을 지었다.

"왜? 말하기가 곤란한 것이냐?"

"그렇다기보다는……."

"하하, 흑아야, 말하기가 곤란하다면 굳이 말하지 않아도 된다. 갑자기 그의 행방이 궁금해서 물은 것뿐이지 달리 다른 뜻은 없단다."

"그게 아니라… 사실 이번 무림맹에 개방의 제자들이 전부 참석한 것이 아니에요."

어렵게 말을 꺼내는 흑아의 얼굴 표정이 다소 침울하게 변해 있었다.

"무슨… 말이냐?"

"소방주가 강소 분타를 비롯하여 안휘, 절강, 강서, 복건, 광동 분타와 함께 오국공 주원장이 이끄는 군세에 합류를 하였어요. 뿐만 아니라 그쪽에 있는 군소방파들도 모두 오국공의 휘하로 들어갔다는 소문이 파다해요."

"음, 어찌 그런 일이 벌어졌단 말이냐?"

"저도 확실히는 모르겠으나… 한족의 나라를 세워 오랑캐의 압제에서 벗어나자는 오국공의 말에 동참을 하게 된 모양이에요. 개방 제자들 대부분이 오랫동안 계속된 전란과 민란으로 인하여 집과 가족들을 잃은 사람들이었으니 소방주가 아니더라도 오국공의 휘하로 들어가 원에 대항하고 싶었을 거예요. 사실… 저도 기회가 된다면 작은 힘이나마 보태고 싶은 심정이에요."

"음……."

장불사는 나직한 신음성을 터뜨렸다. 어린 흑아의 입에서 저런 말이 나온 것을 보면 결코 무시할 수 없는 일이었다. 잠시 생각에 잠겼던 장불사는 불안한 마음에 넌지시 물었다.

"그럼… 개방 외에 오국공의 군세에 동참한 다른 문파들도 있느냐?"

"아니요, 없어요."

"휴우, 그나마 다행이구나."

장불사는 안도의 한숨을 내쉬었다. 소뇌음사와의 결전을 앞둔 상태에서, 그것도 소뇌음사의 진정한 힘을 모르는 상황인데 문파들이 하나둘 이탈을 한다면 중원무림의 앞날은 장담하지 못하기 때문이었다.

그러나 곧 이어진 흑아의 말에 장불사의 표정은 심각하게 변했다.

"하지만… 앞으로 동참하게 될 문파가 많을지도 몰라요. 지금은 사십 년 전 혈풍을 일으켰던 소뇌음사의 일로 다른 것을 생각할 여지가 없겠지만 소뇌음사의 일이 해결되면 어떻게 될지 모르죠. 아무리 강호인들이 경천동지한 무공을 지녔더라도 많은 백성들이 오국공을 지지하게 되면 어쩔 수 없이 동참할 수밖에 없을 거예요. 만일 자기 문파의 안위만 생각하여 움직이지 않는다면 백성들은 그들에게 등을 돌리게 될 것이고, 백성들로부터 외면받은 문파가 중원에서 살아남기는 힘들 것이에요. 무엇보다… 오국공이 천하를 평정하게 된다면 가만히 있을까요?"

"……."

"아마… 동참하지 않은 문파들은 수십만의 군사에 의해 쑥대밭이 될 거예요. 어찌 보면 소방주는 현명한 판단을 한 것인지도 몰라요."

"……."

장불사는 새삼 흑아가 다시 보였다. 그래도 마음속으론 아직 어린아이일 뿐이라고 치부하고 있었는데 세상 물정도 제대로 알지 못할 나이의 흑아가 내뱉은 말은 장불사에겐 그만큼 충격적이었던 것이다.

또한 조리있는 흑아의 말은 누가 들어봐도 신빙성이 있기에 장불사는 한동안 멍하니 흑아를 바라볼 수밖에 없었다. 흑아의 말대로 된다고 장담할 수는 없었으나 그럴 가능성이 매우 높았다.

"허허… 정말 네 말대로 된다면 무림문파들은 오국공의 편에 설 수밖에 없을 것 같구나."

장불사는 허허롭게 웃으며 머리를 끄덕였다.

"그런데 형, 자존심 강한 육파일방이나 오대세가가 오국공에게 쉽게 허리를 굽힐까요?"

"허어, 그리고 보니 그들이 오국공을 따를지도 의문이구나."

뒤이어진 흑아의 말에 장불사는 감탄사를 터뜨리며 연신 고개를 끄덕일 수밖에 없었다.

"그렇죠?"

"그래. …그런데 너는 어떻게 그런 생각까지 하였느냐?"

참으로 궁금하지 않을 수 없었다.

"에이, 형도 참. 지금 돌아가는 정세나 다른 사람들의 말을 들어보면 누구나 저와 같은 생각을 할 거예요. 생각해 보세요. 오랑캐들의 횡포와 노략질이 극심한 지금, 어느 누가 오랑캐를 물리쳐 나라를 되찾자는 일에 반대를 하겠어요. 게다가 오국공은 엄청난 군세로 연신 원의 군사와 싸워 대승을 거두고 있고, 주변의 홍건적을 이끌며 원에 대항하던 장사성과 진우량도 오국공에게 굴복했다는 소문이 나돌고 있는 마당에 많은 사람들이 오국공에게 몰릴 수밖에 없지요."

"……."

흑아의 말을 듣고 보니 또 그럴 만도 했다.

'내가 흑아를 너무 과대평가한 것인가?'

장불사는 판단이 서질 않는지 머리를 갸웃거렸다.

"그나저나, 형?"

"엉, 왜?"

"형이 이곳에 오게 된 것은 소뇌음사와의 일전 때문인가요?"

"아～! …아니다. 다른 일이 있어서란다."

흑아가 묻지 않았으면 장불사는 이곳까지 온 목적을 잊고 있을 뻔했다. 지금 흑아와 이렇게 한가로이 대화를 나누고 있을 때가 아니었다. 소뇌음사와의 일전이 시작되기 전에 어떻게 하든 제갈승운의 수중에 있는 동료들을 구해내야 했다. 싸움이 시작되면 동료들을 인질로 내세울 게 분명했기 때문이다.

"형, 무슨 일이기에 그렇게 안절부절못하세요?"

"사실… 아니다. …그보다 무림맹에 연락할 방법은 없느냐?"

장불사의 눈에 일말의 기대감이 어렸다.

"지금으로서는 연락할 방법이 달리 없어요. 직접 찾아가면 모를까."

"으음, 한시라도 빨리 무림맹에 소식을 전해야 하는데……."

"무슨 일인데 그러세요, 형? 그렇게 시급을 다툴 정도라면 형이 직접 가면 되잖아요."

"휴우, 그러면 좋겠지만… 내가 직접 갈 상황이 아니라서……."

"그럼 제가 갔다 올까요, 형?"

흑아의 말에 장불사는 귀가 솔깃했다. 하지만 장불사는 이내 고개를 저었다.

‘혹아를 보낸다 한들 달라질 게 있을까? 더군다나 흑아에게서 느껴지는 기로 보아 무공은 익히지도 않은 것 같은데…….’

장불사의 고민은 그리 오래가지 않았다.

“아니다. 그럴 필요가 없겠구나.”

“뭐 좋은 방법이라도 생각난 거예요, 형?”

“그런 것은 아니지만…….”

“에이, 답답해요, 형. 뭔지 속 시원히 털어놔 봐요. 제가 도울 일이 있을지도 모르잖아요.”

“…….”

흑아의 말이 맞을지도 몰랐다. 혼자 끙끙대고 있기보단 속 시원히 얘기하는 것이 도움이 될 수도 있겠다 싶었다. 지금까지 얘기를 해본 결과 흑아가 보통 아이와 다르다는 것을 알았기에 그간의 사정을 털어놓다 보면 좋은 방법을 모색해 내지 않을까 하는 기대감도 생겼다.

장불사는 어떻게 얘기를 해야 할지 망설였다. 일의 전후 사정을 얘기하지 못할 것도 없지만 그간의 얘기를 하다 보면 호기심 많은 흑아가 꼬치꼬치 물어볼 것이 불을 보듯 뻔했다. 또한 한시가 급한 상황에서 속속들이 자세히 얘기하는 것도 귀찮은 일이 아닐 수 없었다.

잠시 생각을 하던 장불사는 혹시나 하는 마음에 넌지시 말을 건넸다.

“혹시 저쪽의 큰 객잔으로 들어가는 소뇌음사의 괴승들을 보았느냐?”

“네, 보았어요. 사실 안강으로 가려던 중 그들이 마을로 들어서는 것을 보고 있다가 형도 보게 된 거예요. 그런데 조금 이상한 점이 있던

데요.”

“응? 뭐가?”

“저들이 보통 삼삼오오 짝을 지어 들어오던 것과는 달리 이번에는 여러 대의 마차와 함께 다수의 무림인들도 포함되어 있던데… 혹시 그들 때문에 고민하고 있는 거예요, 형?”

흑아의 질문에 장불사의 얼굴이 환해졌다가 금세 어두워졌다. 흑아에게 그간의 일을 얘기하지 않아도 되었기에 한시름 놓았지만 잡혀 있는 동료들을 생각하자 마음이 참참해진 것이다.

“그래. 그 마차에 나와 같이 실종되었던 동료들이 있어서 이렇게 고민을 하는 것이란다.”

“옛?”

깜짝 놀라는 흑아의 눈이 동그래졌다.

“그것보다는 그들이 산공독과 고독에 중독되었기에 어떻게 손을 써야 할지 몰라 망설이는 것이다. 지금도 무슨 흉계를 꾸미고 있을지 모르는데…….”

“…….”

장불사가 말끝을 흐리며 고민에 빠지자 잠시 생각을 하던 흑아가 지나가는 투로 장불사에게 말을 건넸다.

“형, 제가 한번 염탐을 해보고 올까요?”

“음…….”

흑아의 말에 장불사의 귀는 다시 한 번 솔깃해졌다. 하지만 적지에 어린 흑아를 보낸다는 것이 장불사로서는 왠지 꺼림칙했다. 그렇다고 마냥 이렇게 있을 수만은 없기에 한편으로는 흑아를 보내 염탐해 보는 것도 좋지 않을까 하는 생각을 하였다.

"음, 위험할 수도 있을 텐데… 괜찮겠느냐?"

"걱정 마세요, 형. 홍문사가 소뇌음사의 소굴이라는 것도 알아냈잖아요."

흑아는 자신만만했다. 하지만 장불사는 걱정이 앞섰다. 아무리 흑아가 영악하다 해도 경험이 일천한 것은 사실이었다. 그래도 달리 방법이 없는 장불사로서는 어쩔 수없이 흑아를 보내는 것으로 마음을 먹었다.

"휴우, 내가 잘하는 것인지 모르겠다. …흑아야, 너무 많을 것을 알려고 하지 말고 그들이 지금 뭘 하고 있는지, 그리고 마차에 사람들이 있는지 없는지만 확인하고 오너라."

"알았어요, 형."

흑아는 기쁜 표정으로 부리나케 객잔을 빠져나갔다. 장불사의 걱정하는 마음을 아는지 모르는지 흑아는 마냥 신이 난 듯했다.

흑아를 보낸 후 잠시 생각에 잠겼던 장불사는 등에 업힌 매유란이 생각나 옆에 있는 의자를 끌어다가 매유란을 내려놓으며 수혈을 풀었다. 장불사의 오른손은 여전히 매유란의 명문혈에 가 있었다.

"으음, 여기가 어디냐?"

잠에서 깨어난 매유란이 객잔을 한차례 훑어보더니 물었다.

"애뇌산 기슭입니다, 선배님."

"그놈들은 어떻게 되었느냐? 놓친 것이냐?"

매유란은 매우 궁금한 모양이었다.

"아닙니다. 이곳에서 조금 떨어진 객잔으로 들어갔습니다."

"그래? 그렇다면 이렇게 있을 것이 아니지 않느냐?"

"예, 그렇지 않아도……."

장불사는 그동안 흑아와 했던 얘기를 매유란에게 해주었다.

"흥, 그래서 흑아라는 어린아이를 그곳에 보냈단 말이냐?"

"예. 그런데… 왜 그러시는지?"

매유란의 냉랭한 말투에 장불사는 영문을 모르겠다는 듯 어리둥절한 얼굴을 하였다.

"훗, 독심술이라는 요상한 사술까지 부리는 놈에게 무공조차 모르는 아이를 보내서 어쩌자는 것이냐?"

"어이쿠!"

자신도 모를 정도로 자리에서 벌떡 일어선 장불사의 입에선 비명에 가까운 소리가 흘러나왔다. 제갈승운의 능력을 깜빡 잊고 있었던 것이다.

무척이나 당황한 장불사는 어쩔 줄 몰라 하며 매유란을 쳐다보았다.

"어, 어떻게 하면 좋을까요, 선배님?"

장불사는 말까지 더듬으며 허둥댔다.

"어떻게 하기는… 당장 도망가는 수밖에."

"하지만 흑아는 어떻게 하고……."

"지금 그것이 문제더냐? 만일 저놈들이 중독된 네 동료들의 목숨으로 너를 위협한다면… 너는 싸울 수가 있겠느냐?

"그, 그럴 수는 없습니다."

"그렇다면 다시 잡혀주겠다는 것이냐?"

"그, 그건……."

　장불사는 어떻게 해야 할지 갈피를 잡을 수가 없었다. 저들의 수중에 있는 동료들 때문에 싸울 수도 없는 노릇이고, 그렇다고 무작정 도망치자니 흑아가 마음에 걸렸기 때문이다.

　마음 한구석엔 무공도 모르는 어린 흑아를 어떻게 하겠냐 싶었지만 그래도 마음이 편치 않은 것은 사실이었다.

　“빨리 결정하여라. 이러고 있을 때가 아니다.”

　매유란은 옆에서 계속 재촉을 하고 있었다. 하지만 장불사는 쉬이 결정을 내리지 못했다.

　“어떻게 할 참이냐?”

　“아무래도… 흑아가 오면 그때 가서 결정을 내려야겠습니다.”

　“음…….”

　낮은 신음성과 함께 머리를 끄덕인 매유란은 그럴 줄 알았다는 듯한 표정을 지었다. 며칠 장불사와 생활해 본 결과 그의 성격이 어떻다는 것을 짐작하고 있었던 것이다.

　이후 두 사람 사이에 침묵이 흐르고 일각이 지났을 무렵, 장불사의 눈이 객잔의 출입문으로 향했다. 그런 장불사의 눈엔 초조함과 긴장감이 함께 어우러져 있었다. 잠시 후 객잔의 문을 열고 들어오는 이는 얼굴 가득 웃음을 머금은 흑아였다.

　“어……? 할머니가 깨어났네.”

　“흑아야, 어, 어떻게 되었느냐?”

　문을 열고 들어온 흑아를 향해 달려간 장불사는 흑아의 양 어깨를 잡으며 경직된 말투로 물었다.

　“뭐, 뭘요?”

갑작스런 장불사의 행동에 흑아는 어리둥절한 표정이었다.

"기생오라비같이 생긴 놈과 두 명의 여인을 보았느냐?"

"아니요."

"그럼 금빛 승포를 입은 요승은?"

"……."

흑아는 머리를 저으며 무슨 일이 있느냐는 듯한 얼굴로 장불사를 바라보았다.

"휴우~!"

"무슨 일이 있는 거예요, 형?"

장불사가 땅이 꺼질듯이 한숨을 내쉬자 흑아가 고개를 갸웃거리며 물었다.

"아, 아니다. 우선 앉아서 얘기하자."

맥이 풀린 표정으로 장불사가 제자리로 돌아가자 흑아는 여전히 영문을 모르겠다는 표정으로 양 어깨를 주무르며 주춤주춤 뒤를 따랐다.

"그래… 저들은 어떻게 하고 있더냐?"

다소 진정이 되었는지 장불사의 목소리는 한결 부드러워졌다.

"에이, 말도 마세요. 객잔을 하루 전세 냈다며 들여보내 주지도 않으려고 했어요."

"그래서……."

"헤헤, 제가 누구예요. 개방의 제자잖아요. 몇 차례 타령을 읊고 나니 꽤나 귀찮은 모양인지 점소이가 문을 열고 나오더라고요. 헤에, 제가 한 달 가까이 있는 동안 그 점소이에게 눈도장을 많이 찍어놓았으니 망정이지 그렇지 않았더라면 뒷문으로 들어가 동냥을 하기 힘들었을 거예요."

흑아는 마치 대단한 일이라도 한 듯 의기양양한 표정으로 떠들었다.

"그럼 객잔 내부를 볼 수 있었겠구나?"

장불사가 약간 기대에 찬 눈으로 물었다.

"그럼요. 뒷문으로 들어가면 곧장 주방이 나오니까 당연히 주방에서 객잔 내부를 살필 수 있었죠. 그런데 소뇌음사의 괴승 몇 명과 흑색 무복을 입은 몇몇 무사가 음식을 들고 있는 것 외에는 별다른 일이 없던데요."

"음……."

기대와는 다른 말이 흑아의 입에서 흘러나오자 장불사는 다소 실망하는 눈치였다. 그러나 이내 그런 기색을 감추고 다시 흑아를 보며 물었다.

"나와 같이 실종되었던 동료들은 보지 못했느냐?"

"네, 형. 뒷문 쪽에 마차들이 있긴 했는데 사람들이 타고 있지는 않았어요. 객잔 내에도 없는 것을 보면 아마 이층의 객방으로 으로 옮긴 것 같아요. 음식을 이층으로 나르는 것을 얼핏 본 것 같거든요."

"……."

흑아의 말을 들어보면 딱히 특별한 점은 없었다. 애뇌산이 가까워져서인지 야숙을 할 때와는 달리 경계가 소홀해진 것 같다는 생각이 들었으나 그동안 제갈승운이 보여준 치밀한 행동을 보면 그렇지 않을 가능성도 높았다. 흑아가 보지 못했거나 듣지 못한 다른 점이 있을 수도 있는 것이었다.

'음, 저들이 언제까지 객잔에 머물까? 지금이 아니면 동료들을 구해

넬 시간도 없을 것 같은데…….'

잠시 생각에 잠겼던 장불사는 머리를 흔들었다. 잘 생각해 보면 동료들을 구해낼 수 있는 방법이 있을 법도 한데 쉬이 그 방법이 떠오르지 않았던 것이다.

그마나 다행인 것은 저들이 야숙을 하지 않고 객잔으로 들어간 것이었다. 야숙을 하며 이상한 진을 설치했을 때는 그 진의 파훼법을 몰라 손써볼 엄두조차 못 냈는데 지금은 그런 걱정을 하지 않아도 되기 때문이었다.

옆에서 흑아의 말을 듣고 있던 매유란도 나름대로 생각에 잠겼는지 말이 없었다. 그렇게 되자 세 사람 사이에 한동안 침묵이 흘렀다. 흑아는 생각에 빠진 두 사람을 쳐다보며 지루한 표정을 짓고 있다가 뭔가 생각나는 것이 있는지 장불사의 눈치를 살피다가 말을 꺼냈다.

"저기… 형?"

"으응?"

흑아가 부르는 소리에 장불사는 상념에서 깨어났다.

"소뇌음사의 괴승들과 같이 있던 흑색 무복 차림의 무사들은 누구예요?"

"음, 그들은 운남의 백약문에서 갈라져 나온 석림문의 문도들이다."

"석림문요? 그런데 그들이 왜 요승들과 같이 있는 것이죠?"

"그건 나도 잘 모르겠구나. 그렇지만 그들이 소뇌음사와 더불어 어떤 단체에 소속된 것만은 틀림없을 것이다."

"……."

흑아가 머리를 끄덕이며 알았다는 시늉을 하자 장불사의 시선은 이내 매유란에게 향했다.

곰곰이 생각해 봐도 동료들을 구할 뽀쪽한 수가 생각나지 않으니 매유란에게 조언을 구할 참이었다. 때마침 매유란도 장불사를 보고 있었다.

"선배님, 좋은 수가 없겠습니까?"

"글쎄……."

장불사가 묻는 말의 요지가 무엇인지 알고 있는 매유란이었지만 그녀도 달리 방도가 없는 모양이었다.

"휴우, 이렇게 가만히 있자니 답답하군요."

"음, 너의 무위 정도면 그냥 간단히 구할 수도 있을 것 같은데……."

"예?"

매유란이 혼잣말로 중얼거리듯 하는 말에 장불사가 무슨 말이냐는 듯 반문을 하였지만 그녀는 못 들은 척 다음 말을 이어갔다.

"한 가지 방법이 생각난 게 있기는 한데… 들어보겠느냐?"

"당연하죠."

"그럼 귀를 잠깐 빌려다오."

매유란이 장불사의 귀를 잡고 소곤거리자 흑아는 궁금해 죽겠다는 표정으로 두 사람의 얼굴을 번갈아가며 쳐다보았다.

그날 밤.

만월은 아니었지만 교교하게 비치는 달빛으로 사물을 분간하기에 어려움이 없을 정도로 밝은 밤이었다.

축시가 되었을 무렵 장불사는 제갈승운의 일행이 묵고 있는 큰 객잔

앞에 모습을 드러냈다. 그런데 어디서 구했는지 장불사는 흑색의 야행복 차림에 복면까지 하고 있었다.

'젠장, 이렇게까지 해야 하나?'

얼굴을 더듬던 장불사는 손을 자꾸 멈칫거렸다. 복면을 한 자신의 모습이 어색하게 느껴지는 모양이었다. 그러나 그것도 잠시, 장불사는 기척도 없이 지붕 위로 신형을 날렸다.

이 장 높이의 지붕 위로 가뿐히 올라선 장불사는 잠시 주변을 살폈다.

정신을 집중하지 않아도 십 장 이내에 있는 생명의 기운을 감지할 수 있던 장불사는 피부 호흡이 한 단계 발전함에 따라 그 범위가 이십 장까지 가능해졌다.

또한 정신을 집중하게 되면 이십 장 이내에 감지되는 모든 기의 강약을 알 수 있었다. 석옥에 있으면서 매유란의 상태를 잘 알 수 있었던 것도 그 때문이다.

물론 화경 이상의 고수가 기를 감추면 알아내기 힘든 면도 있었지만 그래도 일반인과 무림인들이 내뿜는 기의 성질이 달랐기에 선천진기로 이루어진 내공이 아니라면 어느 정도 파악이 되었던 것이다.

'으음, 엄청난 기운이구나. …운기행공을 하고 있는 것일까? 그런데 누구지? 제갈승운인가? 아니면 금장선사일까?'

지붕 위에서 정신을 집중하여 주변을 살피던 장불사는 고개를 갸웃거렸다. 여느 기와는 확연하게 다른 기가 감지된 것이다. 잠시 그 기의 주인공이 누구인지 추측해 보던 장불사는 이내 발걸음을 옮겼다.

오래 생각할 여유가 없었던 것이다. 매유란이 스스로 제정신을 차리

고 있을 수 있는 시간이 두 시진이었기에 그 안에 계획한 일을 처리해
야 했다.

그렇게 몇 발짝 움직였을까?

장불사의 신형이 일순간 흐트러졌다.

빠지직.

요란한 소리와 함께 장불사의 발밑에 있는 지붕이 함몰되었다. 그러
자,

"웬 놈이냐?"

꽝!

호통 소리와 함께 제일 먼저 지붕을 뚫고 올라온 이는 금신승인 금
장선사였다. 뒤이어 제갈승운과 오십대의 중년인이 모습을 나타냈고
다음으로 소뇌음사의 괴승들과 석림문의 소문주가 무사들과 함께 속속
들이 올라왔다.

한순간 객잔의 지붕 위는 순식간에 많은 사람들로 채워졌다. 장불사
는 올라온 사람들을 한차례 훑어본 후 다짜고짜로 한 명의 동신승을
향해 신형을 날림과 동시에 권기를 발출했다.

슈욱.

마치 진공 상태에 있던 공기가 폭발하듯 장불사의 권에서는 엄청난
기가 분출되었다.

꽈앙.

커다란 굉음과 함께 지붕이 들썩였다. 그리고는 연달아 세 마디의
비명이 들렸다.

"크윽."

“큭.”

“크으으.”

어느새 두 명의 동신승이 합심하여 장불사의 권기를 같이 맞받아친 것이다. 동신승들의 승포에는 구멍이 뻥뻥 뚫려 있었고 입에서는 가느다란 핏물이 흘러나왔다. 단 한 번의 격돌로 내상을 입은 것이다.

“크크크.”

반면, 세 사람의 합공에 뒤로 주르르 밀려난 장불사는 괴소를 흘리며 오른손에 공력을 집중했다.

우웅.

둥그렇게 말아 올린 장불사의 손바닥엔 주먹만한 강구가 형성되며 빛을 발했다.

“크크크, 다시 한 번 받아보아라.”

말이 끝남과 동시에 피를 흘리며 비틀거리고 있는 정면의 동신승을 향해 강기를 날렸다.

슈악.

공기를 찢는 듯한 파공음과 함께 강구는 빛살처럼 날아갔다. 순간,

“갈!”

일갈과 동시에 금장선사의 장심에서 금빛의 강기가 뻗어 나왔다.

쿠앙.

“음.”

“으음.”

조금 전보다 더 강한 폭음과 함께 두 사람의 입에서 낮은 신음성이 흘러나왔다.

어느새 동신승의 앞을 맞아선 금장선사의 오른손 장심에선 황금빛 강기가 피어오르며 이상한 소리를 내고 있었다.

찌지지직.

황금색의 강기들이 장심에서 서로 엉키며 내는 소리였다.

'금전공(金電功)?'

장불사의 눈에 이채가 어렸다. 분명 단엽이 펼쳤던 무공이었다. 금 장선사의 금전공은 그때보다 더욱 선명한 황금색을 띠고 있었다.

순간, 번개 모양의 강기가 순식간에 공간을 가르며 장불사의 면전에 다다랐다.

"우웃."

장불사는 더 이상 생각할 겨를도 없이 다급한 신음성을 터뜨리며 호 신강막을 펼쳤다.

퍽.

어찌 된 일인지 그다지 크지 않은 소리가 났다. 하지만 두 사람 모두 놀란 표정을 감추지 못했다.

"음……."

"호, 호신강막……."

장불사의 호신강막은 깨져 버렸고 금장선사는 호신강막에 부딪친 반탄력 때문인지 두어 걸음 물러서며 인상을 쓰고 있었다. 내부에 충 격이 온 모양이었다.

하지만 금장선사는 이내 장불사가 펼친 호신강막에 놀라움을 금치 못하겠다는 표정을 짓고 있었다. 생사경에 든 고수라도 호신강막을 펼 친다는 것은 어려운 일이었다.

장불사의 표정도 별반 다를 바 없었다.

'헛, 이 정도일 줄은 상상도 못했는데……'

서문호의 이기어검도 막아냈던 호신강막이 황금빛 강기에 깨져 버리자 장불사의 얼굴엔 불신과 함께 놀람이 교차했다. 비록 그때보다는 조금 강도를 낮추어 호신강막을 펼치기는 했지만 충분히 막을 수 있을 거라 생각하였던 것이다.

생각은 그리 오래가지 못했다. 번개 모양의 강기가 다시 금장선사의 장심에서 뻗어 나왔기 때문이다.

퍽.

재빨리 펼친 호신강막이 깨어지자 장불사는 다시 호신강막을 펼치며 한 걸음 다가섰다.

번쩍.

퍽.

번쩍.

퍽.

소리도 없이 발출되는 황금빛 강기에 의해 한 발짝 한 발짝 다가서던 장불사의 호신강막이 깨어졌다. 그렇게 금장선사의 앞으로 이 장가량 다가섰을 때, 금장선사의 입가에 비릿한 미소가 걸렸다.

번쩍.

찌이이이익.

기묘한 소리가 나며 장불사는 더 이상 전진하지 못했다. 호신강막이 깨어지진 않았으나 금장선사의 황금빛 강기가 끊이지 않고 뻗어 나와 장불사의 호신강막과 부딪치고 있었던 것이다.

금장선사가 펼친 금전공은 일반 강기와는 달랐다.

강기를 이용하는 대부분의 무공들이 강기를 날리거나 강기를 발출하더라도 오랫동안 지속되지 않는데 금장선사의 장심에서 뻗어 나온 황금빛 강기는 계속해서 장불사의 호신강막에 부딪치며 기묘한 소리를 내고 있었던 것이다. 마치 두 사람이 내공 대결을 펼치는 듯한 광경이었다.

시간이 갈수록 금장선사의 황금빛 강기는 더욱 선명한 빛을 발하며 위력을 더해갔고 반대로 장불사의 호신강막은 차차 균열이 가며 엷어지기 시작했다.

장불사는 강기를 피해보려고 옆으로 신형을 움직여 보았지만 황금빛 강기를 피할 수 없었다. 금장선사의 손짓에 따라 장심에서 뻗어 나온 황금빛 강기가 끊어지지 않고 지속된 채 장불사의 신형을 뒤쫓았기 때문이다.

그러던 어느 순간,

팍.

퍼엉.

"크억."

호신강막이 깨어짐과 동시에 장불사의 입에서 피분수가 뿌려졌다. 비틀거리며 뒤로 물러서던 장불사는 금장선사의 장심에서 번쩍이는 빛을 보며 다시 호신강막을 펼쳤으나 채 형성되기도 전에 강기에 맞고 말았다.

콰앙.

폭죽 터지는 듯한 소리와 함께 장불사의 신형은 끊어진 실처럼 허공을 날더니 객잔의 앞마당에 떨어지며 널브러졌다.

"커억, 쿨럭……."

진한 핏물을 내뱉으며 다급히 신형을 추스르고 일어선 장불사는 자신의 가슴을 내려다보았다. 심장 부분에 있는 옷은 주먹만한 크기로 타버렸고 안쪽의 피부도 달군 인두를 댄 것처럼 벌겋게 달아 있었다.

지붕 위를 한차례 째려본 장불사는 오른손으로 심장 부근을 움켜쥔 채 비틀거리며 슬슬 뒤걸음치다가 신형을 홱 돌려 내달렸다. 그러자 금장선자의 입에서 다급한 음성이 터져 나왔다.

"저, 저놈을 잡아라!"

획, 획.

말이 떨어지기가 무섭게 소뇌음사의 괴승들과 석림문의 무사들이 표홀한 신법을 구사하며 장불사의 뒤를 쫓았다. 십 장 정도 앞서 달리던 장불사는 고개를 돌려 지붕 위를 슬쩍 쳐다보았다.

명확히 보이지는 않았으나 지붕 위에는 제갈승운과 오십대의 중년인만 남아 있었는데 중년인이 신형을 움직이려 하자 제갈승운이 제지하는 모습이 보였다. 순간 복면 안에 있어 보이지 않는 장불사의 입꼬리가 올라갔다.

'훗, 저자였군.'

장불사는 달리는 속도를 천천히 하더니 이내 멈추어 섰다. 그러자 뒤따르던 사람들에 의해 포위가 되었다.

"네놈은 누구냐?"

금장선사가 날카로운 눈빛으로 장불사의 전신을 훑어보며 물었다.

"크크크. 알고 싶다면 나를 죽여야 될걸."

수십 명의 사람들에게 포위된 상황이었으나 장불사는 전혀 위축된 모습을 보이지 않고 오히려 살기를 내뿜었다.

"이놈, 정녕 죽고 싶단 말이지. 쳐라!"

금장선사의 말이 떨어지기가 무섭게 석림문의 무사들이 검과 각종 병장기를 휘두르며 사방에서 짓이겨들었다. 십여 명의 병장기에서 뿜어져 나오는 기세는 장불사를 도륙할 듯 보였다. 무사들의 병기는 하나같이 장불사의 사혈을 노리고 있었다.

순간 장불사는 신형을 급속도로 회전시키며 표무보를 펼쳤다.

퍼퍼펑, 펑.

"악!"

"크악!"

"커억!"

강기를 동반한 표무보로 한차례 무사들 사이를 휩쓸고 지나가자 연이어 폭음 소리와 함께 비명 소리가 터져 나왔다. 잠시 후 장불사가 회전하던 신형을 멈추자 소용돌이치던 주변의 공기와 먼지들도 잦아들었다.

석림문의 무사들은 모두 나뒹굴어져 있었다. 대부분이 손발이 부러진 채 신음을 흘리며 바닥을 굴렀다.

'음, 이렇게까지 될 줄 몰랐는걸. 저들의 병기에서 뻗어 나온 기는 검기 이상의 것이었는데……'

장불사의 눈빛이 잠시 흔들렸다. 비록 강기를 동반한 표무보를 펼쳤다고는 하나 석림문의 무사들이 저렇듯 심하게 다칠 줄은 몰랐었다. 하지만,

“크크크.”

장불사는 괴소를 흘리며 살기 어린 눈으로 주변을 쳐다보았다. 그런 장불사의 왼손은 투명하게 변해 있었다. 순간,

“비, 빙백소수마공……!”

금장선사의 입에서 놀람의 소리가 터져 나왔다. 그는 장불사의 투명하게 변한 손을 보면서 한동안 입을 다물 줄 몰랐다.

“네, 네놈은 도대체 누, 누구냐?”

금장선사의 목소리가 심하게 떨렸다.

“크크크. 그것은 저승에 가서 알아보아라.”

말과 동시에 장불사의 신형이 흐릿하게 변하는가 싶더니 본래의 모습으로 돌아왔다. 마치 아무 변화도 없는 것처럼 보였다. 그러나 현실은 그렇지 않았다.

“크악!”

갑자기 단발마의 비명 소리가 밤하늘에 울려 퍼졌다. 장불사와 가장 가까이 있던 동신승 하나가 피분수를 일으키고 있는 오른쪽 어깻죽지를 움켜쥐고는 고통에 찬 비명을 질러대고 있었다. 바닥에는 매끈하게 잘린 오른팔이 몇 번 꿈틀거리더니 이내 움직임을 멈추었다.

나머지 동신승들은 서로를 쳐다보며 무슨 영문인지 몰라 하는 눈치였다. 반면 금장선사와 두 명의 은신승의 눈엔 이채가 어렸다. 비록 달빛이 밝다고는 하나 어두운 밤이었고 워낙 순식간에 일어난 일이라 장불사가 어떻게 손을 썼는지 제대로 보지 못했던 것이다.

그것도 잠시, 그들이 어깻죽지를 부여잡고 바닥을 뒹굴고 있는 동신승을 바라보고 있는 사이 장불사의 신형이 다시 흐릿해졌다가 본래의

모습으로 돌아왔다. 순간,

툭, 투둑.

뭔가가 땅에 떨어지는 소리가 들렸다. 모두의 시선이 그쪽으로 쏠렸다. 바닥에 떨어진 것은 두 개의 팔이었다. 두 개의 팔이 바닥에서 잠시 꿈틀댔다.

다시 모두의 시선이 팔이 잘린 두 명의 동신승에게 쏠렸다. 그러나 정작 팔이 잘린 두 명의 동신승은 무슨 일이냐는 듯한 표정으로 자신을 바라보는 동료의 얼굴을 쳐다보았다. 하지만,

푸쉬이익.

"……."

"……."

팔이 잘린 두 명의 동신승은 오른쪽 어깻죽지에 피분수가 뿜어져 나오는 소리를 듣고 무의식적으로 고개를 돌렸다. 마치 자신의 일이 아닌 양 행동하는 것처럼 보였다. 하나, 이내 얼굴이 하얗게 질리더니 오른쪽 어깻죽지를 부여잡고는 고통에 찬 비명을 질렀다.

"크악!"

"으악!"

그런 동신승들을 바라보는 장불사의 눈빛엔 일말의 동정심도 보이지 않았다. 석림문 무사들을 격퇴시킬 때와는 다른 모습이었다. 소뇌음사의 괴승들을 상대할 땐 손속에 사정을 두지 않기로 한 모양이었다.

연달아 똑같은 상황이 발생하자 장불사만 바라보고 있던 금장선사의 눈이 크게 떠졌다. 장불사가 어떤 수법으로 팔을 잘랐는지 대충이나마 눈에 들어온 것이다.

하지만 깊게 생각할 여유가 없었다. 다시 장불사의 투명하게 변한 손이 슬머시 올라가는 것을 보았던 것이다. 그것을 본 금장선사의 입에서 다급한 음성이 터졌다.

"…뒤, 뒤로 물러서라!"

제대로 상황 파악을 하지 못하고 있던 두 명의 은신승과 팔이 잘리지 않은 세 명의 동신승이 급히 신형을 뒤로 뽑아 올렸다. 하지만 금장선사의 말이 끝나는 순간 장불사의 신형도 흐릿해지고 있었다.

"으악!"

"크아악!"

"커억!"

쿵, 쿠웅.

허공으로 신형을 띄우며 뒤로 물러서던 세 명의 동신승이 채 바닥에 내려서기도 전에 비명을 지르며 나뒹굴었다. 그런 동신승들의 오른쪽 허벅지에는 각각 주먹만한 구멍이 뚫려 있었다. 뼈까지 완전히 관통당한 다리는 잘라내어야 될 것 같았다.

순식간에 이 장을 훌쩍 물러선 금장선사의 눈엔 불신의 빛이 역력하게 어려 있었다.

처음 장불사를 가운데 두고 포위했던 거리는 삼 장이었다. 그 삼 장의 거리를 격하고 수하들의 팔을 잘라낸 것도 매우 놀라운 일이었다. 그런데 오 장이나 되는 거리에서도 전혀 움직임이 없는 듯한 모습으로 수하들을 불구로 만들어 버리니 경악스러울 수밖에 없었으리라.

방금 지붕 위에서 자신의 금전공에 맞고 떨어져 나간 자가 맞는지도 의심이 갈 정도였다.

"…삼재검법……."

정신을 차린 금장선사의 입에서 나지막한 음성이 흘러나왔다.

그랬다.

장불사가 펼친 무공은 삼재검법이었다.

팔을 자른 것은 태산압정의 초식이었고 허벅지를 뚫은 것은 선인지로의 초식이었다. 그것도 무림오대무학이라는 빙백소수마공으로 마치 검을 사용하듯 삼재검법을 펼친 것이다.

삼재검법이 어떤 검법인가?

강호에서 검을 든 자라면 누구나 알고 있는 검법이다.

그런데 장불사가 보여준 삼재검법은 차원이 달라도 한참 다른 것이었다. 현경을 넘어 생사경을 바라보는 금장선사의 눈으로도 쉽게 파악할 수 없을 정도로 장불사가 보여준 삼재검법은 상상을 초월했던 것이다.

"크크크, 그래도 달린 눈이라고 알아보는구나."

중얼거리는 듯한 금장선사의 말을 들은 장불사가 조롱 섞인 말을 내뱉자 금장선사의 안면이 보기 흉할 정도로 일그러졌다.

"…너무… 기고만장하는구나."

금장선사의 살기 어린 음성이 낮게 깔리었다.

"크크, 그런 말은 나의 소수를 받아보고 하는 것이 옳을 것이다."

말을 마친 순간, 장불사의 투명한 빙백수에서는 일 장가량의 수강이 뻗어 나왔다. 투명한 손에서 뻗어 나온 순백색의 수강은 어두운 밤과 묘한 조화를 이루어 신비롭게 보였다.

"헛!"

장불사의 말에 만반의 준비를 하고 있던 금장선사는 헛바람을 들이 켰다. 빙백소수마공으로 상상을 초월하는 삼재검법을 시전한 것도 모 자라 일 장이라는 엄청난 길이의 수강까지 만들어내자 금장선사의 등 엔 식은땀이 절로 흘러내렸다.

무척 단단해 보이면서도 예기를 줄기줄기 내뿜고 있는 저런 수강으 로 방금 전 보였던 삼재검법을 펼친다면 자신도 감당하기 어려울 것이 라는 생각이 뇌리를 스친 것이다.

금장선사의 생각은 현실이 되었다.

수강의 만들고 잠시 괴소를 흘리던 장불사의 신형이 다시 흐릿해진 것이다.

금장선사는 더 이상 생각할 것도 없이 온몸에 호신강기를 내뿜으며 자신이 낼 수 있는 최고의 속도로 뒤로 물러섰다. 이미 오 장의 거리는 일 장가량 뻗어 나온 수강으로 인해 아무런 의미가 없었던 것이다.

하지만 금장선사는 이내 낭패한 눈빛을 띠었다. 자세히 보이지는 않 았으나 장불사의 신형은 자신을 향한 게 아니었다. 자신처럼 급히 신 형을 뒤로 날리고 있는 두 명의 은신승에게로 쇄도하고 있었던 것이다.

이윽고 흰 빛무리가 두 곳에 궤적을 남기는가 싶더니 은신승들의 신 형이 순식간에 뒤로 튕겨져 나가는 모습이 한눈에 들어왔다. 실로 눈 깜빡할 사이에 일어난 일이었다.

콰앙, 쾅, 콰강!

"크악!"

"아악!"

"크억!"

폭음과 비명 소리가 거의 동시에 들리며 은신승들이 나동그라졌다. 은신승들도 금장선사와 마찬가지로 호신강기로 몸을 보호하며 빙백수의 수강을 받아냈지만 동신승들과 같은 신세를 면치 못했다.

바닥에 쓰러진 은신승들이 신음을 삼키며 상처 난 오른쪽 무릎을 붙잡고 조치를 취하고 있었지만 영영 한쪽 다리를 쓰지 못할 것 같았다. 무릎 부위가 완전히 부서진 채 다리가 바깥쪽으로 꺾여 있었기 때문이다.

동신승과 은신승들 모두 고통이 무척 심할 만도 한데 참고 견디는 것을 보면 그들의 정신력이 얼마나 강한지 엿볼 수 있는 장면이었다. 아마 지옥과 같은 수련과 훈련을 견디었기에 가능한 것이리라. 하지만 그들의 눈엔 경악과 불신, 그리고 두려움이 교차하고 있었다.

장불사는 바닥에 쓰러진 석림문의 무사들을 비롯하여 동신승과 은신승들을 한차례 쓸어보고는 금장선사에게 눈길을 돌렸다. 석림문의 소문주가 온몸을 떨며 얼이 빠진 모습으로 서 있었지만 장불사는 신경도 쓰지 않았다.

"크크, 이래도 본인이 기고만장한 것이냐?"

"……."

장불사가 비꼬는 말에 금장선사는 전혀 동요의 빛을 보이지 않고 살기 어린 눈으로 뚫어질 듯 장불사를 노려보기만 할 뿐이었다.

"크크, 좋아, 좋아. 네놈이 겁을 먹었다면 어찌하나 했는데 투지를 불태우고 있으니… 이거 재미있겠군."

말이 끝남과 동시에 장불사는 다시 일 장가량의 수강을 뻗어내면서 천천히 금장선사가 있는 곳으로 다가갔다.

그러나 금장선사도 가만히 있진 않았다. 어느새 그의 오른손에는 반 장에 달하는 푸른색의 강기가 뻗어 나와 예리함을 뽐내고 있었다.

장불사가 한 발 한 발 다가설 때마다 금장선사는 간격을 유지하며 뒤로 물러섰다. 그러던 어느 순간 장불사의 신형이 빛살처럼 쏘아져 나갔다.

팟.

거의 눈에 보이지 않을 정도로 빠른 속도였다. 하지만,

스윽.

장불사의 수강이 채 금장선사의 가슴에 닿기도 전에 푸른빛의 강기 에 의해 잘려져 나갔다.

스윽.

슥.

다시 두 번 더 잘렸을 때 백색의 수강이 완전히 사라졌으나 장불사 의 투명한 빙백수는 금장선사의 왼쪽 상박(上膊)을 찌르고 있었다.

설명이 길었지만 장불사가 번개처럼 신형을 움직이고부터 금장선사 의 상박을 찌르게 된 상황까지는 눈 깜빡할 사이보다 짧은 찰나의 순 간이었다.

빠악.

그리 크지 않은 소리가 나며 장불사가 부딪쳐 온 속도만큼이나 빠르 게 금장선사의 신형이 미끄러지듯 뒤로 삼 장을 날아갔다.

쿠웅.

땅바닥에 떨어지자마자 재빨리 한쪽 무릎을 곧추세우며 신형을 바 로잡은 금장선사의 시선이 자신의 왼쪽 상박으로 향했다.

겉으로 보기엔 아무런 상처도 없었다.

하지만 금장선사는 힘이 들어가지 않는 듯 왼손을 축 늘어뜨리고 있었다. 호신강기를 뚫고 들어온 장불사의 빙백수에 의해 상박의 뼈가 부러진 것이다. 조금만 반응이 늦었더라면 심장이 관통당할 뻔한 위치였다.

"……."

장불사를 바라보는 금장선사의 눈빛이 흔들렸다. 도무지 이해가 가지 않는 것이다. 그 짧은 순간에 세 번이나 수강을 잘랐는데 장불사는 전혀 타격을 입지 않은 듯 보였기 때문이다.

보통 수강이나 검강 등은 본신내력을 밖으로 뿜어내어 형상화한 것이기에 그것이 파괴되거나 잘리게 되면 기의 순환이 순조롭지 못하여 내상을 입게 되는 것이 일반적인 일이다.

그런데 장불사는 그런 상식을 뒤집고 자신의 몸에 상처까지 입히니 기가 막힐 노릇이었다. 금장선사는 자신도 모르게 식은땀이 흐름을 느꼈다.

하지만 장불사도 내심 깜짝 놀라고 있었다. 자신의 수강이 베어질 것이라고는 생각도 못했던 것이다.

'음, 그 푸른색 강기는 뭐였지? 검이었나? …음, 손에 검이 없는 것으로 봐서는 아니고… 그럼 도대체 뭐란 말인가?'

장불사는 잠시 의혹에 휩싸이며 고개를 갸웃거리고 있었지만 여전히 금장선사에게서 시선을 떼지 않고 있었다. 금장선사도 한쪽 무릎을 꿇은 채 미동도 않고 장불사를 바라보고 있었다.

두 사람은 서로를 말없이 노려보았다. 짧은 순간이었으나 마치 억겁의 시간이 흐른 듯 정적이 감돌았다.

잠시 후 먼저 신형을 움직인 이는 장불사였다. 빙백수를 전개하고 있는 왼손에 다시 이 장가량의 수강을 뻗어내고는 한 발 한 발 금장선사가 있는 곳으로 다가갔다.

그런 장불사를 보며 금장선사도 힘겹게 일어섰다. 그의 오른손에도 예의 푸른빛의 강기가 빛을 발하고 있었다. 왼손이 부상을 입었지만 그냥 당하고만 있을 수는 없었으리라.

그렇게 다시 일촉즉발의 격돌이 일어나려는 찰나.

휘익.

미세한 파공음에 장불사의 시선이 자연스럽게 소리가 나는 쪽으로 향했다.

제갈승운과 오십대의 중년인이 지붕 위에서 표홀한 신법을 전개하여 바닥에 내려서더니 순식간에 장불사와 금장선사가 있는 곳으로 다가왔던 것이다.

오십대 중년인의 표정이 무척 일그러진 데 반해 제갈승운은 지금까지 벌어진 일이 마치 자신의 일이 아닌 것처럼 담담한 표정을 짓고 있었다.

그러나 표정과는 달리 제갈승운의 입에서 조금은 메마른 음성이 흘러나왔다.

"멈추시오."

"……."

장불사는 힐끗 제갈승운을 쳐다볼 뿐 이내 금장선사를 향해 발걸음을 옮겼다. 순간 제갈승운의 표정이 딱딱하게 굳어졌다. 자신의 말을 무시하니 기분이 좋을 리가 없었으리라.

"멈추시오!"

제갈승운이 버럭 고함을 질렀다.

장불사는 고개를 돌려 잠시 째려보더니 다짜고짜 신형을 날리며 수강을 휘둘렀다.

슈악.

"헛."

전혀 예상치 못한 장불사의 행동에 제갈승운은 헛바람을 들이키며 재빨리 발을 놀렸다. 옆에 있던 오십대의 중년인도 수강의 영향 아래 있었기에 제갈승운과 반대편으로 몸을 피했다.

금장선사를 상대할 때처럼 삼재검법을 펼치진 않았으나 그 빠르기는 결코 무시하지 못할 정도였다. 또한 묘하게 제갈승운과 중년인의 사이를 파고드는 각도로 수강을 내려쳤기에 두 사람은 각기 다른 방향으로 몸을 피할 수밖에 없었다.

장불사는 수강을 내려침과 동시에 거의 눈에 보이지 않을 정도로 보법을 펼치는 제갈승운을 향해 재차 오른손으로 권강을 날렸다.

펑!

제갈승운이 급히 신형을 비틀고는 양손에서 태산 같은 강기를 내쏟으며 맞받아치자 요란한 소리와 함께 두 강기가 부딪친 자리에 커다란 구멍이 파였다.

"……"

순간 주르르 이 장이나 물러난 제갈승운의 눈이 크게 떠졌다.

장불사가 서로 부딪친 강기의 탄력을 이용하여 엄청난 속도로 중년인을 향해 쇄도해 가며 투명하게 변한 빙백수를 찔러 넣고 있었기 때문이다.

장불사의 투명한 수강이 면전에 들이닥치자 중년인은 제갈승운과 마찬가지로 두 눈을 부릅뜨더니 최대한의 속도로 뒤로 물러나면서 묵강을 뻗어냈다.

콰앙.

순간 묵강에 부딪친 장불사의 피부색이 검게 변하는가 싶더니 이내 제 색깔을 찾았다. 반면,

"크아악!"

중년인은 고통스러운 비명을 내지르며 삼 장이나 허공을 날아가더니 땅바닥에 처박혔다.

그와 동시에 장불사는 쇄도하던 속도를 전혀 줄이지 않고 그대로 달려가서는 신음을 흘리며 널브러져 있는 중년인의 천추혈과 아혈을 짚었다. 그러자 혈을 짚인 중년인의 몸이 축 늘어졌다.

하지만 극심한 통증으로 인해 얼굴은 오만상을 썼고 채 다물지 못한 입에서는 침이 질질 흘러내렸다. 묵강을 발출했던 그의 오른손이 완전히 짓뭉개져 있었던 것이다.

실로 눈 깜빡할 사이에 일어난 일이었다.

"……."

"……."

일이 이렇게 변하자 제갈승운과 금장선사의 얼굴엔 당황해하는 빛이 역력히 드러났다. 장불사가 갑자기 중년인을 제압하리라곤 생각도 못한 모양이었다.

두 사람의 모양새를 지켜보던 장불사의 입에서 득의에 찬 괴소가 흘러나왔다.

"큭큭, 왜 그리 놀라느냐?"

"……."

"……."

장불사의 말에 두 사람은 서로를 쳐다보며 꿀 먹은 벙어리처럼 말을 하지 못했다.

"크큭, 말을 못하는 것을 보니 뭔가 켕기는 것이 있는 모양이군. 흐흐흐, 그렇다면 본인이 이자를 잠시 데려가야겠는데……."

장불사는 바닥에 널브러져 있는 중년인을 일으키며 잽싸게 오른쪽 옆구리에 끼었다. 그러자 제갈승운의 입에서 다급한 음성이 흘러나왔다.

"자, 잠깐… 그를 어떻게 할 참이오?"

"흐흐, 역시 뭔가 있기는 있구나. 하지만 너무 걱정 말아라. 이자에게 물어볼 것이 있다. 본인의 물음에 잘만 대답하면 고이 돌려보낼 것이나 허튼소리를 지껄인다면 목숨을 부지하기가 힘들 것이다. 그러니 본인을 따라올 생각은 말아라."

말을 마친 장불사는 경계를 하며 슬슬 뒷걸음질쳤다. 그의 투명한 왼손은 중년인의 머리 위에 놓여 있었다. 여차하면 빙백수로 중년인의 머리를 박살 내겠다는 무언의 협박이었다.

"……."

"……."

장불사의 행동에 두 사람은 아무런 조치도 취하지 못하고 그저 바라만 볼 뿐이었다.

하지만 잠시 후 들려온 제갈승운의 말에 이 장 정도 뒷걸음치던 장불사는 걸음을 멈추어야만 했다.

"만일… 그를 죽인다면 잡혀 있는 무림맹의 사람들도 무사하진 못할 것이오."

"……."

내심 놀란 장불사였지만 복면을 하고 있던 관계로 표정은 드러나지 않았다.

"그래서?"

"……."

장불사의 담담한 반문에 제갈승운은 의외라는 표정을 지었다. 그렇지만 이내 표정을 바꾸고는 마음에 담은 말을 던졌다.

"그들을 구하러 온 것이 아니었소?"

"큭큭, 왜 그런 생각했지?"

"당신 같은 고수가 그를 인질로 삼을 이유가 없기 때문이오."

"크핫핫. 좋아, 좋아."

정곡을 찌르는 질문과 대답에 장불사는 크게 웃음을 터뜨렸다. 제갈승운의 말을 시인한다는 의미의 웃음소리였다. 하지만 뒤이어진 장불사의 말은 싸늘하기만 했다.

"흐흐, 그렇다면 본인이 어떤 행동을 할 것이라는 것도 예상하였겠구나."

어느새 장불사의 투명한 손이 중년인의 머리를 내려칠 기세였다. 너무나 돌발적인 행동이었다. 그러나 그때,

"안 돼요!"

객잔의 문이 벌컥 열리며 누군가 다급한 음성을 토했다. 장불사를 비롯한 두 사람의 시선이 자연히 객잔 쪽으로 향했다. 순간 세 사람의 눈이 휘둥그레졌다.

철하연을 선두로 원아영과 감금당해 있던 삼십여 명의 무림맹 사람들이 줄줄이 객잔에서 튀어나왔기 때문이다. 그들의 손에는 달빛을 받아 번쩍이는 각자의 병기들이 들려 있었다.

장불사는 단엽과 추밀단의 단원들이 무사한 것을 보고 속으로 안도의 한숨을 내쉬었다. 오랜만에 보는 반가운 얼굴들이었다. 반면 제갈승운의 얼굴은 마치 떫은 감을 씹은 것처럼 일그러져 있었다.

"철… 소저, 이게 무슨 짓이오?"

제갈승운이 버럭 화를 냈다.

하지만 철하연은 제갈승운을 거들떠보지도 않고 장불사에게 말을 건넸다.

"당신이 누군지는 모르겠지만 제갈 공자의 말을 듣는 게 좋을 것이에요. 이들을 구하러 왔다면."

"이거 우습게 되어가는군. 크큭. 그런데 어쩌나… 본인은 여자의 말은 믿지 않는데……."

장불사는 다시 투명한 손을 들어올렸다. 그러자 철하연의 뒤쪽에 서 있던 무림맹 사람들의 얼굴이 대번에 핼쑥해졌다.

"잠깐… 정녕 우리를 도우러 온 분이라면 그자를 죽이지 마시오."

떨리는 목소리로 말을 하며 나선 이는 화산파의 매산자 낙일천이었다. 그동안 고생을 해서인지 낙일천의 이마엔 주름살이 많이 늘어 더

욱 늙어 보였다. 장불사에게 청을 하는 낙일천의 얼굴엔 간절함이 묻
어났다.

"무슨 말이오?"

"우리 몸에 심어져 있는 고독이 그자의 심령과 연결되어 있기에 그
자가 죽으면 고독이 발작하게 되어 있소이다. 그러면 우리도 어떻게
될지 모르오이다."

"……."

장불사는 잠시 중년인을 내려다보더니 그의 아혈을 풀었다.

"사실이냐?"

"으으으으… 사실이다."

아혈이 풀리자 중년인은 고통의 신음을 토하며 장불사의 물음에 대
답을 하였다.

"크큭, 좋다. 그러면 저들에게 심어놓은 고독을 풀어라. 그렇게 하
면 너를 놓아주겠다."

"……."

중년인은 말을 못하고 제갈승운을 바라보며 망설였다.

"크큭, 지금 네가 누구 눈치 보고 있을 상황이 아닐 텐데……."

말을 흐리던 장불사의 투명한 손이 별안간 번쩍였다.

순간,

"크아아악."

중년인의 입에서 처절한 신음이 흘러나왔다. 완전히 뭉개져 있던 중
년인의 팔이 바닥에서 펄떡거렸다. 장불사는 무심한 눈길로 바닥에서
꿈틀대는 팔을 보더니 중년인의 혈을 짚어 지혈을 시켰다.

"더 이상 꾸물거리다간 나머지 팔도 온전치 못할 것이다."

"으으으으……."

장불사의 잔인한 손속에 중년인은 온몸을 부들부들 떨며 고통을 참아내더니 잠시 후 이상한 주문을 읊기 시작했다.

그러자 삼십여 명의 무림맹 사람들은 헛구역질을 하며 바닥에 뭔가를 토해냈다. 하얗게 빛나는 손톱만한 작은 벌레였다.

퍽, 퍼벅, 퍽, 퍽.

고독들이 발에 짓이겨지며 터져 나가는 소리가 여기저기서 들렸다.

"누구신지는 모르지만 고맙소이다."

고독에서 해방된 낙일천이 포권을 취하며 감사를 표했다.

"큭큭, 아직 감사하기는 이르지 않겠소?"

장불사는 눈길을 제갈승운과 금장선사에게 돌리며 낙일천의 말을 받았다. 두 사람이 아직 남아 있지 않느냐는 말이었다. 하지만 낙일천은 난처한 기색을 얼굴에 드러냈다.

"왜 그러시오?"

"그게……."

낙일천은 말을 잇지 못하고 철하연을 보았다.

"그들의 산공독을 해독하는 조건으로 저들을 놓아주기로 약조했어요."

뒤이어진 철하연의 말에 장불사나 제갈승운은 소태 씹은 얼굴이 되었다. 장불사는 어이가 없었음이고 제갈승운은 자존심이 상했던 것이다.

"큭큭, 재미있군. 재주는 곰이 넘고 돈은 되놈이 받는다더니… 좋소.

하지만 그전에 한 가지 해결할 것이 있소.”

“무엇이에요?”

“저자가 내어놓아야 할 물건이 있소.”

제갈승운은 흠칫 놀라고 말았다. 장불사가 자신을 가리키며 내어놓으라는 물건이 무엇인지 짐작이 갔기 때문이다.

“너, 너는 누구야?”

한 발짝 물러서며 묻는 제갈승운의 목소리가 떨렸다.

“크큭, 이것을 보고도 아직 본인이 누군지 몰랐단 말이냐?”

“…….”

장불사가 투명하게 변해 있는 빙백수를 들어 보이자 제갈승운은 이맛살을 찡그렸다.

빙백소수마공을 쓰는 이가 독왕이라는 말이 근래에 들어 무림에 나돌고 있었지만 지금 눈앞에 있는 자가 독왕일 리는 만무했다. 독왕이 소림사에 있다는 것은 웬만한 무림인이라면 알고 있는 사실이었기 때문이다.

그렇다면 누구인가?

제갈승운은 머리가 복잡해졌다.

지붕 위에 있을 때 장불사가 빙백수를 펼치는 것을 보며 줄곧 생각을 했지만 도무지 짐작이 가는 곳이 없었다. 아니, 한 군데가 있었지만 애써 부정하고 있었다. 그곳은 아닐 것이라는 확신이 있었기 때문이다.

하지만 장불사가 들어 보이는 투명한 손을 보며 지금까지 부정해 왔던 것이 사실일 수도 있다는 생각이 들자 제갈승운은 두려워지기 시작했다.

"서, 설마… 설산파란 말이냐?"

"크핫핫. 이제야 생각이 나는 모양이군. 그럼 왜 네놈이 그 물건을 놓고 가야 하는지 이유를 알겠구나."

"헛소리 집어치워라. 네놈이 설산파의 제자일 리가 없다!"

제갈승운이 발악에 가까운 소리를 지르며 장불사를 잡아먹을 듯 노려보았다.

분명 설산파는 멸문을 당했다. 그러니 제자가 있을 리가 없었다. 그 것도 남자 제자가. 독왕이 빙백소수마공을 어떻게 익혔는지 모르지만 남자가 익히기엔 무리가 따르는 무공이라는 것은 너무나 잘 알고 있었다.

제갈승운이 듣기엔 장불사의 말이 터무니없게 들릴 만했다.

"크큭, 그럼 네놈의 눈에는 이 손이 뭘로 보이는 것이냐? 잔말 말고 좋게 말할 때 그 물건이나 내놓고 꺼지는 것이 신상에 이로울 것이다. 그러면 이번 한 번만은 너를 놓아주겠다."

"이이익."

조롱 섞인 장불사의 말에 제갈승운의 얼굴이 벌겋게 달아올랐다. 하지만 그것도 잠시, 제갈승운은 이내 침착함을 되찾고 장불사를 묘한 눈으로 쳐다보았다.

"큭큭, 독심술을 쓰는 것이냐? 하지만 그깟 잡술로는 본인의 마음을 읽어내지 못할 것이다."

"……."

깜짝 놀란 제갈승운은 두 눈을 동그랗게 뜨며 뒤로 주춤 물러섰다.

어떻게 알았단 말인가?

제갈승운의 얼굴은 그렇게 묻고 있었다.

"크큭, 네놈만이 특별한 능력을 가진 줄 아는 모양인데 그건 착각이지. 더 이상 엉뚱한 수작을 부리지 말고 이제 그만 물건을 넘겨라."

"……."

"도망갈 생각은 버리는 것이 좋을 것이다."

제갈승운이 다시 한 걸음 뒤로 물러서자 장불사가 스산한 말과 함께 수강을 발출하며 엄포를 놓았다.

"제갈 공자님, 저분의 말을 따르는 것이 좋지 않겠어요? 저기 천 총관을 비롯한 석림문의 문도들도 아직 필요할 것인데……."

장불사에게 잡혀 있는 천 총관이라는 자를 가리키며 철하연이 거들고 나섰다.

그러자 제갈승운의 얼굴이 대번에 일그러졌다. 철하연까지 장불사의 말을 두둔하자 울화가 치미는 모양이다. 그래도 철하연의 말이 일리가 있는지 천 총관과 쓰러져 있는 석림문의 무사들을 번갈아 보며 고심하는 눈치였다. 그러더니 이내,

"좋다. 물건을 넘길 테니 약속을 지켜라."

쉬이익.

제갈승운의 품을 벗어난 월영인이 어두운 밤하늘에 하얀 빛의 잔영을 남기며 장불사를 향해 날아갔다. 한데 날아가는 속도가 장난이 아니었다.

섬전을 방불케 하는 빠르기였다.

곱게 넘겨주지 않겠다는 뜻으로 보였다. 하지만,

티리리링, 팅.

순식간에 장불사의 면전에 다다른 월영인이 경쾌한 소리를 연속해서 내더니 바닥에 떨어졌다. 그 짧은 순간 수강으로 월영인을 여러 번 쳐내며 기세를 감소시킨 것이다.

월영인을 집어 품속에 갈무리한 장불사는 속으로 안도의 한숨을 내쉬었다. 월영인을 잃어버렸던 것이 내내 마음의 짐으로 남아 있었던 데다가 제갈승운과 한바탕 드잡이질을 해야만 월영인을 되찾을 수 있을 거라고 생각했는데 의외로 쉽게 월영인을 돌려받으니 여간 다행한 일이 아닌 것이다.

하지만 겉으로는 전혀 그런 내색을 비치지 않았다. 오히려 제갈승운을 바라보는 눈빛엔 살기가 어려 있었다.

"큭큭, 오는 것이 있으면 가는 것이 있어야지."

장불사는 겨드랑이에 끼고 있던 천 총관을 냅다 제갈승운을 향해 던졌다.

슈우욱.

비록 월영인과 같은 속도는 아닐지라도 장불사의 내력이 실린 천 총관의 몸뚱이는 태산과 같은 압력을 동반한 채 무시무시한 기세로 날아갔다.

"으아악!"

제갈승운을 향해 무서운 기세로 날아가는 천 총관의 입에서 두려움에 찬 비명이 터져 나왔다. 뒤늦게 어떤 상황인지 깨달은 모양이었다. 하기야 팔이 잘린 고통으로 인해 정신이 없었을 텐데 갑자기 제갈승운을 향해 날아가는 자신을 인지하고 보니 두려울 만도 했을 것이다.

그런데 제갈승운이 우궁보 자세로 오른손을 펴며 내뻗자 일 장 앞까지 날아갔던 천 총관이 허공에서 멈추었다. 마치 시간이 정지한 것처럼 보였다.

"……."

"……."

순간 모든 사람의 입이 떡 벌어졌다. 말로써 설명할 수 없는 현상이었다. 허공섭물이나 격공섭물이라 보기엔 무리가 있었다. 제갈승운의 손바닥에서 그 어떤 내력이나 기운도 뻗어 나오지 않았던 것이다.

장불사도 허공에 머물러 있는 천 총관을 보며 놀라움을 감추지 못했다.

'음? 허공에 어떤 기운이 뭉친 것 같기는 했는데… 저것이 초인적인 능력이란 말인가?'

제갈승운의 손짓에 따라 천 총관은 사뿐히 바닥으로 내려서고 있었다.

"오늘 일은 깊이 새겨두겠다."

억눌린 듯한 저음의 목소리가 제갈승운의 입에서 흘러나왔다.

"큭큭, 두고 보자는 놈치고 무서운 놈을 못 봤다."

"……."

화를 삭이는 듯 제갈승운은 한차례 장불사를 쏘아보더니 이내 철하연에게 시선을 던졌다.

"철 소저, 이런 일은 이번 한 번뿐이오. 갑시다."

철하연의 처사가 마음에 들지 않았던 제갈승운은 냉막한 표정으로 말을 건네고는 발길을 돌렸다. 그러자 금장선사와 지금까지 찍소리도 못하고 지켜보고만 있던 석림문의 소문주는 바닥에 쓰러져 있는 수하들을 챙기며 제갈승운의 뒤를 따랐다.

철하연은 잠시 머뭇거리더니 어쩔 수 없는지 굳은 표정으로 장불사를 한번 슬쩍 쳐다보고는 제갈승운을 따라갔다. 그 뒤로 원아영이 불안한 기색으로 남아 있는 무림인들의 눈치를 살피며 철하연의 뒤를 따랐다. 정파의 여식으로 그들을 따르는 것이 부담스러웠으리라.

'음, 저들을 그냥 보내는 것이 잘하는 짓인지 모르겠군.'

멀어져 가는 제갈승운의 일행을 보는 장불사의 얼굴에 그늘이 드리워졌다.

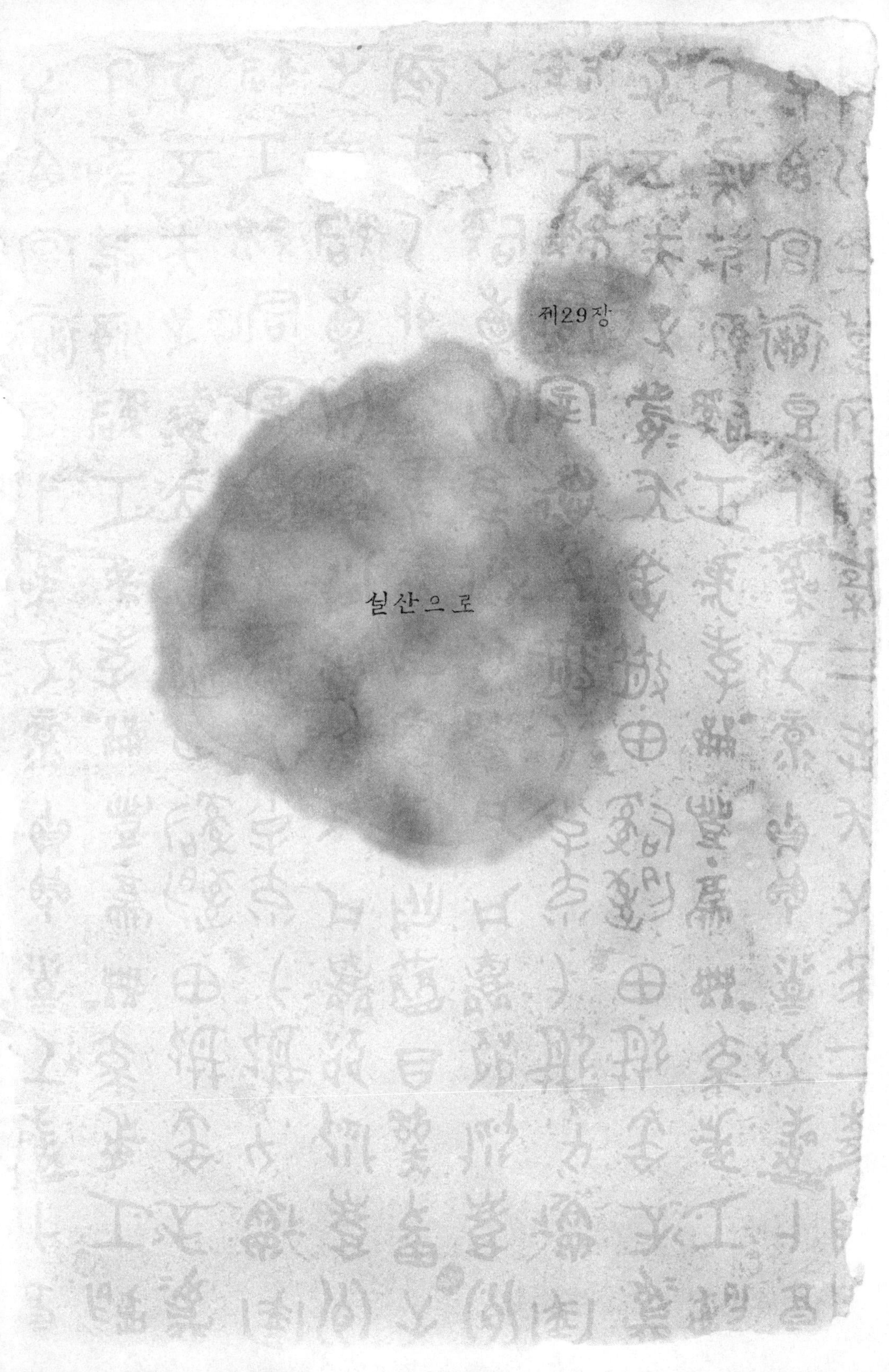

제29장

설산으로

무림맹의 수뇌부들이 모인 임시 천막.

육파일방과 오대세가의 수장들을 비롯하여 강호에 이름을 떨치고 있는 쟁쟁한 고수들이 모두 참석했다고 할 정도로 많은 사람들이 모여 있었다.

무림맹주로 추대된 소림사의 현청 대사와 남궁세가의 가주 남궁수 간에 소뇌음사의 일로 한참 설전이 오가고 있었다.

"남궁 가주께서는 그게 가능하다고 보십니까?"

"물론 어려운 일입니다. 하지만 지금이 아니면 그들을 처리할 기회가 없을 것입니다."

"……."

"생각해 보십시오. 지금의 정세가 결코 저희에게 유리한 것이 아님니다. 강남 이남을 복속시킨 오국공이 원을 치는 데 동참하라고 하면 거절할 명분이 있습니까? 지금이야 무림의 공적인 소뇌음사의 무리들을 쫓아간다는 명분이 있어 오국공의 요청을 거절할 수 있지만, 이대로 각자의 문파로 돌아간다면 오국공의 명을 따를 수밖에 없을 것입니다. 무림과 관이 별개라고는 하지만 이미 개방의 여러 분타와 군소방파들이 오국공의 휘하로 들어갔습니다. 만일 오국공이 원의 세력을 몰아내고 중원을 평정한다면 이후 자신의 명에 따르지 않았던 우리를 가만히 두겠습니까? 모르긴 몰라도 우리가 중원에 발붙이며 살기가 힘들어질 것입니다."

"아미타불. 그렇지만 저들을 쫓아 설산까지 간다는 것이 그리 쉬운 일은 아닙니다."

"……."

현청 대사의 말도 일리가 있었기에 남궁수는 말문을 닫았다. 그러자 실내는 침묵이 흘렀다. 두 사람의 의견이 모두 타당한지라 다른 말을 꺼낼 수가 없었던 것이다. 그렇게 각자가 상념에 빠진 채 일각 정도 흘렀을 무렵,

"내가 한마디 해도 되겠는가?"

걸왕과 나란히 앉아 있던 검왕이 나지막한 어조로 말을 하며 나섰다. 검왕의 말에 일제히 시선이 쏠렸다. 모두들 존경심이 가득 담긴 눈빛이었다.

"아미타불. 경청하겠습니다, 서문 시주님."

"음, 남궁 가주의 말마따나 오국공의 요청을 거절하기는 힘들 것이네. 각파의 존망이 걸린 문제도 될 수 있으니… 하지만 지금은 설산으

로 가야 하지 않을까 생각하네. 장 소협의 말과 홍문사를 조사한 의선의 얘기를 종합해 보면 그들이 강시를 제조하고 있음이 분명한데, 이를 알고도 그들을 쫓지 않는다면 나중에 더 큰 후환을 가져올 것이네. 물론 현청 방장이 우려하는 것처럼 저들이 함정을 파놓고 기다릴지도 모르는 일이며, 이처럼 많은 무림맹의 사람들이 설산으로 가는 것도 금전적으로 문제가 있고, 또한 무공이 낮은 제자들에겐 힘든 여정이 될 수도 있네. 그래서 하는 말인데… 각파에서 장문인이나 장로급의 고수 셋과 무예가 출중한 일대제자들 열 명을 차출하여 설산으로 떠나는 것이 좋을 것 같네. 그리고… 뇌전검과 장보도의 진위를 확인하기 위해서라도 설산으로 가야 하지 않겠나?"

검왕의 말에 모두들 수긍이 가는지 고개를 끄덕였다.

"아미타불, 서문 시주님의 의견에 이견이 있는 분은 말씀하십시오."

"……."

현청 대사가 좌중을 훑어보며 의중을 물었으나 대답이 없었다. 이견이 있을 리가 없는 것이다. 소뇌음사의 일로 그동안 잠시 잊고 있던 뇌전검과 장보도에 대한 관심이 되살아나고 보니 설산으로 가야 한다는 생각이 모두의 뇌리를 지배하고 있는 것이 분명했다.

"이견이 없습니까?"

"……."

"좋습니다. 이견이 없는 것으로 알겠습니다. 그러면 여러분은 돌아가서서 서문 시주님의 말씀대로 따라주시기 바랍니다."

현청 대사의 말에 각파의 수장들은 말없이 천막을 나갔다. 인원을 선발하고 설산까지 가자면 준비할 것이 많은 것이다.

“세 분도 함께하실 것입니까?”

각파의 수장들이 모두 나가자 현청 대사가 검왕을 비롯한 걸왕과 권왕을 보며 말을 이었다.

“뜻을 같이해야 하지 않겠나.”

옆에 있던 걸왕과 권왕이 머리를 끄덕이며 검왕의 말에 동조하였다.

“아미타불, 세 분이 함께하신다니 천군만마를 얻은 것 같습니다.”

“그런 말 말게. 당연한 일이지 않은가.”

“아닙니다. 미욱한 소승이 무림맹을 이끌기에 힘이 벅찼는데 세 분 시주께서 힘을 보태주시니 한결 마음이 놓입니다.”

현청 대사는 합장을 하며 감사의 마음을 표했다. 그리고는 이내 장불사가 앉아 있는 곳으로 시선을 돌렸다.

그때까지 장불사는 임시 천막 안에서 오가는 얘기들을 묵묵히 듣고만 있었다. 자신이 달리 할 말도 없었을 뿐더러 설산으로 가는 것은 염두에 두지 않고 있었기 때문이다.

“장 소협도 같이 가야 하지 않겠나?”

건곤대나이신공의 비급으로 인해 장불사와의 관계가 다소 껄끄러웠던 현청 대사는 지나가는 투로 넌지시 말을 건넸다.

“글쎄요. 저는 생각을 좀 해봐야 할 것 같습니다.”

“왜 그러나? 나와의 관계가 불편해서인가?”

“훗, 그런 이유라면 이곳에 있지도 않았을 겁니다. 개인적인 일이 있어 어떻게 해야 할지 결정을 내리지 못하고 있는 것뿐입니다.”

“음, 되도록 같이 가는 방향으로 결정을 내리길 바라네.”

“알겠습니다. 네 분께서 따로 할 얘기도 있을 테니 저는 먼저 나가

보겠습니다.”

　장불사는 네 사람에게 포권을 취하며 천막을 나왔다. 그런 장불사를 바라보는 검왕과 걸왕의 입에는 흐뭇한 미소가 걸려 있었다.

　천막을 나온 장불사는 매유란이 있는 곳으로 발길을 옮겼다. 검왕이나 걸왕에게 물어볼 말도 있고 함께 많은 얘기를 나누고 싶었지만 두 사람도 소뇌음사의 일로 현청 대사와 의논할 일도 있을 것이고, 무엇보다 매유란을 혼자 내버려 둔 지가 두 시진이 다 되어갔기에 서둘러 천막을 나온 것이다.

　무림맹의 임시 천막들은 애뇌산에서 지척인 넓은 분지 위에 세워졌는데 각파별로 형형색색의 천막들이 들어찬 분지는 장관을 이루고 있었다.

　매유란이 있는 천막으로 들어선 장불사는 이내 매유란의 명문혈로 선천진기를 불어넣었다.

　“휴~!”

　매유란은 긴 숨을 내쉬며 편안한 얼굴을 하였다. 두 시진 동안 진기를 운용하며 제정신을 차리고 있는 것이 무척이나 힘이 들었던 모양이다.

　선천진기를 불어넣고 있는 장불사가 한동안 말이 없자 매유란은 슬며시 말을 건넸다.

　“어떻게 할 작정이냐?”

　“예? 어떻게 하다니요?”

　“지금 설산으로 갈 것인지 말 것인지를 고민하고 있는 것이 아니냐?”

벌써 누군가에게 얘기를 들었거나 주변에서 떠드는 소리를 들은 모양이었다.

"아! 아닙니다. 대도로 갈 것입니다. 선배님께 약속하지 않습니까. 석옥을 나오면 곧바로 증손녀에게 빙백신공을 가르쳐 주기로요."

장불사는 빙그레 웃으며 매유란에게 걱정하지 말라는 듯한 말을 하였다.

"그럼 무슨 생각을 그리 깊게 하고 있었던 것이냐?"

매유란이 의아한 표정으로 장불사를 쳐다보았다.

"아, 엊그제 소뇌음사의 금신승인 금장선사와 싸울 때의 일이 갑자기 생각나서……."

"무슨 일이 있었던 게냐?"

"그게… 좀 황당한 무공을 견식했습니다."

장불사는 말하기가 애매한지 매유란을 보며 머리를 긁적거렸다. 사실 검왕이나 걸왕에게 물어본 참이었던 것이다.

"어떤 무공이기에 그러는 것이냐?"

장불사의 행동에 매유란이 무척이나 궁금한 듯 물었다.

"선배님, 혹시 검강이나 수강 등의 강기를 무 베듯이 하는 무공을 본 적이 있으십니까?"

"파옥기(破玉氣)……!"

매유란의 입에서 부지불식간에 놀람의 소리가 튀어나왔다.

"알고 계십니까?"

"음, 푸른색의 강기더냐?"

묻고 있는 매유란의 목소리가 가늘게 떨렸다.

“네.”

“음…….”

장불사의 짧은 답에 그렇지 않아도 보기 흉한 매유란의 얼굴이 더욱 일그러졌다. 그렇게 굳은 표정으로 매유란이 잠시 말문을 닫고 있자 궁금증을 참지 못한 장불사가 넌지시 말을 붙였다.

“선배님, 그 파옥기라는 것이 도대체 어떤 무공입니까?”

“단명후… 단명후의 성명절기이니라.”

“옛?”

파옥기가 단명후의 성명절기란 말에 깜짝 놀란 장불사는 왜 매유란의 얼굴이 굳어졌는지 알 것도 같았다.

“파옥기공은 천하에 그 적수를 찾아볼 수 없을 정도로 파괴적인 무공이지. 나를 이 지경으로 만든 것도 단명후의 파옥기였으니까. 호호홋, 나의 빙백신공이 조금만 더 높은 성취를 이루었다면 이렇게까지 비참하게 되지는 않았을 텐데…….”

자조적인 웃음을 터뜨리는 매유란의 말엔 깊은 회한이 담겨 있었다.

“…….”

매유란의 마음을 어느 정도 이해하고 있던 장불사로서는 섣불리 말을 건네지 못했다. 잠시 시간이 흐른 후 매유란이 긴 한숨을 내쉬며 말을 내뱉었다.

“휴우~ 금신승이라는 놈이 파옥신공을 익히고 있다면 소뇌음사의 수괴가 단명후일 가능성이 농후한데, 그놈을 두고 그냥 대도로 떠난다는 것이 썩 내키지가 않구나.”

“그렇다면 설산으로 같이 가보는 것이 어떻겠습니까?”

"음, 그러고는 싶지만 증손녀 또한 마음에 걸리는구나."

"……."

단명후에 대한 원한이 깊은 매유란으로서는 갈등되는 것이 어쩌면 당연했다.

"선배님, 그러면 이러는 것이 어떻겠습니까?"

"좋은 방법이 있느냐?"

"대도에 있는 매 호법에게 인편을 띄우는 것은 어떻습니까? 매 호법은 빙백신공을 익혔기에 정상적인 생활을 하고 있을 게 아닙니까? 심 소저에게 빙백신공을 전수하라고 하면 간단히 해결될 일일 것도 같은데……."

"음, 네 말도 일리가 있구나."

매유란은 머리를 미미하게 끄덕이며 수긍을 하였다. 하지만 장불사는 그런 매유란을 보며 한 가지 의문점이 생겨났다.

'이렇게 간단히 해결될 일을 가지고 굳이 나에게 빙백신공을 가르쳐 준 이유가 무엇일까? 자신이 직접 전수해 주거나 말을 전할 수 없는 상황이었기에 나에게 가르쳐 준 것일까? 으음, 그건 너무 사소한 이유인 것 같은데… 혹시 다른 속셈이 있었단 말인가?'

장불사는 의혹 어린 눈으로 잠시 매유란을 쳐다보았다.

"왜? 잘못된 것이라도 있느냐?"

"아, 아닙니다."

의혹 어린 눈길을 받은 매유란이 이상하다는 듯 묻자 장불사는 말을 얼버무렸다.

다음날 정예들로 이루어진 무림맹은 설산을 향해 움직였다. 반면 본 파로 돌아가는 사람들도 많았다. 그중 서문호도 검왕을 수발할 세 명 만을 남기고 대부분의 기술들을 이끌고 돌아갔고, 장불사도 추밀단원 을 모두 돌려보냈다. 양 위사에게는 따로 밀명을 내려 매유란과 있었 던 애기를 부탁했다.

추적대를 구성한 무림맹은 그들을 먼저 보내어 소뇌음사의 진로를 수시로 확인하며 뒤를 따랐다. 대리와 중전을 거쳐 서장으로 접어든 무림맹의 사람들이 포달랍궁에 도착하기까지는 두 달이라는 시간이 흐 른 후였다.

두어 시진 잠을 자는 것을 제외하고는 마상에서 거의 하루를 보내다 시피 하며 정말 엄청나게 빠른 속도로 쉼없이 달려온 행로였다. 지칠 대로 지친 무림맹의 사람들은 포달랍궁에서 잠시 휴식을 취한 후 설산 으로 가는 계획을 잡았다. 더 이상의 강행군은 무리라 판단되었고 혹 시 모를 돌발적인 사고에 대비하기 위하여 설산에 대한 사전 지식이 필요했기 때문이었다.

그런데 포달랍궁에서 무림맹의 사람들은 뜻하지 않은 사람과 조우 하게 되었다. 소림사에 갇혀 있어야 할 명교의 교주 이세민과 건곤대 나이신공을 몰래 익혀 소림사에서 쫓겨난 현광 대사를 만난 것이다.

포달랍궁의 법왕인 달라이라마를 배알하는 자리에서 두 사람을 만 났기 때문에 무림맹의 수뇌들은 어쩔 줄 몰라 했다. 원칙대로라면 곧 바로 잡아들여야 하지만 달라이라마 앞에서 함부로 행동을 할 수 없었 던 것이다.

특히 소림사의 방장인 현청 대사의 놀라움은 이만저만한 것이 아니었다. 사제인 현광 대사를 잡으려고 노력하지 않은 것은 아니지만 찾을 수도 없었고 굳이 찾아내어 벌을 주려는 마음도 없었기에 사제가 깊은 산중에 은거하며 말년을 무난히 보내길 은근히 바랐었다. 그런데 중원무림의 공적이라고 할 수 있는 이세민과 웃음 띤 얼굴로 나란히 앉아 있으니 놀라지 않을 수 없었던 것이다.

달라이라마를 배알한 후 포달랍궁에서 내어준 선방으로 돌아간 현청 대사는 사제인 현광 대사를 기다렸다. 분명 자신에게 할 말이 많을 것이기에 방문하리라 생각한 것이다.

하지만 현광 대사는 이세민과 함께 장불사와 매유란이 묵고 있는 선실에 가 있었다.

"오랜만일세, 장 소협."

"하하, 대사님을 이렇게 다시 뵈니 너무 반갑습니다."

장불사의 얼굴에 오랜만에 희색이 감돌았다.

"허허허, 나도 반갑네. 아, 그리고 이쪽은 내가 형님으로 모시는 분이네. 인사하게."

"만나뵙게 되어 영광입니다. 무림말학 장불사입니다."

"핫핫핫. 반갑네, 장 소협. 현광 아우로부터 많은 얘기를 들었네."

장불사가 포권을 취하며 예를 표하자 이세민이 호탕하게 웃으며 같이 포권을 취하였다. 장불사는 당대에 적수를 찾을 수 없을 정도로 고강했던 명교의 교주를 직접 만나고 보니 조금은 흥분되는 기분을 느꼈다.

그러나 그것도 잠시, 현광 대사와 이세민이 먼 이곳까지 온 이유가 너무도 궁금했던 장불사는 이내 현광 대사를 보며 질문을 던졌다.

"그런데 어떻게 이곳까지 온 것입니까, 대사님?"

"홍성을 쫓아서 왔네."

"옛! 뭐라고요?"

현광 대사의 무덤덤한 말에 장불사는 깜짝 놀라며 두 눈을 동그랗게 떴다.

"헛헛, 그리 놀랄 것 없네. 아마 장 소협도 어느 정도 짐작을 하고 있었을 것이네, 홍성이 건곤대나이신공의 비급을 가지고 갔다는 것을."

"알고… 계셨습니까?"

"처음엔 몰랐지. 그런데 소림사로 돌아가서 그때 장 소협이 했던 얘기와 정황들을 종합해 보니 가장 의심이 가는 자가 홍성이라는 생각이 들더군. 그래서 나름대로 홍성의 뒤를 조사하기 시작했네. 현청 사형도 홍성이 의심이 갔는지 십팔나한들을 하산시켜서는 조사하고 있더군. 그렇지만 홍성에게서 별다른 혐의를 찾지 못했는지 십팔나한은 얼마 지나지 않아 소림사로 돌아갔네. 하지만 나는 그리할 수 없었지. 건공대나이신공을 내 마음대로 익힌 데다가 비급까지 유실하였으니 그 죄가 얼마나 크겠나? 여하튼 끈질기게 홍성의 뒤를 쫓다 보니 그의 행적엔 여러 가지 의아한 점이 많더군. 궁촌 근처의 고묘에서 황태후와 소뇌음사의 금신승을 만나는 것을 보고는 더욱 의심이 갔었지."

"아니… 그러면 그때 현광 대사님도 계셨단 말입니까?"

장불사의 눈이 화등잔만해졌다.

"아미타불, 그때 장 소협 앞에 나타나지 못한 것은 미안하게 생각하네. 장 소협을 보고 반가운 마음이야 이루 말할 수 없었지만 홍성 때문에 함부로 몸을 드러내지 못했으니 이해해 주길 바라네."

"아, 아닙니다. 이해하고 말고가 어디 있습니까. 그런데 그 이후는 어떻게 되었습니까?"

뒷얘기가 더욱 궁금해진 장불사였다.

"음, 홍성이 그들을 만난 후 행보를 옮긴 곳은 남경이었네."

"오국공을 만났습니까?"

"헛, 어찌 알았는가?"

장불사가 아는 체를 하며 묻자 현광 대사가 놀라며 반문했다.

"소방주가 강남 이남에 있는 대부분의 개방 분타들을 이끌고 오국공의 휘하에 들어갔다는 소문이 파다합니다."

"으음, 짐작은 하고 있었지만 그렇게까지 된 줄은 알지 못했네."

현광 대사는 답답한 신음을 터뜨리며 침통한 기색을 보였다

"두 사람이 만나는 것을 보셨습니까?"

"보았네. 예전부터 잘 알고 있는 사이였는지 무척 다정해 보였다네. 그런데 두 사람이 만나는 자리에 다른 이도 한 명 있었는데 홍성이 그를 보고 '제갈 총사님' 이라고 부르더군. 오국공과는 서로 사형사제 하는 것으로 보아 동문인 것 같았네."

"옛?"

"왜 그리 놀라나?"

"분명 제갈 총사라고 하였습니까?"

"이 귀로 똑똑히 들었네."

장불사는 옆에 앉아 있는 매유란을 힐긋 쳐다보더니 다시 물었다.

"혹시, 그 사람의 무공을 견식해 본 적이 없습니까?"

"헛헛, 왜 없었겠나. 하마터면 장 소협도 보지 못할 뻔했네."

"무슨… 말씀이신지?"

"제갈 총사라는 젊은이는 아니지만 오국공하고 잠시 손속을 나눠보았네. 그런데 오국공의 무위가 상상을 초월했었네. 홍성과 제갈 총사라고 불린 젊은이는 내가 숨어 있는 것조차 몰랐는데 오국공이 어떻게 알았는지 갑자기 신형을 날리며 강기를 뻗어오는 것이 아니겠나. 그의 신형이 얼마나 은밀하고 신속했었는지 벽을 뚫고 나올 때에야 겨우 알아차렸다네. 홍성 때문에 건공대나이신공을 사용할 수 없었던 내가 급히 뒤로 물러서며 맞받아치긴 했지만 그의 강기에 의해 이 장이나 밀려나며 내상까지 입고 말았네. 정말 엄청난 내력이었지. 정신을 추스른 후 소림사의 무공도 쓸 수 없던 나는 그냥 강력한 수강을 뿜어내어 무작정 휘두르며 오국공을 공격했네. 그를 떼어놓고 자리를 피하고 보는 게 상책이라고 생각했지. 그런데 무슨 일이 일어났는지 아는가? 휴, 지금 생각해도 간담이 서늘하다네. 헛헛, 믿기지 않겠지만 나의 수강이 지척까지 다가갈 동안 꼼짝도 않고 있던 오국공이 표홀하게 신형을 물리며 손을 휘저었는데, 그의 손에서 푸른 강기가 일렁인다 싶더니 나의 수강을 베어버리는 것이 아니겠는가."

"파옥기!"

장불사의 입에서 놀람의 소리가 터져 나왔다. 옆에서 듣고 있던 매유란도 무척 놀랐는지 벌어진 입을 다물 줄 몰랐다.

"……."

"……."

반면 현광 대사와 이세민은 깜짝 놀라는 두 사람을 향해 의문에 찬 눈길을 보냈다. 네 사람 사이에 잠시 미묘한 침묵이 흘렀다.

"으음, 파옥기를 아는가?"

이세민이 형형한 눈빛을 빛내며 진중한 표정으로 물었다.

"예, 알고 있습니다."

"그럼 파옥기가 누구의 성명절기인지도 알고 있는가?"

"예."

"음, 파옥기에 대해 아는 이가 강호에서는 거의 없을 정도인데 장 소협이 어떻게 그 무공을 알고 있는지 궁금하군."

처음 호의를 가지고 대면하던 것과는 달리 이세민은 장불사의 얼굴을 빤히 쳐다보며 의심의 눈초리를 보냈다. 하지만 장불사의 표정은 담담하기만 했다.

"그것은… 저도 현광 대사님과 같은 일을 당했으니까요."

"뭣? 장 소협도 오국공을 만나보았단 말인가?"

이세민보다 현광 대사가 뜻밖이라는 표정으로 앞서 물었다.

"아닙니다. 저는 소뇌음사의 금신승과 싸웠습니다."

"으음……."

"……."

장불사의 대답에 이번엔 현광 대사와 이세민이 서로의 얼굴을 쳐다보며 놀라워했다.

"하면… 그 금신승에게 파옥기에 대한 얘기를 들은 것인가?"

"아닙니다. 다른 사람에게서 들었습니다."

"그 사람이 누구인가?"

현광 대사가 재촉하듯 급히 물었다.

“죄송합니다만, 그것은 말씀드릴 수가 없군요.”

비록 난처한 기색을 띠었지만 장불사의 말은 단호했다.

“음…….”

장불사의 단호함에 현광 대사는 낮은 신음성을 터뜨리며 상념에 잠겼다. 장불사의 성격을 어느 정도 알고 있었기에 계속 추궁해 봤자 원하는 대답을 들을 수 없다는 것을 알기 때문이었다.

“현광 대사님, 그것보다 그 이후의 일은 어떻게 되었는지 궁금하군요.”

어색해진 분위기를 쇄신해 보려는 듯 장불사가 넌지시 말을 건넸다. 그러자 현광 대사가 머리를 끄덕이며 얘기를 꺼냈다.

“오국공과의 일이 있은 후 홍성은 무척 조심스럽게 행동하더군. 허허, 그런 홍성을 미행하느라 상당히 애를 먹었다네. 어쨌든 며칠 후 남경을 떠난 홍성은 강남 이남의 개방 분타들을 하나하나 방문하였는데 그 이유가 무엇 때문인지는 몰랐다네. 그런데 오늘 장 소협의 얘기를 듣고 나니 왜 홍성이 그런 행적을 보였는지 알겠네.”

현광 대사는 당시의 상황을 생각하는지 잠시 눈을 감고 있다가 다시 말을 이었다.

“이후 홍성은 다시 남경으로 갔는데 오국공에게 한번 호되게 당한 터라 가까이 접근할 수가 없었지. 그때 두 사람 사이에 무슨 얘기가 오갔는지는 나도 모르겠지만 남경에 며칠 머문 홍성은 이번에 북상을 하여 대도로 가더군. 그곳에서 홍성이 다시 황태후와 만나는 것을 목격하게 되었는데 두 사람의 얘기 중에 설산으로 간다는 말을 얼핏 들었다네. 이미 홍성과 황태후, 그리고 소뇌음사의 금신승이 만나는 것을 보았고, 또한 홍성을 뒤쫓으며 뇌전검과 장보도에 대한 소문을 들은 터라 그들이 무림인들을 상대로 좋지 않은 일을 꾸민다는 생각이 절로 들었다네. 며칠 후 홍성이 황태후의 일행과 함께 설산으로 향하는지 단단히 준비를 하여 길을 떠나는 것을 보았는데 그때 나는 깜짝 놀라고 말았다네.”

“오산인 중 토황귀와 수백인을 보았겠군요.”

“…….”

“…….”

장불사가 무심코 흘린 말에 현광 대사와 이세민은 경악에 가까운 표정을 지었다.

“알고 있었던 겐가?”

다소 진정이 된 듯 현광 대사가 어떻게 알았냐는 표정으로 물었다. 하지만 장불사는 선뜻 대답을 못하고 굳은 표정으로 침묵을 지키고 있는 이세민을 보며 눈치를 살폈다.

황태후가 이세민의 딸이라는 것과 두 부녀지간에 어떤 일이 벌어졌는지 알고 있는 마당에 당사자 앞에서 함부로 말하기가 꺼려지는 것이다.

그렇게 잠시 이세민의 눈치를 살피던 장불사는 재촉이 담긴 현광 대사의 눈길에 어쩔 수 없이 조심스레 입을 열었다.

“얼마 전 천축으로 가는 도중 화산에 들른 적이 있었습니다. 그때 화산파의 목오검 송 도사님으로부터 그들에 대한 얘기를 들었습니다.”

의외로 담담한 장불사의 말에 이세민이 힐긋 쳐다보더니 현광 대사 대신 말을 받았다.

"다른 얘기는 없었는가?"

이세민의 물음에 장불사는 잠시 난처한 기색을 보였다. 무엇 때문에 이 같은 질문을 하는지 짐작이 갔던 것이다.

"괜찮네. 말해보게."

장불사가 머뭇거리자 이세민은 모호한 표정으로 말을 했다.

"황태후가… 선배님의 영애라는 것도 들었습니다."

"음……."

이세민이 나지막한 신음성을 흘렸다. 장불사의 말을 직접 듣고 보니 과히 좋지 않은 모양이었다. 목오검에게서 들은 얘기가 결코 좋은 얘기는 아닐 것이라고 예상되었던 것이다. 그렇기에 장불사도 쉬이 말하지 못하고 망설였을 것이라는 게 이세민의 생각이었다.

이세민은 더 이상 장불사에게 질문을 할 필요가 없음인지 눈을 감은 채 말이 없었다. 그러자 현광 대사가 다시 입을 열었다.

"아미타불, 장 소협이 황태후에 대한 얘기까지 알고 있다니 나머지는 일은 간단히 얘기하겠네. 그러니까……."

현광 대사는 생각을 정리하는 듯 잠시 있다가 말을 이었다.

"그들의 뒤를 쫓아 설산으로 가는 도중 소림사에 들렀다네. 아무래도 현청 사형에게 알려야 될 것 같았기 때문이네. 한데 현청 사형은 무림맹의 일로 자리를 비운 상태였네. 그래서 이 대형을 찾아가 그간의 일을 얘기했네. 오국공이 펼친 무공이 무엇인지 궁금했을 뿐더러 오산인과 황태후의 관계를 이 대형에게 물어보지 않을 수 없었기 때문이지. 내 얘기를 들은 이 대형께선 무척 놀라시며 한동안 고민을 하였다네. 소림사에 스스로 감금당하시며 다시는 무림에 나오지 않을 것이라는 맹약을 하였기 때문이지. 하지만 일의 심각성을 깨달은 이 대형께선 스스로 맹약을 깨고선 나와 함께 이곳까지 오게 된 것이네."

현광 대사의 얘기를 들은 장불사는 머리를 끄덕이며 이세민을 바라보았다. 그의 고민을 어느 정도 짐작할 수 있을 것도 같았다. 딸 때문에 또다시 무림이 혈풍에 휩싸이는 것을 그냥 지켜볼 수 없었을 것이다.

이틀 동안 포달랍궁에서 휴식을 취하며 준비를 한 무림맹의 사람들은 십오 일이 지난 후에야 설산의 초입에 이를 수 있었다. 온통 눈으로 뒤덮인 설산의 경관은 말로 형용할 수 없을 정도로 신비롭고 아름다운 자태를 뽐내고 있었다.

하지만 장보도에 표기된 곳까지 가는 여정엔 설산의 아름다운을 돌아볼 여유가 없었다. 설산은 인간의 발길을 거부하기라도 하듯 곳곳에 위험이 도사리고 있었고, 산을 오를수록 희박해지는 공기로 인한 고산병은 무림맹의 발길을 더디게 했다.

일부 일대제자들이 심한 두통과 함께 구토를 시작하자 아미파의 정현 신니는 그들을 이끌고 다시 설산을 내려가야 하는 지경에까지 이르게 되었다. 특히 타 파에 비해 아미파의 일대제자들이 대부분 고산병을 호소하였기에 부득이 아미파를 이끈 정현 신니가 그들을 데리고 내려갈 수밖에 없었다.

고고한 인품과 절세의 무공으로 무림에 명성이 자자한 아미파였지만 무공의 경중과 협의도만으로는 설산이라는 거대한 벽을 넘기는 힘들었던 것이다. 그것도 산에서 참선만 하며 무공을 배워 강호의 경험이 별로 없는 일대제자들이자 여승들이었기에 설산을 오르기란 결코 쉬운 일이 아니었던 것이다.

뿐만 아니라 설산의 정상에 가까워지면서 맞은 몇 번의 눈사태는 수십 명의 생명을 앗아가서는 시체조차 찾을 수 없는 참담한 상황을 만들었다. 행렬의 중간 정도에서 이동하던 화산파와 공동파가 가장 많은 사상자를 냈고 가장 후미를 따르던 사천당문도 눈사태로 인하여 반 이상의 사상자를 냈다.

또한 예측하지 못한 얼음 구멍에 빠지는 이가 하나둘 생기고 보니 더욱 발길이 늦어질 수밖에 없었다. 얼음 구멍은 그 끝이 보이지 않을 정도로 깊고 어두웠으며 호리병 같은데다가 미끄러운 벽면은 아무리 높은 무공의 고수라도 빠져나오기가 어려운 곳이었다.

얼음 구멍에 빠져 죽은 이가 열 명이 되었을 때 무림맹의 사람들은 장보도에 표시된 지점에 도달할 수 있었다. 그곳은 수백 명의 사람을 수용할 수 있을 정도로 넓은 동굴이었다.

동굴 바깥과 동굴 안은 너무도 확연한 차이를 보였다. 동굴 안으로 들어서자 전혀 추위를 느낄 수 없을 만큼 따뜻했고 숨 쉬기도 무척 편안할 정도로 공기의 상태가 양호했다. 하나 이미 지칠 대로 지친 무림맹의 사람들은 그런 현상에 대해 딱히 의문을 가지지 않았다. 다만 각 파의 수장 급이 되는 사람들만이 동굴을 둘러보며 고개를 갸웃거릴 뿐이었다. 자신들도 많이 지쳤을 뿐더러 기진맥진한 일대제자들을 보살피는 것이 우선이었던 것이다.

그다지 지쳐 보이지 않는 장불사는 편평한 바위에 매유란을 내려놓고 동굴을 둘러보았다. 동굴 안쪽으로 커다랗게 뚫린 두 개의 동혈이

제일 먼저 눈에 띄었다. 장정 대여섯 사람이 한꺼번에 드나들 수 있을 정도로 입구가 꽤나 넓은 동혈이었다.

동굴을 한차례 둘러본 장불사는 거친 숨을 내쉬며 힘들어하고 있는 매유란의 힐긋 쳐다보며 안쓰러운 표정을 지었다. 명문혈로 계속해서 진기를 불어넣어 주었다고는 하나 성한 몸이 아니었기에 다른 이들에 비해 더욱 힘이 들었을 것이다.

"선배님, 견딜 만합니까?"

"내가 세운 문파가 설산파였다. 비록 이곳 설산과는 다르나 그곳도 사시사철 눈으로 덮인 곳이었다."

걱정 말라는 소리였다.

하기야 설산을 오르면서 매유란이 눈사태의 조짐이나 녹은 얼음 사이의 구멍이 어디에 있는 줄 알기라도 하듯 장불사에게 알려주었기에 무사히 설산에 오를 수 있었는지도 몰랐다.

장불사가 매유란의 말을 듣고 무림맹의 사람들에게 제때에 알렸기에 망정이지, 그렇지 않았더라면 더욱 많은 사상자를 냈을는지도 몰랐다.

"그렇군요."

초췌한 얼굴을 한 매유란을 보며 장불사는 씁쓸한 미소를 지었다. 본인이 괜찮다는데 달리 할 말이 없는 것이다.

"음, 네가 조석으로 신경을 써준 결과 많이 좋아졌으니 걱정 말아라. …어쨌든 고맙구나."

장불사의 쓴웃음을 보기라도 한 듯 매유란이 불쑥 한마디 던졌다.

사실 장불사가 밤낮을 가리지 않고 운남에서 설산까지 오는 동안 계속해서 명문혈에 진기를 주입함과 동시에 틈틈이 상세를 살폈기에 매 유란의 내부는 보통 사람들과 같은 수준으로 양호해져 있었다.

이제는 장불사가 진기를 주입하지 않아도 정신을 잃지 않을 만큼 스스로 내부의 기를 다스릴 수 있게 되었다. 다만 너무 오랫동안 육체적인 활동을 하지 않은 관계로 몸을 움직이기가 불편했을 따름이었다.

물론 중요한 혈들이 복구할 수 없을 만큼 손상되었기에 무리하게 움직이면 쉬이 피로가 오는 것은 어쩔 수 없었다. 그래서 지금까지 장불사의 등에 업혀 설산을 오르게 된 것이었다.

"……."

"……."

두 사람은 잠시 말이 없었다. 꽤나 오랫동안 한 몸이 되다시피 하며 지내게 되다 보니 서로의 마음을 말로 표현하지 않아도 될 만큼 말이 필요없는 것일지도 몰랐다.

반 시진 정도 흐른 후 검왕과 걸왕을 비롯한 각파의 수장들이 한쪽에 모이는 것이 보였다. 앞으로의 일을 어떻게 해야 할지 대책을 세우기 위해서인 모양이었다.

잠시 후 결론이 났는지 현청 대사가 앞으로 나서며 말문을 열었다.

"아미타불, 모두 주목해 주십시오."

모두의 시선이 집중되자 현청 대사가 다시 말을 이었다.

"잠시 여기 계신 분들과 앞으로의 일을 의논해 본 결과 별달리 뾰족한 수가 없었습니다. 장보도에는 현재 우리가 있는 이곳 동굴만이 표시되어 있기에 앞에 보이는 두 개의 동혈을 따라 들어가면 어떤 위험이 도사리고 있을지 알 수가 없습니다. 따라서 서로 협조하여 앞으로의 난관을 헤쳐 나가야 할 것은 두말할 나위도 없겠지만, 이제부터는 각자가 자기 자신을 지켜야 될지도 모릅니다. 모두들 이점을 명심하시고 지금부터는 검왕과 걸왕 두 분의 지시에 따라 행동해 주시기 바랍니다. 검왕께서는 왼쪽 동혈로, 걸왕께서는 오른쪽 동혈로 들어갈 것이니 각파는 한쪽을 택하시기 바랍니다. 어느 한쪽 동혈로 몰린다고 좋은 것은 아니니 각파는 신중히 결정하여 주십시오. 그럼 각파의 수장들께서는 제자들과 함께 선택한 동혈 앞에 서주시기 바랍니다."

현청 대사의 말에 무림맹의 사람들은 잠시 웅성거렸다. 그도 그럴 것이 현청 대사의 말을 곱씹어보면 각자 알아서 판단하라는 무책임한 말이나 마찬가지였기 때문이다. 하지만 웅성거림은 그리 오래가지 않았다. 자신들의 수장들이 동혈 앞으로 신중히 다가서고 있었던 것이다.

대부분이 검왕이 서 있는 왼쪽 동혈을 택했다. 권왕도 왼쪽 동혈을 택했기에 걸왕이 있는 오른쪽 동혈엔 개방과 몇 남지 않은 화산파를 비롯한 남궁세가와 황보세가만이 위치했다.

뒤에서 지켜보던 장불사는 잠시 망설였다.

'어떻게 한다? 매 선배님의 몸 상태를 봐서는 많은 사람들이 서 있는 왼쪽 동혈로 들어가는 것이 안전할 것 같기는 한데… 그래도 연 할아버지나 남궁 가주님이 있는 오른쪽 동혈로 가는 것이 좋지 않을까?'

잠시 고민을 하고 있는 사이 모용현민과 단엽이 왼쪽 동혈로 걸음을 옮기는 것이 보였다. 그와 반대로 현광 대사는 의외로 소림사가 있는 왼쪽 동혈로 향하지 않고 이세민과 함께 오른쪽 동혈로 갔다.

'음, 그러고 보니 엽 아우와 얘기를 나눈 지가 꽤나 된 것 같군.'

다시 왼쪽 동혈로 눈길을 돌리던 장불사는 단엽을 보며 잠시 상념에 빠졌다.

운남에서 단엽을 구한 후 소뇌음사의 일로 애뇌산의 홍문사로 갈 때까지만 하여도 제법 많은 얘기를 나누었는데 어찌 된 일인지 홍문사에 다녀온 후 단엽과의 대화가 단절되어졌다.

물론 매유란의 상처를 돌보느라 얘기할 시간도 별로 없었지만 자신을 대하는 단엽의 행동이 어딘지 모르게 어색했던 것이다. 장불사는 고개를 갸웃거리며 그 이유가 뭔지 곰곰이 생각해 보았으나 뚜렷이 떠오르는 것이 없었다.

그러는 사이 대부분의 사람들이 두 개의 동혈 앞으로 가 있었다. 장불사는 더 이상 망설이지 않고 매유란을 업고는 걸왕이 서 있는 오른쪽 동혈로 발걸음을 옮겼다.

그렇게 모두가 두 개의 동혈 앞에 서자 현청 대사의 말이 다시 들렸다.

"아미타불, 먼저 이곳에 들어온 소뇌음사가 어떤 흉계를 꾸몄는지 또는 꾸미고 있을지 모르니 모두들 조심하시기 바라며, 부처님의 자비가 함께하기를 빕니다."

현청 대사의 말이 끝나자 검왕과 걸왕은 선두에 서서 각각의 동혈로 들어섰다. 횃불을 든 채 뒤를 이어 조심스레 발길을 옮기는 무림맹 사람들의 얼굴엔 긴장감이 흘러넘쳤다. 장불사는 맨 뒤에 서서 동굴을 한 차례 다시 훑어보고는 마지막으로 들어섰다.

장불사가 마지막으로 들어서며 대여섯 발자국 움직였을까?

스르릉, 쿠웅!

별안간 꽝음이 들리며 동혈의 입구가 막혔다. 장불사는 순간적으로 신형을 돌리며 동혈을 빠져나가려 하였으나 동혈의 입구는 이미 막힌 후였다.

갑자기 일어난 일에 앞서 가던 모든 사람의 시선이 일제히 뒤로 쏠렸다. 모두가 불안한 눈빛을 띠고 있었다. 무슨 일이 일어날지 몰라 경계를 하며 잠시 침묵이 흐르는 동안 동혈 내부는 사람들이 내뿜는 가는 숨소리만이 들렸다.

장불사는 뒤돌아 걸왕을 한번 힐끗 쳐다본 후 닫힌 동혈의 입구를 빙백수를 전개하여 한 차례 쳤다.

펵.

약간의 돌 부스러기가 바닥에 떨어졌다.

'금오석……'

바닥에 떨어진 돌 부스러기를 주워 들던 장불사의 미간이 좁혀졌다. 장불사는 뒤돌아서며 걸왕을 향해 머리를 미미하게 흔들었다.

내려진 동혈 입구의 석문이 어느 정도 두께인지도 모르는 상태에서 금오석을 깨며 시간을 보낸다는 것이 석림에서 몸소 체험한 결과 얼마나 어리석은 짓인지 알고 있는 장불사였기에 부정의 뜻을 나타낸 것이다.

"어차피 안으로 들어온 이상 이러고 있을 것이 아니라 앞으로 나아가는 것이 좋겠네."

장불사의 행동이 무슨 뜻인지 알아챈 걸왕이 강호의 대선배답게 빠른 판단을 내렸다.

"연 대협의 말씀이 옳은 것 같습니다. 다행히도 별일은 없는 듯하니 앞으로 계속 가시죠."

남궁 가주가 걸왕의 말을 받으며 힘을 실었다. 그러자 나머지 방파의 사람들도 머리를 끄덕이며 수긍을 하였다. 하지만 그들의 눈빛엔 여전히 불안한 기색이 엿보였다.

얼마나 갔을까?

구불구불한 동혈을 따라 경계를 게을리 하지 않고 조심스레 걷던 그들의 앞에 끝이 보이는가 싶더니 앞서 들어선 동굴보다 더 큰 석실이 나타났다. 사각에 가까운 석실은 자연적으로 형성되었다기보다 인위적으로 만들어진 것 같았다.

그리고 이번엔 네 개의 동혈이 전면에 보였는데, 네 개의 동혈을 처음 두 개의 동혈보다 두 배는 넓어 보였다.

"헛헛, 이거 아무래도 다시 넷으로 나누어 가야 될 것 같네."

걸왕이 허허로운 웃음을 흘리며 말을 했다. 예상치 못한 광경에 걸왕도 달리 방법이 없는 것이다.

"어떻게 했으면 좋겠습니까?"

"음, 처음 방식대로 네 곳의 동혈로 나누어 갈 수밖에 없지 않겠나. 남궁 가주는 제자들을 이끌고 첫 번째 동혈로 가게. 나는 개방과 같이 두 번째 동혈로 가겠네. 그리고 황보세가는 세 번째 동혈을 맡게나. 네 번째 동혈은 이 교주와 현광 대사가 화산파와 함께 가는 것이 좋겠네만?"

남궁 가주의 물음에 걸왕이 이미 생각하고 있었는지 곧바로 말을 하며 이세민의 의향을 물었다.

"연 대협의 고견에 따르지요."

이세민이 두말 않고 걸왕의 말에 동조했다.

"너는 어떻게 할 테냐?"

이세민의 대답을 들은 걸왕이 장불사의 등에 업혀 있는 매유란을 넌지시 바라보며 장불사에게 물었다.

"저는 네 번째 동혈로 가겠습니다."

"그래? 음······."

"제 걱정은 마십시오."

걸왕의 눈길에서 자신을 걱정하는 마음을 느낀 장불사가 살짝 미소를 지어 보이며 말했다.

"알겠다. 어쨌든 조심하기 바란다."

말을 하면서도 매유란에게서 눈을 떼지 않는 걸왕의 얼굴엔 탐탁지 않는 기색이 완연했다. 장불사의 등에 혹처럼 붙어 있는 매유란이 마음에 들지 않는 것이다.

운남에서 장불사를 만났을 때 등에 업혀 있는 매유란이 누구인지 궁금해 몇 번이나 물었지만 장불사가 웃기만 할 뿐 대답을 하지 않아 그녀의 정체에 대한 궁금증을 삭여야만 했다.

그런데 여러 사람과 같이 있을 때는 벙어리인 듯 말도 않고 있던 그녀가 장불사와 단둘이 있을 때는 조손지간인 양 정답게 속닥거리는 모습을 보고는 장불사를 누군가에게 빼앗긴 것 같은 느낌에 매유란이 무척 밉기조차 했던 것이다. 그러니 매유란을 보는 걸왕의 시선이 고울 리가 없었다.

"험험, 현청 방장이 이미 얘기했듯이 모두 조심하기 바라네."

자신의 좋지 않은 심사가 얼굴에 나타났다는 것을 안 걸왕이 헛기침

하며 이내 안색을 바꾸고는 한마디 하더니 휑하니 두 번째 동혈을 향해 들어갔다.

걸왕을 선두로 개방의 사람들이 동혈로 들어가자 나머지 사람들도 각자 맡은 동혈로 들어섰다. 장불사도 이세민과 현광 대사가 들어선 네 번째 동혈로 화산파의 두 장로와 세 명의 일대제자의 뒤를 이어 들어갔다.

그리고 대여섯 발자국 움직였을까?

스릉, 쿵.

동혈 입구가 닫히는 소리에 발걸음을 멈추었다.

스르릉, 쿠웅.

입구뿐만이 아니라 출구로 짐작되는 곳에서도 석문이 닫히는 소리가 멀리서 들려왔다. 순간 모두들 잔뜩 긴장된 표정으로 경계를 취했다.

잠시 숨이 막힐 것 같은 정적이 흘렀다.

순간 미세한 기관의 작동음이 들리는가 싶더니 간담을 싸늘하게 하는 파공음과 함께 엄청난 강전들이 쏟아지기 시작했다.

쉭, 쉬익, 슈아악.

“헉.”

“헛.”

“으윽.”

갑자기 강전들이 쏟아지자 모두의 입에서 당황한 신음성이 저절로 흘러나왔다.

장불사도 헛바람을 들이키며 급하게 수강을 뻗어내어 팔방풍우와 비슷한 수법으로 강전을 쳐냈다.

퍼벅, 퍽, 퍽.

수강에 맞은 강전들은 두 동강이 나거나 아예 파괴되어 바닥에 떨어졌다.

앞서 있던 화산파의 사람들도 경쾌한 동작으로 강전들을 쳐내고 있었다. 다만 화산파의 일대제자 중 하나가 갑자기 쏟아진 강전에 당황했음인지 허벅지에 강전을 맞고는 바닥에 무릎을 꿇은 채 강전들을 쳐내고 있었다. 옆에서 두 명의 장로가 간간이 도움을 주고 있었지만 힘겨워 보였다.

장불사가 등에 업힌 매유란이 거치적거리지도 않는지 신묘한 몸놀림을 보이며 순식간에 백여 대의 강전을 쳐냈을 때, 비 오듯 쏟아지던 강전들이 한순간 멈추었다.

바닥에서는 불빛을 받아 예리하게 빛나는 강전들이 수북이 쌓여 있을 뿐 동혈의 내부는 잠시 정적이 흘렀다.

모두들 안도의 한숨을 내쉬며 주위를 살폈다. 하지만 그것도 잠시, 다시 미세한 소리가 들리는가 싶더니 강전이 쏟아지기 시작했다. 순간 장불사의 눈빛이 예리하게 빛났다. 벽면에 작은 구멍이 생겨나며 강전들이 나오는 것이 눈에 보인 것이다.

장불사는 오른손에 수강을 뻗어 강전들을 쳐내며 벽면으로 다가가더니 왼손으로는 빙백수를 전개하여 강전들이 나오는 구멍을 파괴하기 시작했다.

콰앙, 쾅.

장불사가 구멍을 하나하나 파괴할 때마다 쏟아지는 강전들의 숫자가 줄어들었다.

퍽, 팍.

이세민과 현광 대사도 장불사의 행동을 따라 하자 얼마 지나지 않아 그들이 있는 곳의 구멍들은 모두 파괴되어 더 이상 강전이 쏟아져 나오지 않았다.

하지만 구불구불하여 보이지 않는 앞쪽의 동혈에는 여전히 강전들이 쏟아져 나오는 소리가 귀기스럽게 들렸다.

툭, 투둑.

강전이 바닥에 떨어지는 소리가 몇 차례 들린 후 다시 잠잠해졌다. 그러자 장불사가 다급하게 소리쳤다.

"대사님, 앞으로… 어서 앞으로 가십시오!"

장불사의 말이 무슨 뜻인지 알아들은 이세민과 현광 대사가 강력한 장력을 뿜어내며 앞쪽에 수북이 쌓인 강전들을 치우고 나아갔다.

얼마쯤 갔을까?

다시 미세한 기계음과 함께 강전들이 쏟아지기 시작했다. 그러나 이미 방어할 방법을 알고 있는 그들이 강전들을 쳐내며 구멍들을 파괴하자 이내 강전의 위험에서 벗어날 수 있었다.

강전이 멈추자 다시 앞으로 달려나가는 그들의 얼굴엔 이젠 다소 여유로움마저 보였다.

그렇게 강전들이 나오는 구멍을 파괴하며 나아가기를 다시 세 번을 반복해서야 동혈의 출구에 다다를 수 있었다.

"허허, 이거 꼼짝없이 갇힌 신세가 되었군. 이 대형, 이제 어쩌면 좋겠습니까?"

일단 동혈의 출구까진 왔지만 굳게 닫힌 석문을 보자 현광 대사가 푸념을 토하며 이세민에게 물었다.

"음, 벽면에서 강전들이 나오는 것을 보면 석문을 여는 장치가 어딘가에 있지 않을까?"

"그럴 것도 같군요. 한번 찾아보는 것이 좋겠습니다."

현광 대사의 말이 끝나자 모두들 약속이라도 한 듯 동혈 출구의 주위를 샅샅이 살피며 석문을 여는 장치가 있는지 찾았다.

반 각 정도 석문을 여는 장치를 찾았을까?

모두들 실망한 표정을 지으며 서로를 쳐다보았다. 아무리 찾아봐도 석문을 여는 장치를 찾을 수가 없었던 것이다.

"휴우, 여기서 뼈를 묻어야 하는 게 아닌지 모르겠습니다, 이 대형?"

"음, 이 석문을 열 수 없다면 그리 될지도 모를 일이지."

"……."

"……."

현광 대사와 이세민이 한마디씩 하며 굳은 표정으로 입을 다물었다. 사태의 심각성을 깨달은 나머지 사람들도 입을 닫고 침묵을 지키자 동혈엔 잠시 정적이 흘렀다.

"다른 동혈로 들어간 사람들도 저희와 같은 상황일까요?"

현광 대사가 다시 불쑥 한마디 던지며 정적을 깼다.

"아마 모르긴 몰라도 우리와 같은 처지에 놓여 있을 것이네."

"그렇다면 그들의 도움을 바라기는 틀렸군요."

"음, 그렇다고 이렇게 있을 수만도 없으니… 모두들 잠시만 비켜나게."

실망 어린 현광 대사의 말에 이세민이 생각한 바가 있는지 석문에서 일 장가량 떨어지며 사람들을 석문 앞에서 물러나게 했다. 그리고는 왼발을 약간 앞으로 전진시키며 기마자세를 잡은 후 오른손을 뒤로 물리며 주먹을 말아 쥐는가 싶더니 눈부신 광채를 내뻗었다.

퍽.

작은 소리와 함께 약간의 돌 부스러기가 떨어졌다.

"으음……."

이세민이 낮은 신음성을 흘리며 인상을 찌푸렸다. 자신의 강력한 권강에도 전혀 흔들림없이 약간의 흠집만 생길 줄은 예상도 못한 모양이었다.

"권강으로는 금오석을 깨기가 어려울 것입니다."

"……."

장불사가 한마디 하며 나서자 이세민의 얼굴이 약간 불그스레해졌다. 한참 어린 후배로부터 질책에 가까운 말을 듣고 보니 부끄러운 것이다. 하지만 이세민은 이내 낯빛을 바꾸며 장불사를 향해 넌지시 물었다.

"그러면 다른 방법이 있다는 말인가?"

"뭐, 특별한 방법은 아니지만 권강보다는 효율적으로 금오석을 깰 수는 있습니다."

"호오, 그렇다면 석문을 깨고 나갈 수 있다는 말 아닌가?"

"그렇기는 하지만… 석문이 매우 두껍다면 며칠이 걸릴지 모릅니다."

"빠져나갈 수만 있다면 시간이 문제이겠는가? 시작해 보게."

“알겠습니다.”

장불사는 등에 업힌 매유란을 한쪽에 내려놓고 한차례 심호흡을 한 후 빙백신공을 끌어올렸다. 순간 장불사의 왼손 주위로 투명한 기가 아지랑이 피어오르듯 줄기줄기 뻗어 나오며 회전하기 시작했다. 빙백수에 회전하는 강기를 접목해 본 것이다.

잠시 그런 왼손을 살펴보던 장불사는 입가에 엷은 미소를 띠더니 석문 앞으로 가까이 다가가선 벼락같이 손을 내뻗으며 석문을 깨기 시작했다.

빠바바박, 빠바박.

석림에서 석옥의 문을 깰 때와는 전혀 다른 소리가 나더니 돌가루가 사방으로 비산하며 먼지를 자욱하게 일으켰다. 그런 장불사의 손은 마치 정지해 있는 것처럼 보였다. 워낙 빠르게 왼손을 뻗었다가 거둬들이고 있었기 때문이다.

옆에서 지켜보고 있던 사람들의 눈이 크게 떠졌다. 특히 이세민의 놀라움은 이만저만한 것이 아니었다. 자신의 무공 중 가장 파괴적인 무공으로도 조그마한 흠집밖에 내지 못했기에 장불사의 석문을 깰 효율적인 방법이 있다는 말을 듣고도 내심 별 기대를 하지 않고 있었다.

그런데 자신의 생각과는 달리 너무도 쉽게 금오석을 부수는 장불사의 모습을 보니 경악하지 않을 수 없었던 것이다.

빠박빠박, 빠박.

장불사는 주위의 시선을 아랑곳 않고 열심히 석문을 깨기만 하였다. 예전 석림에서 석문을 깰 때보다 두 배에 가까운 속력이었다.

한 시진, 두 시진, 세 시진…….

시간이 갈수록 석문을 깨는 속력이 빨라지고 있었다. 석문의 두께가 얼마인지 몰라 직경 육 척(六尺)의 원추형으로 깨었는데 그 깊이가 벌써 다섯 자에 달했다.

오랜 시간 동안 장불사가 쉬지도 않고 석문을 깨고 있자 화산파의 사람들은 혀를 내둘렀다. 장불사에 대한 소문은 누차 들은 바 있었다. 하지만 몇 시진 동안 석문을 깨며 운기행공 한번 하지 않았는데도 내공의 소모가 전혀 없는 듯한 모습을 보리라곤 생각지도 못한 것이다.

명색이 명교의 교주인 이세민이 흠집밖에 내지 못한 금오석을 두부 부수듯이 깨는 것은 둘째 치더라도 끊임없이 솟아나는 듯한 내공은 상식적으로 이해가 가지 않는 것이었다.

얼마의 시간이 다시 흘렀을까?

빠바박, 빠바바박.

장불사가 혼신의 힘을 다해 석문을 깨고 있었지만 다른 이들은 이제 석문을 깨는 소리가 지루하게까지 느껴지는지 바닥에 앉아 느긋한 자세로 휴식을 취하고 있었고, 때론 하품을 하기도 하였다.

그렇게 장불사가 열심히 석문을 깨는 반면 하릴없이 시간만 때우며 지루해하고 있을 때,

퍽.

지금까지와는 달리 석문을 깨는 소리가 다르게 들리자 모두의 시선이 장불사에게 집중되었다.

"다 뚫은 겐가?"

현광 대사가 다그치듯 물었다.

"그런 것 같습니다. 이젠 이곳을 빠져나갈 수 있을 정도의 크기만큼

만 뚫으면 될 것 같군요."

장불사가 머리를 끄덕이며 대답하자 모두들 환한 표정으로 서로의 얼굴을 바라보았다.

잠시 후.

동혈을 빠져나온 사람들은 방금 전 환한 표정을 짓던 것과는 달리 기운이 빠진 모습을 보이며 허탈해했다. 예상과는 다른 환경이 그들을 맞이했던 것이다.

앞서와 같이 넓은 석실이 나온 것이 아니라 강전들이 쏟아져 나왔던 동혈과 똑같은 동혈이 이어져 있었다.

장불사는 그동안의 수고가 수포로 돌아가자 한편으로는 허망하기까지 했다. 하지만 실망감은 잠시, 장불사를 비롯하여 모두가 긴장했다. 강전과 같은 암기가 언제 또 쏟아져 나올지 몰랐기 때문이다.

긴장을 늦추지 않고 경계를 한 지 반 각 정도 흘렀을까?

"별다른 위험이 없는 것 같으니 앞으로 가는 것이 좋겠습니다."

장불사가 성큼 앞으로 나서며 말했다.

피부 호흡으로 기감을 확장하여 반경 삼십 장 이내를 차근차근 살펴본 결과 주변엔 어떠한 움직임이나 생기도 없었던 것이다. 이세민도 나름대로 주위를 살펴보았는지 아무 말도 않고 곧장 장불사의 뒤를 따랐다.

구불구불한 동혈을 따라 앞으로 나가는 속도는 매우 더디기만 했다. 기감을 열어 주위를 살피고는 있었으나 어떤 위험이 갑자기 닥칠지 몰라 조심스러울 수밖에 없었던 것이다.

그렇게 일각 정도 전진했을 때, 장불사가 손을 뒤로 들어올려 멈추라는 신호를 보냈다.

"무슨 일인가?"

장불사의 행동에 이세민이 가까이 다가가며 전음을 보냈다.

"앞쪽에 뭔가가 있는 것 같습니다."

장불사의 대답에 이세민의 눈이 크게 떠졌다. 자신도 파악하지 못한 것을 장불사가 알았다고 하여 놀란 것이 아니라 전음이라고 생각되어진 장불사의 말이 머리 속으로 전해졌기 때문이다.

혜광심어(慧光心語).

분명 장불사가 자신에게 보낸 것은 일반적인 전음입밀(傳音入密)이 아니라 의사를 실어 보낸 혜광심어였다.

"누군가? 소뇌음사의 사람들인가?"

이세민은 전음을 보낸 후 장불사의 입을 바라보았다.

"누군지는 정확히 모르겠으나 사람의 기척인 것만은 확실합니다."

잠시 후 다시 들린 장불사의 말은 혜광심어가 틀림없었다. 자신의 예상대로 장불사는 입술을 움직이지 않았는데도 머리 속으로 말이 들린 것이다.

장불사가 혜광심어와 같은 전음술을 할 수 있게 된 것은 설산을 오르면서 눈사태가 발생하였을 때였다. 매유란으로부터 눈사태가 일어날 수 있는 조건이 어떤 것인지 들었고, 피부 호흡으로 인하여 다른 이보다 멀리 떨어진 곳의 소리를 들을 수 있었기에 장불사는 눈사태의 조짐을 어느 누구보다 잘 알고 있었다.

선두와 상당히 먼 거리를 두고 설산을 오르던 장불사는 앞에서 눈사태가 발생할 조짐을 느꼈지만 내공을 실은 큰 소리로 위험을 알릴 수

없었다. 자신의 큰 소리로 인하여 눈사태가 빨리 진행하거나 눈사태가
발생할지 몰랐기 때문이다.

이러지도 저러지도 못하는 다급한 상황에 장불사는 자신도 모르게
마음속으로 선두에 선 걸왕을 향해 위험하다고 소리를 질렀는데, 그것
이 걸왕에게 전해졌던 모양이다. 나중에 자신의 전음이 아니었더라면
큰일났을 거라는 걸왕의 말을 듣고서야 그것이 혜광심어와 같은 전음
술이라는 것을 알게 되었던 것이다.

장불사의 미증유와 같은 능력에 이세민은 머리를 절레절레 흔들다
가 다시 물었다.

"누군지 알 수 없겠는가?"

"음, 조금 더 가까이 가봐야 알 것 같군요."

"그러면 장 소협이 살펴보고 오게나."

"알겠습니다."

장불사는 자신과 매유란에게서 흘러나오는 기를 완전히 차단하고는
미끄러지듯 신형을 옮겼다. 동혈을 따라 십여 장을 갔을 때 앞에서 희
미한 빛이 흘러나오자 장불사의 행동은 더욱 조심스러워졌다.

다시 십여 장을 가니 동혈의 출구가 보이며 석실로 생각되는 곳에서
여러 사람의 소리가 두런두런 흘러나왔다. 기감을 확대함과 동시에 정
신을 집중하자 그들의 얘기가 또렷하게 들려왔다.

"정녕… 저들을 모두 죽이겠다는 것인가요?"

"그런 뜻이 아니질 않소. 저들이 협조만 한다면 사부님도 살려준다
고 하지 않았소."

제갈승운과 철하연이었다.

장불사는 흠칫 놀라며 두 사람의 대화에 다시 귀를 기울였다.

"외할아버지가 그렇게 말씀을 하셨다고는 하나 저들을 살려두실 생각은 아닐 거예요. 제갈 공자님도 그것을 알 텐데요?"

"으음……."

대화를 엿듣던 장불사는 흠칫 놀라며 의문에 사로잡혔다.

'외할아버지라니… 그는 지금까지 나와 같이 있었는데…….'

장불사는 잠시 혼란스러웠다.

분명 자신이 알고 있는 철하연의 외할아버지는 이세민 교주였다. 그런데 말하는 정황으로 봐서는 이세민 교주를 지칭하는 말이 아니었다. 또한 제갈승운의 사부가 이세민일 리도 만무했다.

다시 들려오는 두 사람의 대화에 장불사는 밀려드는 의아심을 잠시 눌러두어야 했다.

"들리는 소식에 의하면 강남 이남은 이미 대사형의 수중에 떨어졌고, 대도로 향해 파죽지세로 원의 잔당들을 몰아붙이고 있다 하오. 나의 양아버지나 황태후마마의 친위 세력들이 내응한다면 조만간 대도도 함락될 것이오. 그렇게 된다면 저들을 굳이 죽일 이유도 없을 것이오. 아마 지금쯤이면 대사형이 중원에 남아 있는 육파일방과 오대세가의 사람들을 압박하고 있을 것이오."

"뭣이라고요? 그럼… 중원에 남아 있는 무림인들을 볼모로 삼겠다는 말인가요?"

꽤나 놀란 듯한 철하연의 목소리가 크게 들려왔다.

"그 방법 외에 피를 흘리지 않고 저들을 굴복시킬 더 좋은 방법이 있으면 말해보시오."

"제갈 공자님의 말엔 어폐가 있군요. 저들은 이미 발동된 기관에 의하여 많은 피를 흘렸을 거예요. 무얼 더 기다리는 것이죠?"

"오절의 한 사람인 철 소저가 무림인들의 속성을 몰라서 하는 소리요? 저들이 진정으로 굴복할 것 같소? 무림은 약육강식의 세계요. 사부님이 황제의 자리에 오른다 하더라도 저들에게 힘이 생긴다면 고개를 뻣뻣이 쳐들고 대들 사람들이오. 그렇기에 중원에 있는 무림인들도 마찬가지지만 이곳에 온 무림인들의 힘도 줄일 필요가 있는 것이오."

으르렁거리는 듯한 말투 때문인지, 아니면 너무도 날벼락 같은 말 때문인지 철하연의 대꾸가 곧바로 이어지지 않았다.

"이제 보니… 저들을 살려둘 생각이 아니었군요. 여기 있는 실혼강시(失魂殭屍)도 혹시 모를 일에 대비하기 위해서겠죠? 비키세요. 나는 석문을 열어야겠어요."

앙칼진 철하연의 말에 이어 약간 체념이 섞인 듯한 제갈승운의 말이 뒤따랐다.

"철 소저가 굳이 석문을 열겠다면 말리지는 않겠소. 하지만 뒷감당은 철 소저가 해야 할 것이오. 휴우, 철 소저도 알다시피 실혼강시는 일반적인 강시와는 다르오. 저들이 동혈을 빠져나온다 한들 실혼강시들을 상대할 수 있을 것 같소? 모르면 몰라도 실혼강시들에 의해 몰살당할 것이오. 그냥 며칠 더 기다리며 사부님의 마음을 돌려보는 것이 나을지도 모르오."

"……."

제갈승운의 말에 공감이 갔는지 철하연의 말은 이어지지 않았다.

한참 동안 말이 없자 장불사는 조심스럽게 동혈의 입구로 다가가서는 석실의 내부를 살짝 엿보았다.

석실은 반원형의 오 장 정도 높이로 무척이나 넓었으며 천장에는 야명주보다 밝게 빛나는 것들이 일정한 간격으로 붙어서 내부를 밝히고 있었다.

석실에는 제갈승운과 철하연뿐만이 아니라 오산인 중 토황귀와 수백인도 있었고, 석림의 사람들과 금신승과 은신승를 비롯한 수십 명의 동신승들이 있었다. 그런데 제갈승운이 말하였던 실혼강시는 어디에도 보이지 않았다.

장불사는 고개를 갸웃거리며 의아한 표정을 지었다.

'실혼강시들은 어디에 있는 것이지? 설마……'

다시 석실 내부를 자세히 살피던 장불사의 눈에 이채가 발했다. 동신승들이 석상마냥 전혀 미동도 않고 있는 것을 알아본 것이다. 그러고 보니 몇몇 금신승과 은신승들도 동신승들처럼 전혀 움직임이 없었다.

'음, 저들이 실혼강시였단 말인가?'

장불사의 이마에 깊은 골이 패었다.

그들에게서 기가 감지되는 것으로 보아 분명 살아 있는 사람임이 분명했다.

그런데 어떻게 살아 있는 사람을 강시로 만들 수 있단 말인가?

순간 장불사는 분노가 치밀어 올랐으나 이내 마음을 차분히 가라앉혔다. 무림맹의 사람들이 처한 상황을 알고 있는 마당에 섣불리 행동할 수는 없는 노릇이었다.

다소 마음을 진정시킨 장불사는 석실 내부를 다시 한차례 훑어보고는 이세민이 있는 동혈의 안쪽으로 신형을 옮겼다.

"무슨 일인가?"

장불사가 굳은 얼굴로 돌아오자 이세민이 뜸을 들이다가 조심스레 물었다.

"실혼강시라고 들어보셨습니까?"

장불사의 말에 모두들 놀라워하는 기색을 보였다.

"실혼강시를 보았는가?"

장불사가 혜광심어로 얘기하지 않고 되묻자 이세민도 낮은 음성으로 말을 내뱉었다.

"소뇌음사의 괴승들이 모두 실혼강시가 된 것 같습니다."

"음……."

"그런데 그들은 모두 생명이 붙어 있는 사람들이었는데 어째서 그런 짓을 저지른 것일까요?"

"보다 강한 강시를 만들기 위해서지."

"예?"

이세민이 침중한 표정으로 말하자 머리를 절레절레 흔들며 그들의 악독함에 혀를 내두르던 장불사가 이내 의문을 표했다.

"음, 실혼강시는 일반 강시와는 달리 금강석보다 더 단단한 신체를 가질 뿐 아니라, 잠력을 격발시켰기에 당초 가졌던 힘보다 두 배의 힘을 발휘한다네. 휴우, 죽은 사람으로는 잠력을 격발시킬 수 없지 않겠나? 아마 침으로 잠력을 끌어올린 후 특수한 약물로 신체를 강화시켜 아픔도 느끼지 못하도록 했을 것이네. 그렇기에 강시가 되기 전 화경의 고수였더라면 현경에 버금가는 수준이 되고, 현경의 고수였더라면 생사경에 가까운 무공을 펼칠 수 있네. 그러니 생사경의 경지에 이른 고수가 아니라면 실혼강시를 파괴하기가 힘들 것일세.”

이세민의 말이 끝나자 모두들 경악에 가까운 표정을 지었다.

하지만 장불사는 곰곰이 생각에 빠졌다. 자신도 정 의원으로부터 의술을 전수받았기에 잠력을 끌어올릴 수 있는 여러 방법을 알고 있었다. 그러나 그 잠력은 오래가지 못할 뿐 아니라 급속한 신체의 노화를 가져오는 단점이 있었다.

“실혼강시에게 약점은 없는 것입니까?”

“…….”

장불사의 느닷없는 질문에 이세민이 무슨 말이냐는 듯 쳐다보았다. 그러자 장불사는 자신이 생각했던 바를 얘기했다.

“음, 장 소협의 말도 일리가 있지만, 그런 단점들은 아마 어느 정도 해소했을 것이네. 그렇지 않고 단지 일회용의 소모품과 같은 실혼강시라면 두려워할 필요도 없지 않겠나?”

“결국… 약점이 없다는 말씀이시군요.”

“꼭 그렇지만은 않을 것이네. 몇 날 며칠을 실혼강시와 싸운다면 실혼강시도 장 소협의 말처럼 잠력이 소모되고 신체의 노화도 빨라질 것이네. 그러나 어느 누가 현경이나 생사경의 수준에 가까운 실혼강시와 몇 날 며칠을 싸울 수 있겠나? 한두 구의 강시라면 몰라도 떼로 덤빈다면 속수무책일 것이네. 그리고 실혼강시가 그런 지경에 이를 때까지 가만히 놓아두겠나? 그런 증세를 보이면 다시 침과 약물로 원래대로 되돌릴 것이네.”

“그렇다면 실혼강시를 파괴할 방법이 없는 것입니까?”

“음, 실혼강시도 살아 있는 사람으로 만들어졌으니 양다리를 자른다
면 움직일 수 없고, 목을 자른다면 파괴할 수도 있겠지. 휴우, 그런데
그것이 말처럼 쉽지 않다는 것이 문제지…….”

“…….”

장불사는 고민에 빠질 수밖에 없었다. 이세민의 말대로라면 자신을
포함한 여덟 명만으로는 실혼강시를 상대하기조차 힘들 것이라는 결론
이 나오는 것이다.

“그나저나 장 소협? 그쪽에 실혼강시 외에 또 누가 있던가?”

“아, 예……!”

혼자만의 생각에 잠겨 있던 장불사가 이세민의 질문에 상념에서 깨
어나며 석실의 상황을 자세히 들려주었다.

“음, 황태후는 보이지 않던가?”

장불사의 얘기를 들은 이세민이 다소 어색한 표정으로 넌지시 물었
다.

“예, 없었습니다.”

“으음…….”

“홍성도 보이지가 않던데… 다른 곳에 있지 않을까요?”

“그렇겠지…….”

이세민의 말은 묘한 여운을 남겼다.

“그런데 선배님, 이제 어떻게 했으면 좋겠습니까? 저희만으로는 동
혈에 갇힌 무림맹의 사람들을 구하기는 어려울 것 같은데…….”

“그러게 말일세. 실혼강시는 둘째 치더라도 두 명의 오산인과 제갈
승운을 비롯한 석림문의 사람들을 상대하기도 만만치 않는데… 동혈

에 갇힌 무림맹의 사람들과 합세한다면 모를까……."

이세민도 다른 방도가 없는지 답답한 표정을 지었다.

"선배님? 수백인과 토황귀, 두 사람에게 협조를 구하면 어떻겠습니까? 그들은 한때 선배님의 수하들이지 않았습니까?"

장불사가 얼른 말을 받았다.

"허허, 그들은 이미 오래전에 나와 반목했던 사람들일세. 그런 기대는 하지 않는 것이 좋을 것이네."

이세민은 입가에 씁쓸한 웃음이 피어올랐다. 그런 이세민의 모습에 장불사는 이해가 간다는 듯 머리를 끄덕이며 나름대로 생각에 잠겼다.

제갈승운과 철하연의 대화에서 보면 분명 무림맹의 사람들을 구할 용의가 철하연에게는 있었다. 그렇기에 석문을 열 수 있는 상황만 만들 수 있다면 철하연의 협조를 얻는 것이 그리 어려운 일이 아닐지도 몰랐다. 보아하니 석문을 여는 장치도 커다란 석실에 있는 듯하니 잘하면 일이 쉽게 풀릴지도 모른다는 생각이 들었다.

"선배님, 이렇게 해보는 것은 어떻겠습니까?"

장불사는 자신의 생각한 바를 간단히 얘기하며 그에 대한 계획을 내놓았다.

특별한 것은 아니었다. 석실을 급습한 후 혼란한 상황을 틈타 철하연이 동혈의 석문을 열 수 있도록 하자는 것이 골자였다. 물론 동혈의 석문을 열어줄 것을 미리 철하연에게 전음으로 부탁하며 계획도 함께 전해야 한다는 말도 덧붙였다.

그리고 철하연이 석문을 열면 화산파의 사람들은 신속히 다른 동혈로 들어가 무림맹의 사람들을 불러오도록 하자는 것이었다. 자신들처럼 또 다른 위험이 있을지 모른다는 생각에 꾸물거리고 있을지 모르기 때문이었다.

물론 석실에서 싸우는 소리가 들리면 빨리 나올 수도 있겠지만 자신을 포함한 이세민과 현광 대사가 오랜 시간 동안 실혼강시와 석실에 있는 많은 사람들을 상대하기는 무리가 있기에 되도록 무림맹의 사람들을 빨리 불러와야만 하는 것이다.

"음… 그 애가 그런 부탁을 들어줄지가 의문이군."

장불사의 계획을 듣고 난 이세민이 회의적인 말을 내뱉었다.

"그럴지도 모르지만… 이대로 가만히 있을 수만은 없지 않습니까? 혹여 선배님께서는 다른 좋은 방법이라도 있습니까?"

"아닐세. 지금과 같은 상황에선 장 소협의 계획보다 나은 방법은 없는 것 같네. 그런데 그 애에게 부탁하는 것은 장 소협이 하는 것이 좋겠네. 제갈승운이라는 자가 초인적인 능력을 가지고 있다고 하니 내가 전음으로 알리는 것보다 장 소협이 전하는 것이 나을 것 같은데……."

"음, 알겠습니다."

이세민의 말에 장불사가 순간 흠칫 놀라더니 무슨 말인지 알겠다는 듯 머리를 끄덕였다. 혹시 제갈승운이 전음을 감청할 수도 있으니 혜광심어로 계획을 전하라는 이세민의 뜻을 알아들은 것이다.

장불사는 세삼 이세민의 능력에 감탄했다. 지금까지 누구도 자신이 혜광심어로 전음을 한다는 것을 눈치채지 못했는데 이세민은 단번에 알아차렸던 것이다. 하기야 명색이 명교의 교주인 이세민에게 그 정도의 능력도 없다면 차라리 그게 더 이상할 수도 있었다.

이후 장불사의 계획에 따라 각자가 맡을 일을 정하고는 커다란 석실이 있는 곳으로 향했다. 잠시 후 석실에서 새어 나오는 불빛이 희미하게 비치는 곳에 다다르자 이세민이 장불사에게 전음을 보냈다.

"장 소협, 이쯤에서 그 애의 의중을 알아보고 오는 게 좋겠네."

"알겠습니다. 철 형이 우리의 부탁을 들어주지 않을 수도 있겠지만 방해하지는 않을 것이니 너무 염려 마십시오."

이세민의 표정이나 전음에서 초초해하는 기색이 느껴지자 장불사가 엷은 웃음을 보이며 혜광심어로 전음을 보냈다. 그러자 이세민의 표정이 약간은 펴지는 것 같았다.

장불사는 각오를 다지듯 주위 사람들을 한차례 쓸어본 후 매유란을 등에서 내려놓고는 동혈의 출구로 신형을 옮겼다.

커다란 석실의 내부는 변함이 없었다. 제갈승운과 철하연은 조금 전의 말다툼 때문인지 냉담한 얼굴을 한 채 서로 등을 돌리고 있었다. 장불사는 그것이 좋은 기회였는지라 지체하지 않고 혜광심어로 철하연에게 말을 걸었다.

"철 형, 접니다. 장 원사입니다."

갑작스레 머리 속을 울리는 장불사의 목소리에 철하연은 화들짝 놀란 표정으로 머리를 좌우로 돌리며 주위를 살폈다.

"철 형, 그냥 자연스럽게 있으면서 제 말을 들으십시오."

철하연의 부자연스러운 행동에 장불사가 재빨리 말을 이었다. 그러자 철하연은 이내 침착성을 되찾고 머리 속으로 들려오는 장불사의 목소리에 귀를 기울였다.

"잠시 후에 철 형이 있는 석실을 급습할 것입니다. 그때 혼란한 상황을 틈타 무림맹의 사람들이 갇혀 있는 동혈의 문을 열어줄 수 있겠습니까? 만일 그렇게 해줄 수 있다면 머리를 한 번 끄덕이십시오."

철하연은 잠시 고민하는 듯한 모습을 보이다가 다른 사람들이 알아
채지 못할 만큼 미미하게 머리를 끄덕였다. 하지만 철하연의 얼굴엔
걱정스러운 표정이 물씬 풍기고 있었다.

"고맙습니다, 철 형. 그리고 너무 걱정하지 마십시오. 실혼강시가
비록 무적에 가까운 불사체라고는 하나 무림맹의 사람들이 합세한다면
쉽게 당하지는 않을 것입니다."

"……."

철하연이 무엇을 걱정하고 있는지 짐작한 장불사가 다시 말을 전하
였으나 철하연의 근심 어린 표정은 여전했다.

"그럼, 철 형만 믿고 일을 벌이겠습니다."

철하연이 아무리 걱정을 한다 해도 어쩔 수 없는 일이라는 것을 알
고 있는 장불사는 한마디를 전하고는 다시 일행이 있는 곳으로 갔다.

"그래, 뭐라던가, 장 소협?"

장불사가 돌아오자 이세민이 무척 궁금한 표정으로 전음을 건넸다.

"협조하겠답니다, 선배님."

"음, 그렇다면 계획대로 시작하세나."

"알겠습니다."

서로 대화를 주고받은 두 사람이 현광 대사에게 결의에 찬 눈빛을
보내며 머리를 끄덕이자 현광 대사도 안광을 빛내며 머리를 끄덕였다.
화산파의 사람들도 돌아가는 분위기를 읽었는지 비장한 각오를 다졌
다.

그런 화산파의 사람들을 둘러보던 장불사는 마지막으로 동혈의 벽

에 기대어 앉은 매유란에게 눈길을 보냈다.

"선배님, 여기서 잠시만 기다리십시오."

"……."

장불사가 말을 전하며 걸음을 옮기려 하자 매유란이 손짓을 하며 장불사를 불러 세웠다.

"무슨 하실 말씀이라도……."

장불사가 의아한 표정으로 묻자 매유란이 더 가까이 오라는 손짓을 하였다. 장불사가 바짝 다가서자 매유란이 나지막이 속삭였다.

"실혼강시라 해도 너의 실력이라면 단번에 얼려 버릴 수 있을 것이다."

"……."

매유란의 말에 장불사는 희미한 미소를 입가에 머금으며 머리를 끄덕였다.

만일 실혼강시가 매유란의 말처럼 빙백신공에 얼어버린다면 가벼운 충격에도 산산조각이 날 것이 분명했기에 장불사는 한결 마음이 가벼워졌다.

물론 보통 때보다 두세 배의 실력을 발휘하는 실혼강시가 자신의 빙백신공을 그냥 맞아주지는 않을 것이지만, 빙백신공이 아니더라도 실혼강시들의 사지를 단번에 절단할 자신은 있었다.

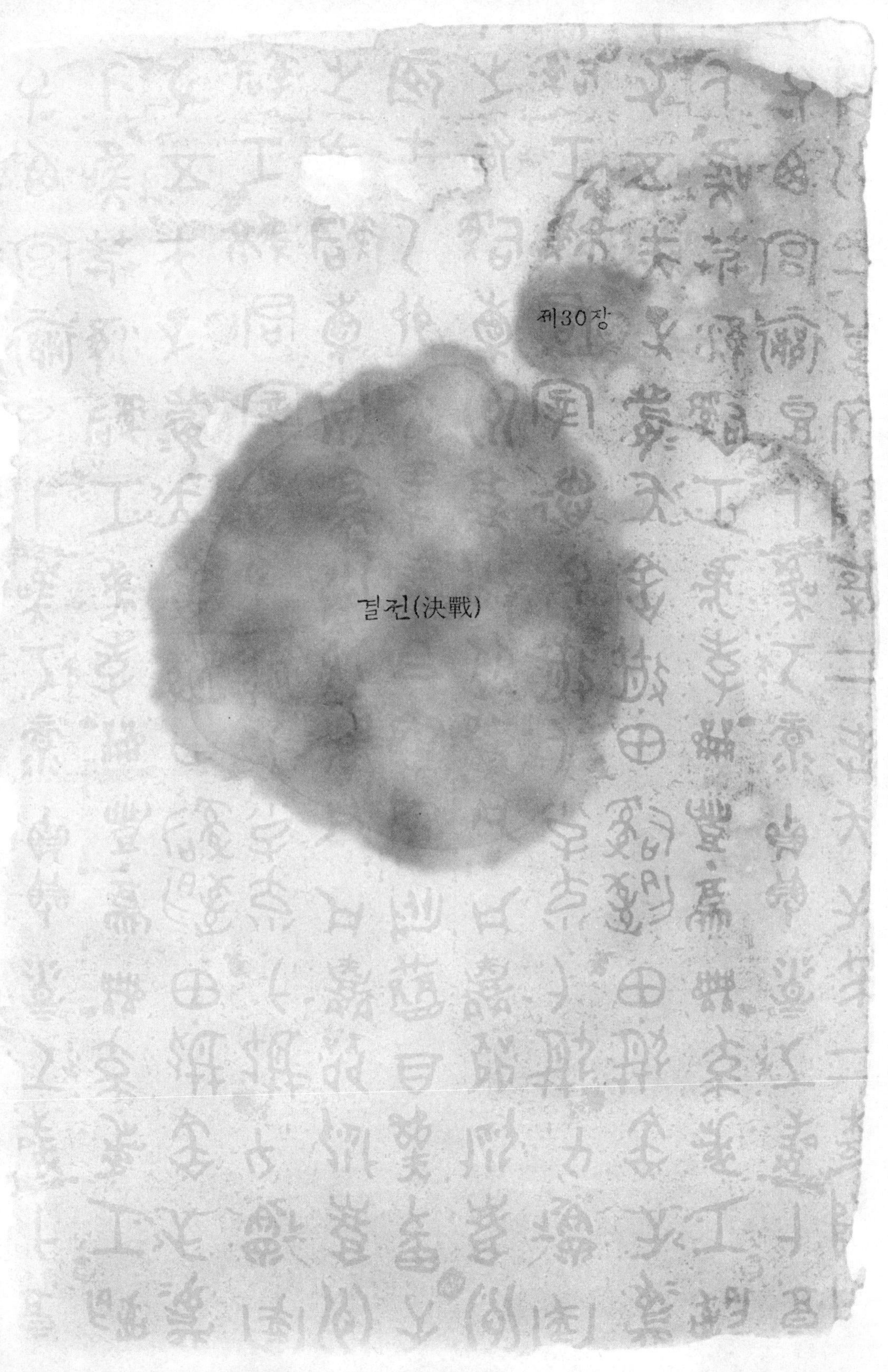

제30장

결전(決戰)

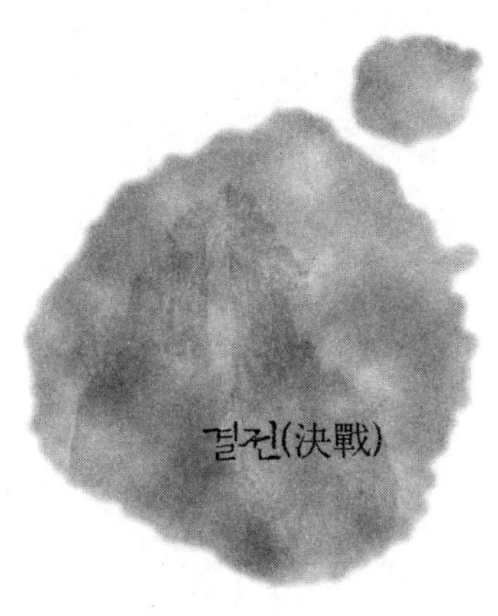

결전(決戰)

장불사는 안심하라는 듯한 표정을 매유란에게 보내고는 다시 한 번 이세민과 현광 대사와 눈빛을 교환한 후 석실을 향해 질풍같이 내달렸다. 이세민과 현광 대사도 이에 질세라 무서운 속력으로 장불사를 뒤쫓았다.

핏, 핏.

석실로 들어서자마자 장불사는 십여 개의 환영을 그려내는 이형환위의 수법을 보이며 극음의 기운을 실혼강시에게 날렸다.

쩌억, 쩍.

순식간에 십여 구의 실혼강시가 얼음덩어리로 변하였고 뒤따른 장불사의 강기가 실린 권에 맞으며 산산이 부서졌다.

쿠앙, 꽝.

뿐만 아니라 뒤이은 이세민과 현광 대사의 강기에 맞은 실혼강시들의 신체 일부가 함몰되며 나가떨어졌다.

하지만 그 순간까지였다.

적을 인지한 실혼강시들의 대처 능력은 상상을 초월했다. 어느새 장불사와 같은 이형환위의 수법을 전개하며 세 사람의 공격을 피하더니 가공스러운 장력을 쏟아내기 시작했다.

이세민과 현광 대사의 강기에 맞아 전혀 움직이지 못할 것 같은 실혼강시들도 아무 일이 없었다는 듯 일어서서는 두 사람을 공격하기까지 했다. 얼굴과 몸통 등이 형체를 알아볼 수 없을 만큼 손상된 실혼강시가 무시무시한 장력을 쏟아내고 있는 장면은 괴기스럽다 못해 소름이 끼칠 정도였다.

장불사는 빙백신공을 피하여 반격을 가하는 실혼강시들을 뒤로한 채 제갈승운이 있는 곳으로 신형을 날렸다.

그때까지 제갈승운은 올바른 대응을 못하고 있었다. 워낙 순식간에 일어난 일이라 제대로 상황 파악이 되지 않았던 것이다. 게다가 운남의 석옥에 있어야 할 장불사의 출현은 더욱 제갈승운을 놀라게 했다.

제갈승운은 급속도로 다가오는 장불사의 신형이 시야에 포착되자 불신에 가득 찬 표정으로 뒷걸음질치면서 방어 자세를 취했다. 장불사의 앞을 막아서는 실혼강시들이 마치 수수깡으로 만든 허수아비라도 되듯이 너무 쉽게 부서지고 있었던 것이다.

장불사의 수강에 실혼강시들의 사지가 절단되며 피육이 사방으로 뿌려지는 광경은 한 폭의 지옥도를 연상케 했다. 금강불괴의 신체와 현경의 경지에 이르는 실혼강시들이었지만 일 장가량 뻗어 나온 장불사의 수강엔 무력하기만 했다.

"철 형! 빨리 동혈의 문을 여십시오."

제갈승운이 뒤로 물러나는 것을 본 장불사가 경악스러운 눈으로 자신을 쳐다보고 있는 철하연에게 다급한 어조로 말을 전했다. 그러자 정신을 차린 철하연이 이 장 정도 뒤로 물러난 제갈승운을 힐끗 쳐다보더니 애초에 그가 서 있던 자리로 가서는 볼록하게 튀어나온 뭔가를 눌렀다.

구구궁.

동혈의 문이 열리는 소리가 은은하게 들려왔다.

순간 제갈승운의 얼굴에 당황해하는 빛이 역력했다. 철하연의 행동을 예측하지 못한 것이리라.

반면 장불사는 안도의 한숨을 내쉬었지만 내심과 달리 석문이 열리는 소리가 들리자 제갈승운을 향해 더욱 냉철한 눈빛을 보내며 신형을 날렸다. 실혼강시들을 조종하고 있는 사람이 제갈승운이라는 판단이 섰던 것이다.

처음 석실에 들어오자마자 실혼강시들을 빙백신공으로 얼리고 파괴하면서도 제갈승운으로부터 시선을 떼지 않았는데, 그가 무슨 주문을 외우듯 중얼거리자 실혼강시들이 움직이기 시작한 것을 보았던 것이다.

그래서 제갈승운만 제압하면 실혼강시들은 아무 힘도 쓰지 못할 것이라는 판단이 섰기에 손속에 인정을 두지 않고 실혼강시들을 무자비하게 베어버리며 제갈승운을 향해 신형을 날렸던 것이다. 물론 철하연으로 하여금 석문을 열 수 있게 하기 위해 제갈승운을 떼어놓을 필요도 있었다.

파죽지세로 실혼강시들을 쓰러뜨리며 제갈승운을 향해 다가가던 장불사의 얼굴에 언뜻 긴장하는 빛이 보였다.

츠츠츠츠.

푸른색의 강기가 장불사의 요혈을 노리며 네 곳에서 날아들었다.

‘우웃.’

장불사는 내심 신음성을 터뜨리며 호신강막을 동반한 표무보를 펼쳤다. 지금까지 상대하던 실혼강시와는 차원이 다른 위압감을 느낀 것이다.

치직, 치익, 칙.

순간 호신강막과 푸른색의 강기가 부딪치며 기이한 소리를 냈다. 어떠한 공격에도 손상될 것 같지 않던 장불사의 호신강막은 마치 얇은 칼날에 베어진 것처럼 군데군데 손상이 가 있었다.

‘파옥기…….’

제갈승운을 보호하듯 장불사의 앞을 가로막아선 네 명의 금신승이 사이한 느낌을 주는 푸른색의 강기를 줄기줄기 뻗어내고 있었다.

잠깐 장불사의 입꼬리가 슬쩍 올라갔다가 내려왔다. 그러더니,

슈악.

빙백수의 수강이 별안간 뻗어 나왔다.

무려 이 장이나 뻗어나간 장불사의 수강은 미처 피하지 못한 한 명의 금신승에게 커다란 타격을 주었다.

잠력을 격발하여 생사경의 경지에 다다른 금신승이었지만 장불사의 한 수를 온전히 피하지 못했다. 조금만 대응이 늦었더라도 심장에 구

멍이 났을 텐데 한쪽 팔이 잘리는 것만으로 위기를 모면한 것이다.

"컥."

동신승과는 달리 아픔을 느끼는지 금신승의 입에서 짤막한 신음 소리가 흘러나왔다.

동시에 장불사의 신형이 흐려지는가 싶더니 한쪽 팔이 잘린 금신승의 입에서 다시 한 번 미약한 신음성이 흘러나왔다.

"음."

하지만 조금 전처럼 팔이 잘리는 일은 일어나지 않았다. 다만 나머지 팔에 약간의 상처가 생겨났다. 육안으로는 도저히 따라잡을 수 없을 것 같은 장불사의 공격을 피했던 것이다.

이후 장불사와 네 명의 금신승 간에는 희한한 장면이 연출되었다. 그들은 마치 아무 움직임이 없는 것처럼 보였지만 장불사의 신형이 한 번씩 흐려질 때마다 금신승들의 몸에 크고 작은 상처가 하나둘 생겨났다. 장불사나 금신승들이 워낙 빠르게 움직이고 있었기에 그냥 가만히 서 있는 것처럼 보일 뿐 실제로는 쉴 새 없이 움직이며 서로 공방을 주고받고 있었다.

장불사는 금신승들의 능력을 인정할 수밖에 없었다. 자신이 할 수 있는 최대한의 몸놀림을 보였지만 처음 한 팔을 자른 뒤에는 이렇다 할 성과가 없었기 때문이다.

한 명의 금신승이라면 어떻게든 뚫고 들어가서 제갈승운을 제압할 자신이 있었지만 네 명의 금신승이 서로 연계해 가며 자신의 공격을 받아내자 어떻게 해볼 도리가 없었다. 한 명이 자신의 공격을 받아낼 때 다른 세 명은 공격을 가하니 몸을 뺄 수가 없었던 것이다.

　그것은 금신승들도 마찬가지였다. 제갈승운을 보호함과 동시에 장불사의 공격을 막아내는 데 바빴기에 다른 곳에 신경 쓸 여유가 없었다.

　그렇게 지루해 보이는 공방이 잠시 이어지는 동안 동혈에 갇혀 있던 무림맹의 사람들이 쏟아져 나오기 시작했다. 그들도 장불사의 일행과 마찬가지로 동혈에서 기관에 의한 공격을 받았는지 많은 이들이 상처를 입고 있었다.

　"와아아아아!"

　하지만 사기가 충천한 고함과 함께 곧바로 석실로 뛰어들며 실혼강시들을 공격하기 시작했다.

　화산파의 사람들에게 실혼강시에 대해 들었음인지 무림맹의 사람들은 검진과 같은 진법을 적절히 운용하여 실혼강시들을 상대하였다. 그러나 시간이 흐르면서 일대제자들은 차츰차츰 실혼강시에게 밀리기 시작했다.

　각파의 장로급이나 장문인들은 실혼강시 한 구와 대등한 실력을 보이며 싸우고 있었지만 곳곳에서 일대제자들의 비명 소리가 터져 나왔다.

　"크아악!"

　"크억!"

　일대제자들이 비록 검진을 이루며 싸운다고 하지만 실혼강시가 되어 현경의 경지에 이른 동신승과 은신승들은 너무 벅찬 상대였던 것이다. 겨우 화경에 이른 일대제자들의 검기로는 실혼강시들을 파괴할 수 없었기에 시간이 지나면서 내력이 달리고 바닥나자 피를 뿌리며 쓰러졌다.

하지만 실혼강시들의 숫자도 많이 줄어들어 있었다. 이세민과 세 명의 오왕이 보여주는 무위는 결코 장불사에게 뒤지지 않았던 것이다. 특히 검왕의 실력이 단연 돋보였다.

가끔 검왕의 공격을 막아내는 실혼강시들이 있었지만 장불사처럼 검왕의 신형이 흐려질 때마다 실혼강시의 머리통이 하나씩 바닥에 나뒹굴었다.

그렇게 무림맹의 사람들과 실혼강시들 간에 피 튀기는 혈전이 벌어진 지 이각 정도 흘렀을까?

무림맹의 사람들과 실혼강시들 간의 싸움이 다소 소강상태에 접어들었다. 채 다섯밖에 남지 않은 실혼강시들이 금신승과 제갈승운 등이 있는 곳으로 모이면서 방어적인 입장을 취했기 때문이다.

실혼강시들이 한곳으로 모여들자 무림맹의 사람들도 자연히 금신승과 대치하고 있는 장불사 쪽으로 모이게 되었다. 처음 동혈을 빠져나온 이가 백여 명이 넘었는데 장불사의 주위에 모여든 무림맹의 사람들은 채 삼십여 명이 되지 않았다.

“…….”

“…….”

싸움이 소강상태로 접어들었다고는 하나 서로를 노려보며 적개심을 불태우는 양 진영에는 곧 터질 것 같은 긴장감이 팽팽히 흘렀다. 하지만 그와 대조적으로 석실 바닥엔 형체를 알아볼 수 없을 정도로 심하게 훼손된 무림맹의 사람들과 실혼강시들의 시신이 사방에 널브러져 핏물을 꾸역꾸역 뿜어내고 있었다. 목불인견으로 변한 석실을 가득 메운 비릿한 혈향이 사람들의 코끝을 자극했다.

잠시 양 진영 사이에 정적이 흘렀다. 그때,

스르륵.

팽팽한 긴장감을 깨는 소리가 제갈승운이 서 있는 뒤쪽에서 들리더니 중후한 인상의 중년인이 나타났다.

"단명후!"

순간 이세민의 입에서 억눌린 듯한 소리가 흘러나왔다.

"하핫. 오랜만입니다, 이 형."

호쾌한 웃음을 터뜨리며 이세민을 향해 말을 건넨 단명후는 이내 무심한 눈길로 무림맹의 사람들을 한차례 훑어보았다.

"오늘 이 자리에서 강호에 명성이 자자한 분들을 모두 볼 수 있게 되어 영광입니다."

"……."

"조금만 더 참고 있었더라면 오늘 같은 일이 벌어지지 않았을 텐데 유감입니다."

"헛소리 집어치워라."

이세민이 신경질적인 목소리로 외쳤다.

"하하. 이 형은 못 보던 사이 성질이 급하게 변했습니다. 예전에는 무척이나 잘 참는 편이더니……."

"이익……!"

단명후의 비꼬는 듯한 말투에 이세민의 얼굴이 벌겋게 달아올랐다.

"아아. 진정하십시오, 이 형. 옛일은 나중에 얘기하기로 합시다. 그것보다는 지금 이 형이나 여기 계신 분들이 처한 상황을 알아야 하지 않겠습니까?"

"무슨 소리냐?"

"하하. 말 그대로입니다. 내가 굳이 지금 나선 것은 더 이상 무의미한 싸움을 피하고 여러분들에게 중요한 사실을 알리기 위한 것입니다. 뭐 듣고 싶지 않다면 굳이 말할 이유도 없지만……."

단명후는 말끝을 흐리며 좌중을 다시 한 번 훑어보았다.

"좋다. 네가 무슨 이유로 이런 흉계를 꾸몄는지 들어보자."

다시 냉정을 되찾았는지 이세민의 목소리는 차분했다.

"흉계라… 뭐, 부인하지는 않겠습니다. 하지만 장보도와 뇌전검은 사실입니다. 이곳에 뇌전검이 있으니까요. 다만… 많은 보물들은 현재 이곳에 없습니다. 오랑캐 놈들을 물리치는 군자금으로 쓰였으니까요. 아, 사설이 길었군요. 험, 우선 밝혀둘 것은… 중원은 이제 나의 세상이 되었다는 것입니다. 그건 무림도 예외가 아니지요. 하하하핫."

"……."

단명후의 밑도 끝도 없는 말에 무림맹의 사람들은 어리둥절한 표정을 지었다. 하지만 오국공과 단명후의 관계를 알고 있는 세 사람은 단명후의 말이 허튼소리가 아님을 알았다.

"하하하, 이렇게 말귀가 어두워서야… 내 말이 무슨 뜻인지 모르겠습니까?"

여전히 무림맹의 사람들이 자신을 이상한 놈 보듯 하자 단명후는 머리를 좌우로 천천히 흔들며 한심하다는 표정으로 사람들을 쳐다봤다.

"후후. 쉽게 얘기해서… 본인이 곧 황제가 된다는 말이오."

"……."

　단명후의 말이 무슨 뜻인지 잠시 생각하던 무림맹의 사람들은 실소를 금할 수 없었는지 피식 웃음을 터뜨렸다. 하지만,

　"오국공이 대도를 손에 넣었단 말이냐?"

　이세민이 자못 심각한 얼굴로 묻자 무림맹의 사람들은 웃음을 멈출 수밖에 없었다.

　"핫핫. 역시 이 형답습니다. 소림사에 은거하시던 분이 세상 돌아가는 일은 제일 잘 알고 있군요. 후후, 더 이상 얘기해 봤자 내 입만 아플 테니 이 형이 여기 있는 무지한 사람들을 일깨워 주는 게 좋겠습니다."

　"음… 좋다. 설명은 내가 하마. 그런데 네가 바라는 바가 무엇이냐?"

　"하하하. 이제야 얘기가 통하는군요. 뭐, 간단히 말해서 이곳에서 그대들이 십 년간만 지내라는 것이 나의 바람입니다."

　"응하지 않겠다면?"

　"훗, 그렇다면 중원에 있는 육파일방과 오대세가는 흔적도 없이 사라지게 될 것입니다."

　단명후의 오만한 말에 무림맹 사람들의 입에서 분노에 찬 소리가 흘러나왔다.

　"헛소리 집어치워라!"

　"방자하구나!"

　그런 모습에 단명후는 코웃음을 치며 좌중을 싸늘한 눈빛으로 노려보았다.

　"흥, 이것도 본인이 많이 양보한 것이란 걸 아시오. 생각 같으면 무림을 말살시켜도 시원치 않을 판이오. 한 시진의 여유를 줄 테니 잘 생

각해 보시오."

단명후는 더 이상 상대하기조차 귀찮은지 신형을 돌려 열린 석문 쪽으로 신형을 옮겼다. 그때,

번쩍.

한줄기 섬전 같은 검강이 단명후의 등을 노리며 날아갔다. 그와 동시에 검강이 날아가는 속도와 비견할 정도로 단명후를 향해 쇄도해 들어가는 이가 있었다.

곤륜파의 장문인인 서소벽이었다. 단명후가 주는 모욕을 견디지 못한 것이다. 비룡축전(飛龍逐電)에 이은 서소벽의 분광검법은 단번에 단명후를 절단 낼 것 같았다.

픽.

"커억."

무언가 부서지는 미세한 소리와 함께 답답한 신음을 토한 사람은 서소벽이었다. 그런 서소벽의 등 뒤로는 살아 꿈틀거리는 듯한 붉은색의 물체가 한 자가량 삐져나와 있었다. 마치 핏물이 뿜어져 나오는 것 같았지만 그것은 아니었다.

"컥."

쿵!

등 뒤로 삐져나온 물체가 사라지자 서소벽은 가슴을 움켜지며 석실 바닥에 무릎을 꿇었다. 서소벽이 한 번씩 숨을 쉴 때마다 가슴을 움켜진 손가락 사이로 진홍색의 핏물이 뿜어져 나왔다.

"흐흐, 이것은 경고의 의미요."

스윽.

단명후는 서소벽의 몸에서 뽑아낸 붉은 번개 모양의 강기로 단번에
그의 목을 쳐 버렸다.

"……."

너무 순식간에 일어난 일이라 무림맹의 사람들이 어떻게 손을 써볼
틈도 없이 서소벽은 허무한 죽음을 맞이했다. 무림맹의 사람들은 너무
놀란 나머지 입을 다물 줄 몰랐다.

그도 그럴 것이, 겉으로 보기엔 서책이나 뒤지고 있을 것 같은 단명
후에게 곤륜파의 장문인이 너무 쉽게 죽었으니 경악할 만도 했다.

서소벽이 누구던가? 현경의 경지를 넘어 생사경의 경지를 바라보는
고수가 아니던가? 그런 그가 어떻게 죽었는지도 모를 정도로 어이없게
죽었으니 한편으로는 간담이 써늘해지는 것을 느꼈던 것이다.

장불사는 그것과는 다른 일로 놀라고 있었다. 단명후의 손에서 뻗어
나와 있는 번개 모양의 강기 때문이었다. 분명 황궁 보고에서 읽은 것
과 같은 모양이었다.

"전영비(電影匕)……."

장불사의 입에서 부지불식간에 한마디가 튀어나왔다. 장불사는 눈
을 떼지 못했다. 그런데 단명후의 손에 있는 것은 어찌 된 영문인지 강
기처럼 보였다.

"……."

단명후가 흠칫 놀라며 장불사를 바라보았다. 그러더니 천천히 장불
사가 있는 곳으로 다가왔다. 장불사는 자신도 모르게 주춤 물러섰다.
단명후에게서 엄청난 기세가 느껴진 것이다.

"네놈은 누구냐?"

“…….”

기세에 눌려 물러서기는 했지만 장불사는 담담한 눈으로 쳐다보았다. 두 사람 사이에 묘한 기운이 피어올랐다.

잠시 후 단명후는 입꼬리를 올리더니 제갈승운에게 눈길을 던졌다.

“그, 그가 장불사입니다.”

단명후의 눈길을 받은 제갈승운이 더듬거리며 입을 열었다. 그의 얼굴엔 단명후를 무척 두려워하는 기색이 어려 있었다.

“뭣? 그놈은 운남에 있지 않느냐?”

“그, 그게 저도 어떻게 된 일인지 모르겠습니다, 사부님.”

단명후의 살기 어린 눈빛에 제갈승운이 머리를 조아렸다.

“이 일은 다음에 책임을 묻겠다.”

다시 장불사에게 시선을 돌린 단명후는 언제 그랬냐는 듯 웃음 띤 얼굴을 하였다. 참으로 종잡을 수 없는 인격의 소유자로 보였다.

“하하, 요즘 들어 명성이 자자한 장 소협이었군. 이거 몰라봐서 미안하네. 그런데 어떻게 그 석옥을 빠져나왔는가? 아아, 그런 질문은 하나 마나겠고… 그것보다 장 소협이 그곳을 나온 것을 보면 매 선배님도 나왔겠지?”

“물론이오. 그런데 매 선배님을 그 지경까지 만든 이유가 빙백신공 때문이었소?”

“호오, 매 선배님이 많은 것을 알려준 모양이군.”

“흥, 당신이 인면수심의 짐승보다 못한 사람이라는 것도 알고 있소.”

장불사의 말은 다분히 도발적이었다. 단명후를 보고 있자니 자신도 모르게 적개심이 끓어올랐던 것이다.

"인면수심이라… 큭큭, 틀린 말도 아니지. 한데 장 소협은 매 선배님에게 다른 말은 듣지 못한 모양이군."

"……."

장불사는 잠시 이해가 가지 않는다는 표정을 지었다.

"흐흐흐, 그렇겠지. 자신의 치부는 드러낼 수 없었겠지. 그건 그렇고… 이 전영비에 대해서도 매 선배에게 들은 것인가?"

"……."

"훗, 듣지 못한 모양이군. 그럼 빙백신공과 월영인의 관계에 대해서도 말하지 않았지?"

단명후는 뭐가 그리 좋은지 실실거리며 장불사의 의중을 떠보았다.

"그것이 그리 중요한 것이오? 매 선배님께 듣지 않아도 당신의 그 전영비를 보니 대충은 알 것 같소."

"흐흐, 중요하지. 암 중요하고말고. 장 소협이 보기엔 내가 안하무인에 오만방자하다고 느끼겠지? 저기 계신 오왕들은 나보다 연배도 많고 배분도 높고, 또한 각 문파를 대표하는 장문인들도 있는데 말이야. 후후, 하지만 그것은 힘 앞에서는 아무 쓸데없는 것들이지. 보아하니 장 소협이 월영인을 다시 되찾은 모양인데 그것을 어떻게 쓰는 것인지 모르면 나의 상대가 될 수 없지. 그리고 여기 있는 다른 사람들도 마찬가지고. 안 그랬습니까, 이 형?"

단명후는 만면에 득의에 찬 웃음을 흘리며 이세민에게 시선을 던졌다.

"맞는 말이지. 하지만 네놈은 한 가지를 잊은 것 같군."

화를 내야만 마땅한 이세민의 입에서 담담하면서도 의미심장한 말이 흘러나오자 단명후는 인상이 살짝 찌푸려졌다.

"잊은 것이라니… 무슨 뜻입니까?"

"네놈의 제자… 저 아이가 가진 능력을 알고 있겠지?"

"핫핫, 물론입니다. 나의 제자인데 그런 것조차 모르면 안 되지 않겠습니까. 나의 제자가 조금 특별한 능력을 가지고 있긴 하지요. 그런데 그것이 어쨌다는 것입니까?"

이세민의 눈길을 쫓아 제갈승운을 바라보던 단명후가 의아한 듯 물었다.

"저 아이에게 신기한 재주가 있더군. 전음도, 그렇다고 혜광심어도 아닌데 모두에게 자신의 뜻을 전할 수 있는 재주 말이야. 알고 있었나?"

"……."

"그런 능력으로 저 아이가 이런 제안을 하더군. 한 손이 열 손을 감당할 수 없다고 네놈은 제자들에게도 인심을 많이 잃은 모양이야. 하하하."

이세민이 통쾌하다는 듯한 웃음을 터뜨렸다.

순간 단명후의 신형이 눈앞에서 사라졌다.

퍼버버버벅, 펑.

"컥."

"커억."

"윽."

요란한 타격음과 함께 나지막한 신음 소리가 연이어 났다. 너무도 순식간에 일어난 일이었지만 모두들 단명후의 도발을 준비하고 있었던 모양이다. 어느새 단명후를 가운데 두고 포위한 상태였다.

하지만 제갈승운 앞에 있던 다섯 구의 실혼강시는 걸레 조각처럼 변해 있었고, 네 명의 금신승 중 두 명은 한쪽 팔이 절단되어 피를 흘리고 있었다. 제갈승운은 그들과 다소 떨어진 곳에서 두려움에 찬 표정으로 단명후를 바라보고 있었다.

그런데 단명후는 장불사와 정면으로 대치하고 있었다.

"운이 좋구나, 승운아. 그러나 잠시뿐이니라. 장가가 계속해서 너를 살릴 수는 없을 것이다."

사실 단명후의 말대로 장불사가 제때에 대응을 하지 않았더라면 바닥에 쓰러진 이는 실혼강시가 아니라 제갈승운이었다. 단명후의 신형이 사라지는 순간에 장불사의 강력한 수강이 그의 뒤를 노렸고, 동시에 검왕을 비롯하여 나머지 사람들도 단명후를 공격했던 것이다. 그런데 그런 엄청난 공격을 받고도 단명후는 아무렇지 않은 듯했다.

"한 가지만 묻겠다. 원장이도 너와 같은 생각이냐?"

단명후의 입에서 착 가라앉은 음성이 흘러나왔다. 시선은 여전히 장불사에게 두고 있었지만 제갈승운에게 묻는 말이었다.

"그렇습니다, 사부님. 사형과 저는 예전부터 이와 같은 일을 계획했습니다."

"음, 소추… 그 아이는 어떻게 했느냐?"

"홍성 소방주에게 제압당했을 것입니다."

"흐흐, 좋아, 좋아. 오늘 너의 생각이 얼마나 잘못되었는지 느끼게 해주마."

그 말을 끝으로 단명후의 몸에서 무서운 기세가 피어나더니 마치 분신술을 쓰는 듯 신형이 수십여 개로 늘어나며 사방을 포위한 사람들에게 쇄도해 갔다.

슈우우욱.

콰과과과강.

석실이 떠나갈 듯한 폭음과 동시에 그로 인한 충격으로 단단해 보이던 바닥이 먼지로 화하며 분분히 피어올랐다. 그리고 드러난 상황은 과히 좋지 않았다.

장불사와 세 명의 오왕, 그리고 이세민을 제외하고는 모두들 입가에 가느다란 핏물이 흐르고 있었다. 단명후도 그리 좋은 상태는 아닌 것 같았다. 이마에 내 천 자를 그리며 무척 답답한 표정을 짓고 있었다.

"……."

"……."

단 한 사람 단명후와 무림맹과 소뇌음사 진영의 사람들을 합하여 오십여 명에 가까운 인원과의 격돌치고는 어이없는 상황이었다. 단명후의 무위에 모두들 경악하지 않을 수 없었다. 결코 단명후의 말이 허언이 아니라는 것이 증명된 것이다.

'저자는 생사경의 경지를 이루었단 말인가?'

단명후를 바라보는 장불사의 눈엔 경외감이 어려 있었다.

장불사의 생각은 오래가지 못했다. 제갈승운의 말이 머리 속으로 전해진 것이다.

"계획대로 공격할 틈을 주지 않고 그가 나온 석문 쪽으로 계속 밀어붙이는 것이 좋겠습니다. 석문 안쪽에 제가 준비한 것이 있으니 그때 다시 도움을 청하겠습니다.”

머리 속으로 전해지는 제갈승운의 말엔 다급함이 묻어났다.

단명후가 장불사와 이세민과 대화를 주고받을 때 이미 그를 상대할 방법을 말했던 것이다.

특별한 것은 없었다. 단명후의 공격을 방어만 하다가는 안 된다는 것이 요점이었다. 자신이 견식하고 지켜본 바로는 어떻게든 단명후에게 쉴 틈을 주지 않고 계속 공격하는 것이 최선의 방법이라는 것이었다.

단명후와 한번 부딪쳐 보니 제갈승운의 말이 옳다고 느껴져 곧바로 그의 말을 따랐다. 단명후를 경계하며 천천히 한곳으로 모이더니 연속해서 공격을 퍼붓기 시작했다.

슈웅.

쇄액.

이십여 명씩 각자의 절기를 최고로 발휘한 공격은 태산을 무너뜨릴 정도로 엄청났다. 하지만 단명후의 무위는 상상 이상이었다. 한 번 공격받을 때마다 한 걸음씩 물러나긴 했지만 그때마다 붉은 번개 모양의 전영비에 의해 한 명씩 죽음을 맞이했던 것이다.

‘정말 천지간의 기운이 응집된 음양이기(陰陽二氣)란 말인가?

장불사는 의문을 가지지 않을 수 없었다. 자신도 원활한 피부 호흡이 가능해짐에 따라 끊임없이 진기를 쓸 수 있었다. 하지만 인간이라면 도저히 받아내기 힘든 공격을 계속해서 막아내기란 불가능에 가까울 것이라는 생각이 들었던 것이다.

단명후를 향해 파상적인 공격을 퍼부으면서 점차 내력이 바닥나는 이가 하나둘 생겨났다. 이각 정도 쉴 새 없이 공격을 하였으니 진기가 바닥날 만도 했다. 그나마 다행인 것은 이각 동안 반복되는 공방에 그의 초식이나 투로에 익숙해졌다는 것이다.

그러나 살아 움직이는 듯한 전영비를 사방팔방으로 휘두르는 단명후의 모습에선 피로한 기색을 찾아보기 힘들었다. 다만, 그가 처음 나타날 때 보여준 문사 차림의 중후한 분위기는 간데없고 헝클어진 머리와 넝마처럼 변한 장삼이 치열한 격전이 오갔음을 보여주었다. 그리고 석문까지 그를 밀어붙인 것이 성과라면 성과였다.

단명후와 격전을 치르면서 힘들어 하는 기색을 보이는 이가 하나둘 늘어나고 더 이상 그를 밀어붙일 수 없자 장불사는 초초해졌다.

'전영비를 저런 식으로 사용할 수 있다는 것은 월영인도 마찬가지라는 얘기인데…….'

실혼강시를 단번에 얼리고 파괴시켰던 빙백신공도 단명후에겐 통하지 않자 월영인에 대한 생각이 장불사를 사로잡았다.

'음, 단명후의 말을 유추해 보면 월영인을 전영비와 같이 사용할 수 있는 방법이 빙백신공 상에 있다는 얘긴데…….'

장불사는 공격의 고삐를 늦추지 않으면서도 계속해서 월영인에 대해 생각했다.

'매 선배님이 정말 알고 있을까? 음, 이렇게 가다간 단명후에게 몰살될 것이 불을 보듯 뻔한데… 휴, 매 선배님에게 직접 물어보는 수밖에 없겠구나.'

한참을 생각하던 장불사는 결심이 섰는지 오왕과 이세민에게 의념을 전했다.

"저는 잠시 자리를 비우겠습니다. 그러니 네 분께서는 제가 없는 동안 조금 더 힘을 써주십시오. 이대로 가다간 석문 안쪽에 준비했다는 제갈승운의 안배도 소용이 없을 것 같으니 다른 방법을 찾아야 할 것 같습니다."

장불사가 보내온 의념에 네 사람은 머리를 끄덕이며 알았다는 의사를 표했다. 그들도 오십 명에 가까운 사람들의 공격을 이각 동안이나 막고 있는 단명후를 상대하고 보니 별다른 대책이 서지 않았던 것이다.

슈아악.

주먹만한 강구를 단명후에게 날린 장불사는 재빨리 격전장에서 벗어나며 매유란이 있는 동혈로 신형을 날렸다. 지금까지 수강과 강구를 번갈아가며 공격했지만 단명후가 너무 쉽게 막아냈기에 뒷일은 확인할 필요도 없었다.

동혈 입구에는 매유란이 얼굴만 살짝 내밀고 석실의 상황을 지켜보고 있었다. 워낙 망가진 얼굴이라 어떤 표정을 짓고 있는지 가늠할 수는 없었지만 장불사가 동혈로 들어서자 경직된 행동을 보였다.

"선배님?"

"……."

매유란에게 도움을 받고자 왔지만 장불사는 말을 꺼내기가 조심스러웠다.

"저기……."

"월영인 때문에 온 것이냐?"

"예? 예. 월영인이 아니면 단명후를 막을 수 없을 것 같습니다."

"그래서 나더러 어쩌란 말이냐?"

"……."

감정이 실려 있지 않은 듯한 매유란의 싸늘한 말에 장불시는 잠시 멍한 표정을 지으며 할 말을 잃었다. 매유란이 이 같은 반응을 보일 것이라고는 생각지도 못한 것이다.

"흥, 너도 저놈처럼 월영인이 탐이 나는 것이냐?"

"그게 무슨 말입니까, 선배님? 지금까지 저를 그런 놈으로 보았단 말입니까?"

"흥, 열 길 물속은 알아도 한 길 사람 속은 모르는 법이지."

"……."

매유란의 돌변한 태도에 장불시는 한순간 울컥했다. 매유란의 처지가 한편으로는 이해가 되었지만, 여태껏 자신의 행동을 이상한 눈으로 쳐다보았다고 생각되자 왠지 모를 분노가 치밀어 올랐던 것이다.

"……."

"……."

두 사람 사이에 묘한 침묵이 흘렀다. 반 각 정도 시간이 흘렀을까. 매유란은 치열하게 격전을 치르고 있는 곳으로 시선을 던지더니 긴 한숨과 함께 처연한 음성으로 말문을 열었다.

"휴우, 팔십 년 전 남편을 보았을 때, 나는 천하를 호령할 수 있다는 자신감이 생겼지. 그 당시만 하더라도 나를 대적할 만한 자가 없는데다가 파옥기공을 얻었으니 천하를 가진 것 같았다."

"……."

"파옥기공은 원래 이세민의 부인인 왕소려(王小侶)가 지니고 있던 것이었지. 나의 남편은 왕소려의 호위 무사이자 시중을 들던 사람으로 동방의 고려라는 나라에서 왕소려가 이세민에게 시집을 올 때 따라왔었다. 그것은 파옥기공 때문이었지……."

매유란의 입에서 전대의 비사들이 줄줄 흘러나왔다. 장불사는 격전장을 쳐다보며 마음이 초조해졌지만 그녀의 말을 묵묵히 들었다.

매유란의 얘기는 파옥기공과 전영비를 가져온 왕소려로부터 시작되었는데 월영인과 전영비로 인한 복잡한 은원 관계가 얽히고설킨 얘기였다.

매유란의 얘기를 종합해 보자면 이러했다.

왕소려가 그 먼 동방에서 명교까지 시집오게 된 것은 이세민의 부친과 왕소려의 부친이 예전에 의형제를 맺은 후 정혼을 했기 때문이었다.

왕소려가 시집올 때 시중과 호위를 겸한 두 명의 고려 무사가 같이 왔는데 그중 한 사람이 매유란의 남편이었다. 두 명의 고려 무사는 전영비와 파옥기공의 비밀을 알고 오랫동안 왕소려의 집 안에 있으면서 두 물건을 노리고 있었다. 그런데 왕소려가 두 물건을 가지고 시집을 가니 어쩔 수 없이 명교까지 따라온 것이다.

명교에서 왕소려의 거처에 머물며 기회를 노리던 두 고려 무사는 뜻하지 않은 복병을 만나게 되니 그가 단명후였다.

당시 왕소려는 무공에만 미쳐 있는 이세민과 좋지 않은 사이라 혼자 여행을 하던 중 수련 차 서장의 포달랍궁으로 가던 단명후를 만나면서 서로 사랑에 빠져 버렸다. 첫눈에 반한 단명후는 모든 것을 팽개치고 명교의 제자로 위장하여 왕소려와 자주 만났다.

그러던 중 왕소려로부터 사랑의 증표로 전영비를 선물받았는데, 단명후는 전영비가 어떤 물건인지 알고 있었다. 그래서 파옥기공까지 욕심이 생긴 단명후는 더욱 왕소려의 마음을 얻으려고 애썼고, 거의 목적을 달성하려고 할 무렵 이세민에게 밀월 관계를 들키고 말았다.

왕소려의 시중을 들며 호위하던 두 명의 고려 무사가 전영비와 함께 파옥기공까지 단명후에게 넘어갈 것 같자 두 사람에 대한 정보를 이세민에게 슬쩍 흘린 것이었다.

분노한 이세민이 왕소려를 감옥에 가두고 단명후와 싸우는 사이 두 명의 고려 무사는 파옥기공의 무공 서책을 훔쳐 달아나 버렸다. 그런데 둘 사이에 내분이 생겨 서로 싸우게 되었는데 한 사람은 뇌를 크게 다쳐 미쳐 버렸고, 한 사람은 독에 중독되었던 것이다.

그 무렵 중원에서 비무행을 마치고 옥문관으로 들어서던 매유란은 독에 중독된 고려 무사를 발견하였고, 그를 치료하던 중 파옥기공이 기재된 무공 서적을 보게 되었다.

한편 이세민에게 패하여 진력이 크게 손상당한 단명후는 십 년 동안 숨어 지내며 원기를 회복한 후 다시 명교로 숨어들어 왕소려를 만났다.

하지만 일여 년을 지내면서 그녀에게 파옥기공이 없음을 알게 되자 다시 명교를 떠났다. 십 년 전 사건 때 두 명의 고려 무사가 흔적도 없이 사라진 것을 안 것이다.

그때 왕소려는 단명후의 아이를 임신하고 있었기에 떠나지 말라고 간절하게 애원했지만 파옥기공에 눈이 먼 그를 붙잡지 못했다.

고려 무사의 행방을 찾아 다시 십 년을 헤맨 단명후는 설산파에 그가 있다는 것을 알아냈다. 설산파의 주위를 맴돌며 기회를 엿보던 중 매유란의 딸이 탑리목분지를 여행한다는 것을 알게 된 단명후는 부상당한 사람처럼 위장하여 그녀의 앞에 나타서는 인연을 맺었다.

이후 설산파로 돌아온 두 사람은 결혼을 하게 되었는데 그때 단명후
는 매유란의 남편이 고려 무사라는 것을 알아보았고 고려 무사도 단명
후가 누군지를 단번에 알아챘다.

하지만 고려 무사는 단명후의 정체를 밝히지 않았다. 매유란과 결혼
은 하였지만 파옥기공 때문에 그녀에게 제압당해 있었던 터라 원한이
많았던 것이다.

고려 무사를 구할 당시 무공 서적이 불완전하다는 것을 안 매유란은
어떻게든 그가 필요했기에 남편으로 맞아들이고 아이까지 낳았다. 하
지만 남편이 좀처럼 입을 열지 않자 아예 그의 무공을 폐지시켜 버려
다른 수작을 부리지 못하게 했던 것이다.

독상을 당했을 때, 고려 무사는 혹시 누군가가 구해줄지 모르지만,
파옥기공만 챙기고 자신을 죽여 버릴지도 모른다는 생각에 무공 서적
의 일부분을 없애 버렸던 것이었다. 파옥기공의 내용을 이미 외우고
있었기에 일부분이 없어져도 상관이 없었다.

결국 그때의 판단으로 살 수는 있었지만 매유란에게 무공까지 폐지
되고 쓸모없는 인간으로 취급당하니 원한을 가질 수밖에 없었던 것이
다.

이후 고려 무사는 매유란의 눈을 피해 단명후를 만나며 머리 속에만
담고 있던 파옥기공을 단명후에게 알려주었고, 그 대가로 매유란을 꼭
죽여달라는 부탁을 하였다.

단명후는 이를 흔쾌히 수락하였고 설산파에 머물며 파옥기공을 익
혔다. 파옥기공을 완벽하게 익힐 시간도 필요했지만 결혼할 당시 부인
으로부터 받은 증표가 월영인이라는 것을 알았던 것이다.

하지만 단명후는 함부로 행동할 수 없었다. 결혼 후 월영인을 다시 부인에게 돌려주어야 했고, 두 사람이 결혼을 한 후 매유란이 은거를 했다고는 하나 여전히 근처에 머물러 있었기 때문이다. 또한 자신은 아직 매유란을 상대할 만한 수준이 되지 않았고, 무엇보다 자신의 부인 또한 엄청난 고수였던 것이다.

매유란이 은거를 한 이유도 조용한 곳에서 빙백신공을 완벽하게 익히기 위함이기도 했지만 파옥기공에 대한 실마리를 찾기 위함이기도 했다.

이십 년이 지나는 동안 단명후는 끈질기게 빙백신공을 가르쳐 달라며 부인에게 부탁하여 어느 정도 빙백신공을 익힐 수 있었다. 하지만 그것은 수박 겉핥기였다. 그의 부인은 빙백신공의 정수를 제대로 가르쳐 주지 않았던 것이다.

그렇지만 단명후는 빙백신공과 월영인이 뭔가 깊은 연관 관계가 있을 것이라며 몇 차례 월영인을 요구했었다. 그럴 때마다 단명후는 자신의 부인과 다투고는 몇 달간 설산파를 떠났다가 돌아왔다. 그것은 파옥기공의 수련이 한 단계씩 올라갈 때마다 조용한 곳에서 혼자 수련할 필요가 있었기 때문이다.

현경의 경지를 넘은 고수가 둘이나 있는 설산파에서 파옥기공을 몰래 연마한다는 것은 어려운 일이었기에 월영인을 핑계 삼아 다투었던 것이다. 월영인을 넘겨준다면 더할 나위 없이 좋은 일이겠지만 그렇지 않더라도 그 핑계로 설산파를 잠시 떠날 수 있었다.

그런 이유로 몇 차례 설산파를 떠나던 어느 날 단명후는 매유란의 남편인 고려 무사를 설산파 입구에서 만났다. 매유란이 지금 중요한 연공에 들어갔다는 것을 단명후에게 알려주기 위해 찾아온 것이다. 매유란이 중얼거리는 소리를 우연히 들었는데 월영인을 사용하기 위해서는 마지막으로 확인해 볼 것이 있다며 연공실로 들어갔다는 것이었다.

그 길로 매유란이 은거하던 곳으로 찾아간 단명후와 고려 무사는 연공의 중요한 순간에 들어서 매유란을 급습하여 제압하였으나 뜻하지 않은 그녀의 반격에 단명후는 내상을 입었고 고려 무사는 죽임을 당했다.

이후 단명후는 내상을 치료하며 매유란에게 월영인을 사용할 수 있는 빙백신공의 정수를 알아보려 하였으나 그녀는 입에 자물쇠를 달았는지 말을 하지 않았고, 그런 그녀의 혈들을 파괴하고 근맥을 끊으며 고문을 하여도 끝끝내 말하지 않자 단명후는 그녀를 끌고 설산파로 돌아갔다.

그때 매소소가 월영인을 가지고 이미 중원으로 떠난 후였다. 설산파에 도착한 단명후는 매유란을 인질로 자신의 부인을 제압하였고, 그런 후 부인의 목숨을 담보로 빙백신공의 정수를 말하라고 하였으나 매유란이 그래도 입을 열지 않자 반쯤 이성을 상실한 단명후는 자신의 부인을 진짜로 죽여 버렸다는 것이었다.

"……."

"……."

매유란의 말을 끝까지 들은 장불사는 무슨 말을 해야 할지 몰랐다. 피골이 상접한 매유란의 얼굴에는 회한의 눈물이 흐르고 있었다. 잠시 격했던 감정을 가라앉힌 듯한 매유란이 다시 입을 열었다.

"그때 딸아이가 죽는 순간 나는 거의 미쳐 버렸지. 하지만 반쯤 이성을 상실한 그놈의 말은 지금도 생생히 기억나기에 그놈이 어떤 일을 저질렀는지 알 수가 있었다. 그놈은 지금까지 자신이 저질러 온 일을 자랑 삼아 늘어놓고는 자신에게는 전영비가 있으니 그까짓 영월인은 필요없다고 하며 분에 못 이겨서인지 설산파의 사람들을 모조리 죽이고 불태웠지.”

“…….”

“휴우, 지금까지 얘기한 것 중엔 내가 모르는 일들도 있었지만 그런 사실을 알게 된 것은 제갈승운이 알려주었기 때문이다.”

“옛?”

장불사는 깜짝 놀랐다. 사실 매유란의 얘기를 들으며 뭔가 맞지 않고 미심쩍은 부분이 있었지만 그러려니 하고 있었다. 그런데 그런 부분들을 제갈승운이 말해줬다고 하니 놀랄 수밖에 없었다.

“그 애는 설산파에서 유일하게 살아남은 생존자의 아들이었어. 어떻게 그놈의 제자가 되었는지 말하지는 않았지만 석림으로 나를 찾아왔었지. 그리고 어떻게 알았는지 내가 제정신으로 돌아올 때 말을 걸더군. 그때 나는 그놈이 저질러 온 일 중 모르는 것들도 알게 되었지.”

“그랬군요.”

장불사는 그제야 이해가 가는지 머리를 끄덕였다.

“그런데 그 애도 보통이 아니었어. 몇 번 찾아오는 동안 그놈의 악행을 얘기해 주며 아버지의 복수를 하겠다고 이를 갈았지. 하지만 지금 자신에게는 그럴 능력이 없다며 한탄하더군. 그러면서 나에게 방법이 없느냐 물었지. 자신의 아버지에게 나의 무공이 당대에 적수가 없을 정도로 강했다는 것을 들었다며. 그때 나는 그 애의 속셈이 무엇인지 간파하였지. 그 애도 그놈처럼 빙백신공을 노리고 있다는 것을. 하지만 그 애에게 빙뱅신공을 전수하여 내가 하지 못할 복수를 하고 싶다는 마음도 있었지.”

“……”

“그러나 그럴 수는 없었어. 딸아이가 죽는 순간에도 말하지 않았던 것을 그 애에게 알려주는 건 죽은 딸아이를 두 번이나 욕보이는 짓이라고 생각되었지. 휴우, 그런데 오늘 저 애의 행동을 보니 그때 알려줬어도 괜찮았다는 생각이 드는구나.”

“……”

매유란은 여전히 격전을 치르고 있는 곳에서 눈을 떼지 않고 있었다.

“음, 조그만 더 있다가는 단명후의 손에 모두들 살아남지 못할 것 같구나. 휴우, 월영인을 사용할 수 있는 방법을 알려줄 테니 잘 들어라.”

갑자기 심정이 변한 매유란의 말에 장불사는 어리둥절했지만 그녀의 입에서 흘러나오는 구결을 빠짐없이 들었다.

장불사는 가부좌를 하고 눈을 감은 후 월영인을 품에서 꺼내 들고는 긴장한 마음으로 매유란이 들려준 구결대로 기를 운행시켰다. 그러자 왼 손바닥에 놓인 월영인이 장심을 통해 스르륵 사라졌다.

순간 장불사의 몸은 왼손을 시작으로 순식간에 얼어붙었다.

‘윽.’

장불사는 온몸이 터질 것 같은 고통에 신음을 터뜨렸지만 소리가 나지 않았다. 전신이 투명한 얼음덩어리처럼 변해 버렸으니 그의 입술도 얼어붙은 것이다.

장불사는 고통으로 의식이 아득해지는 가운데서도 정신을 집중하며
월영인의 기운을 구결대로 다스렸다. 장심을 타고 들어온 월영인의 차
가운 기운을 임독양맥으로 이끌어 십이주천시킨 후 중단전에 자리잡게
하고 전신 세맥에 퍼져 있는 선천진기와 융합시키려고 노력하였다. 월
영인의 기운을 선천진기와 융합시키지 못하면 영원히 얼음덩어리로 변
할 것이기 때문이었다.

으드득. 우직.

장불사가 내부의 기운을 조절하는 동안 그의 몸은 눈으로 확인하기
어려울 정도로 빠르게 얼어붙고 풀리기를 반복하였다. 그때마다 근육
들이 어긋나는 소리를 내며 온몸이 꿈틀댔다. 외공 수련과 피부 호흡
으로 어느 정도 환골탈태를 이루었던 몸이 다시 재구성되며 완벽한 환
골탈태를 이루고 있었던 것이다.

그렇게 일각 정도 흘렀을까?

"후우웁."

길게 숨을 들이마시며 눈을 뜬 장불사는 빙백신공을 운용했다. 그러
자 장심에서 월영인과 같은 모양의 백색의 강기가 뻗어 나왔다. 단명
후가 사용하고 있는 전영비와 같은 수법이었다.

장불사는 고개를 갸웃거리며 네댓 번 초승달 모양의 강기를 뻗었다
가 거둬들였다. 그럴 때마다 강기의 크기가 커지기도 하고 작아지기도
하였고, 어떤 때는 길게 늘어나며 약간 휘어진 도(刀) 모양으로 변하기
도 하였다.

신기한 장난감을 가지고 노는 아이처럼 월영인의 운용을 반 각 정도
시험하던 장불사는 입가에 만족스런 웃음을 지으며 매유란에게 포권을

취했다.

"고맙습니다, 선배님."

"아니다. 아마 네가 아니면 월영인을 사용할 수 있는 사람은 없을 것 같구나."

"예?"

"음, 사실 나도 몇 번이나 월영인을 운용하려고 한 적이 있었다. 그런데 그때마다 혼절하곤 말았지. 또한 왼손을 사용하지 못할 정도로 손바닥이 걸레처럼 망가졌지. 그런데 오늘에서야 그 이유를 알겠구나. 어느 정도 예상은 했었지만… 월영인을 사용할 수 있으려면 먼저 월영인을 받아들일 수 있는 신체가 되어 있어야 하고, 무엇보다 중단전이 형성되어야 한다는 것을 알았다. 음, 너 이외에 누가 그런 사람이 있겠느냐? 그러고 보면 단명후가 전영비를 사용할 수 있는 것도 중단전이 형성되었기 때문일 테니 조심하는 것이 좋을 것이다. 그런데… 지금 단명후가 펼치고 있는 전영비의 크기는 일정하구나. 너처럼 크기를 마음대로 조절할 수 없는 것인지, 아니면 다른 이유로 실력을 숨기는 것인지 모르겠군. 여하튼 조심하여라."

"……."

매유란이 그 말을 끝으로 눈을 감아버리자 장불사는 한마디 하려다가 그만두었다. 장불사는 다시 한 번 포권과 함께 고개를 숙이며 고맙다는 마음을 전한 후 석실의 격전장으로 신형을 날렸다.

"모두 비켜서십시오."

장불사는 물러나게 하며 곧바로 단명후를 향해 파상적인 공격을 퍼부었다.

슈슈슈슈슈슉.

쾅, 콰가가가가아앙.

초승달 모양의 백색 강기와 번개 모양의 붉은색 강기가 연속해서 부딪치자 엄청난 굉음과 함께 석실의 바닥은 지진이라도 난 듯 쩍쩍 갈라졌다.

"……."

"……."

장불사는 일 장이나 뒤로 물러나 있었고 단명후는 석문에 기대어 가느다란 핏물을 흘리며 경악과 불신으로 가득 찬 눈빛을 하고 있었다. 장불사가 펼친 무공이 무엇인지 파악한 것이다.

츳.

칫.

장불사가 월영인 형태의 강기를 반 장 정도 크기로 뻗어내자 단명후도 전영비를 반 장 크기에 가까운 정도로 뻗어냈다. 그런데 장불사의 강기가 하얗다 못해 푸르스름한 빛깔을 띠고 있는 반면 단명후가 뻗어낸 강기는 엷은 진홍색을 띠고 있었다.

스슷.

잠시 노려보던 두 사람의 신형이 격하게 움직였다.

콰아앙.

강렬한 폭발음과 함께 두 사람의 강기가 석실에 난무했다. 두 사람은 전혀 움직이는 것 같지 않았는데 백색과 진홍색의 강기는 사방에서 어울리며 다양한 소리를 토해냈다.

그러던 어느 순간, 이번에는 두 사람의 신형이 십여 개로 늘어나는 듯한 현상을 보였다. 하지만 앞서 여러 곳에서 강기가 어울린 것과는 달리 이번엔 한곳에 집중되어 연속적으로 강기들이 부딪쳤다.

우르르르릉.

두 강기가 부딪친 곳에서 뇌성과 같은 소리가 나며 강기의 파편들로 보이는 것들이 사방으로 비산했다. 그런 현상이 반 각 정도 계속되었을 무렵.

"컥……."

"으음."

짧은 두 마디의 비음과 함께 백색의 강기와 진홍색의 강기가 씻은 듯이 사라졌다. 그리고 드러난 두 사람의 모습은 처참했다.

장불사의 장포는 중요 부위만을 남겨놓은 채 떨어져 나가 없었고, 그런 그의 전신엔 얇은 면도로 벤 듯한 혈선들이 거미줄처럼 새겨져 있었다.

단명후의 모습은 더욱 처참했다. 그의 몸에는 어린애의 새끼손가락만한 크기의 구멍이 십여 개가 뚫려 있었는데 그곳에서 붉은 핏물이 분수처럼 뿜어 나오고 있었다.

"우엑~"

핏물을 한 사발 토해내며 장불사를 바라보는 단명후의 눈이 분노로 이글거렸다. 그러면서 신형이 잠시 비틀거리는가 싶더니 단명후는 순식간에 석문 안으로 사라져 버렸다.

"엇!"

"아!"

도저히 몸을 못 가눌 것 같던 단명후가 석문 안으로 사라지자 사람들의 입에서 놀람과 아쉬움이 뒤섞인 소리가 흘러나왔다.

쿵.

단명후가 사라지자 장불사가 무릎을 꿇으며 석실 바닥에 주저앉았다.

"괜찮은 게냐?"

어느새 장불사의 곁에 다가온 걸왕이 무척 염려스러운 눈빛으로 그를 부축하며 물었다.

"우욱, 저는 괜찮습니다. 그보다 단명후를 쫓으십시오."

장불사가 손사래를 치며 말하자 나머지 사람들이 급히 단명후의 뒤를 쫓았다.

"잠깐… 서두르시지 않아도 됩니다."

"무슨 소리냐?"

제갈승운이 신형을 날리는 사람들을 불러 세우자 이세민이 격한 음성을 토했다.

"그 안쪽엔 더 이상 갈 곳이 없습니다. 이제 그는 독 안에 든 쥐 신세와 다를 바 없으니 먼저 장 소협의 신상부터 살펴보는 것이 좋겠군요."

"휴우, 아닙니다. 이제 조금 나아진 듯하니 들어가 보는 것이 좋겠군요."

걸왕의 부축을 받으며 자리에서 일어난 장불사는 석문을 향해 걸음을 옮겼다. 그런데 핏물을 쏟아낼 것 같은 혈선들이 어느새 사라져 보이지 않았다. 장불사가 그 짧은 사이에 피부 호흡으로 진기를 보충하며 내상을 다스렸던 것이다. 그런 장불사의 뒷모습을 바라보는 사람들의 눈엔 경외감이 어려 있었다.

석문 안은 재질을 알 수 없는 금속으로 둘러싸인 십 장 넓이의 반구형 형태의 공간이었는데 그곳 중심에는 다시 삼 장 넓이의 반구형 건물이 따로 지어져 있었다. 그 건물의 가장자리에는 청, 백, 적, 흑색의 기둥이 지붕 위에 솟아 천장과 맞닿아 있는 황색의 기둥과 연결되어 있었다.

그런 곳으로 들어선 좌중의 눈에 제일 먼저 띈 것은 말라 비틀어져 미라를 연상케 하는 시체들이었다. 단명후는 보이지 않았고 다만 반대편에 홍성과 금장선사가 쓰러져 있는 이소추와 함께 있었다.

그런데 미라와 같은 시체들의 손에는 검신은 간데없고 묘한 빛을 발하는 검병(劍柄)만이 쥐어져 있었다.

"뇌, 뇌전검……."

누군가의 입에서 불현듯 한마디가 튀어나왔다.

휘이익.

"아, 안 됩니다."

"으… 으아아아악."

"크어어억."

뇌전검을 향해 몇몇이 달려들자 제갈승운이 놀라며 크게 소리쳤지만 이미 뇌전검을 집어 든 사람들의 입에선 처절한 비명 소리가 터져 나왔고 검에서는 번개가 치듯 눈부신 광채가 뻗어 나왔다.

"……."

"……."

그 모습을 보던 좌중의 사람들은 입을 벌린 채 다물 줄을 몰랐다. 뇌전검을 잡았던 사람들이 순식간에 바닥에 있는 미라와 같은 상태로 변하며 죽었던 것이다.

"어, 어떻게 이런 일이……."

남궁세가의 가주인 남궁수가 믿기지 않는다는 듯 넋두리 같은 말을 내뱉었다. 뇌전검을 집어 들고 죽은 이들 중 두 사람이 황보세가와 하북팽가의 가주였던 것이다. 그 외에도 공동파의 장로 한 명과 화산파의 장로 한 명이 뇌전검을 손에 쥔 채 미라가 되어 있었다.

"휴우, 제가 미리 말씀드린다는 것이… 사부… 단명후의 일로 잠시 잊었습니다. 죄송합니다."

제갈승운의 얼굴에 안타까워하는 표정이 묻어났다.

"이, 이것이 정녕이 뇌전검이 맞는 것이냐?"

남궁수가 떨리는 음성으로 물었다.

"그렇습니다."

"그런데 왜 이렇게 된 것이냐?"

"휴우, 뇌점검은 아무나 잡을 수가 없는 물건입니다. 이루기 힘든 조건을 갖추어야 되니까요."

"이루기 힘든 조건이라니……."

모두들 제갈승운의 입으로 눈길이 쏠렸다. 뇌전검을 사용할 수 있는 조건이 무엇인지 궁금했던 것이다.

"뇌전검은… 상단전이 열린 생사경의 고수나 저기 장 소협과 같이 중단전에도 엄청난 내공을 쌓은 사람만이 사용할 수 있습니다."

"아!"

"……."

　제갈승운의 말에 어떤 이는 놀라운 듯 감탄사를 내뱉었고, 어떤 이는 안타까운 표정을 지었다.

　"음, 뇌전검이 무엇으로 만들어졌는지, 또 누가 만들었는지는 저도 모릅니다. 다만 뇌전검을 잡으면 전신의 내공이 뇌전검으로 흘러 들어간다는 것입니다. 그 내공이 방금 보신 것처럼 뇌전검을 통해 마치 뇌전과 같은 강기의 형태로 나타납니다. 그러니 뇌전검을 제어할 수 있는 상단전이 열린 생사경의 고수나 뇌전검에 끊임없이 내공을 주입할 수 있는 사람이 아니면 어떻게 뇌전검을 사용할 수 있겠습니까. 그런 경지에 이르지 않으면 저렇게 될 수밖에 없을 겁니다."

　"……."

　"……."

　사람들의 시선은 어느샌가 뇌전검으로 향해 있었다. 미라 같은 상태로 죽은 사람들과 뇌전검을 번갈아 보는 그들의 눈엔 욕망과 갈등의 빛이 교차하고 있었다.

　"장 소협이 한 번 보여주는 것이 좋겠습니다."

　제갈승운의 말에 모든 사람의 시선이 장불사에게 쏠렸다.

　"……."

　장불사는 속으로 흠칫 놀랐지만 자신을 바라보는 사람들의 기대를 저버리지 않았다. 장불사가 뇌전검이 있는 곳으로 다가서자 모두들 그를 중심으로 좌, 우로 갈라졌다. 뇌전검에서 뻗어 나오는 강기에 부상을 당할지 모르기 때문이었다.

　'우웃.'

　뇌전검을 집어 든 손으로 하단전의 진기가 급속도로 빠져나가자 장불사는 대경실색(大驚失色)하였다.

급히 중단전의 진기를 하단전으로 보내며 피부 호흡으로 빠져나가는 진기를 채우자 뇌전검을 통해 빠져나온 강기가 지지직거리는 소리와 함께 강렬한 빛을 내며 십 장이나 뻗어나가더니 반대편 벽에 부딪쳤다.

쿠앙~!

귀가 멍멍할 정도로 엄청난 굉음이 들렸지만 반대편 벽면은 흠집조차 나지 않았다. 그러나 그런 현상에 관심을 가지는 이는 없었다. 뇌전검에서 뻗어 나온 강기에 모든 시선이 몰려 있었던 것이다.

장불사는 뇌전검으로 빨려 들어가는 진기를 차단해 보려 했지만 뜻대로 되지 않았다. 다만 뇌전검으로 전해지는 진기의 양을 조금씩 줄일 수가 있었다. 그러자 뇌전검에서 뻗어 나온 강기가 길어졌다 줄어들었다 하며 불규칙한 형태를 보였다. 그런 시간이 일각 정도 흘렀을까!

"아~!"

숨을 죽이고는 장불사와 강기를 번갈아 지켜보던 사람들이 입에서 감탄사를 흘려내며 믿기지 않는다는 표정을 지었다. 뇌전검에서 뻗어 나왔던 강기가 한순간 사라져 버린 것이다.

"……."

장불사는 입가에 웃음이 번졌다. 하지만 속으로는 안도의 한숨을 내쉬고 있었다.

'후우, 자칫 잘못했으면 나도 미라가 될 뻔했구나.'

장불사는 뇌전검을 물끄러미 내려다본 후 허리춤에 찼다. 꽤나 쓸모가 있을 것 같은 물건이라고 생각되었던 것이다.

"그런데… 단명후는 어디로 간 것입니까?"

장불사가 아무 일도 없었다는 듯 말을 꺼냈다. 그제야 정신을 차린 사람들은 지금이 어떠한 상황에 처한 상태인지 알았다.

장불사의 질문에 답한 사람은 제갈승운이었다.

"역시… 장 소협은 뇌전검을 가질 자격이 있었습니다. 아! 단명후는 저곳에 들어갔습니다."

가운데 있는 삼 장 넓이의 반원형 건물을 가리켰다.

"그럼 들어가서 그를 제압하면 되겠군요."

"아니… 들어갈 수 없습니다."

"무슨 말입니까?"

장불사가 이해하지 못하겠다는 표정으로 물었다.

"단명후가 열쇠를 가지고 있기에 안에서 열지 않으면 들어갈 수가 없습니다. 아마 장 소협이 가지고 있는 뇌전검이나 월영인으로도 저 문을 파괴할 수는 없을 것입니다."

장불사는 이해가 가는 듯 머리를 끄덕였다. 뇌전검의 강기에 맞은 벽면이 조금의 손상도 없었다는 것을 알고 있었던 것이다.

"그럼 어쩐단 말입니까? 제갈 형이 안배해 놓았다는 것이 이것이었습니까?"

"그렇다고 할 수 있습니다. 음, 저 안의 공간은 참 신비한 곳이더군요. 어찌 된 일인지 저 안에서 하루를 보내고 나오면 우리가 있는 이곳은 일 년이라는 세월이 흐른 후더군요."

"옛?"

거짓말 같은 제갈승운의 말에 모두들 깜짝 놀란 얼굴을 하였다.

"훗, 믿기지 않겠지만 사실입니다. 저도 한 번 들어갔다가 나와본 적이 있으니까요. 으음, 오래전에 무공을 수련하다가 주화입마에 가까운 부상을 당한 적이 있는데 그때 단명후가 이곳에 데려와서는 안으로 들여보내더니 하루만 있다가 나오라더군요. 그래서 하루만 있다가 나와보니 일 년의 세월이 흐른 뒤였습니다. 그리고 저 안에 있으니 부상도 빠르게 회복되고 바닥난 공력도 단번에 채워졌습니다. 단명후를 보십시오. 그가 어디 일백 성상 이상을 살아온 사람 같았습니까?"

제갈승운의 말대로 단명후는 오십 살도 되어 보이지 않는 얼굴이었다.

"아니, 그러면 단명후가 부상을 회복하고 곧 나올 수도 있지 않습니까?"

"후후, 방금 얘기했지 않습니까. 이곳의 일 년이 저 안에서는 하루니까 단명후가 부상을 회복하고 나오려면 일 년은 기다려야 할 것입니다."

"아~! 하면… 이대로 일 년간을 기다려야 한단 말입니까?"

"하하, 그렇다면 안배라고 말할 수가 없겠지요. 음, 단명후는 저곳을 오행환생실(五行還生室)이라 하더군요. 하지만 나는 오늘 오행멸혼실(五行滅魂室)로 만들 것입니다."

제갈승운의 입꼬리가 묘하게 올라갔다.

"음, 그게 어떤 방법입니까?"

"저곳 가장자리에 세워진 기둥이 오행의 기운을 모으는 장치입니다. 저 장치를 조금 손보면 되는 것입니다."

“별로 어렵지 않은 일이군요.”

“아닙니다, 장 소협. 저 장치를 바꾸려면 생사경에 가까운 고수가 다섯이 있어야 합니다.”

“옛……? 아니, 저곳을 어떻게 바꾸려기에 그렇단 말입니까? 도대체 오행멸혼실이란 어떤 것입니까?”

뭔가 미심쩍은 생각이 들은 장불사가 참지 못하고 직접적으로 물었다.

“기둥의 장치를 바꾸어서 단명후가 열쇠로도 빠져나오지 못하게 하고 저 안의 하루가 일 년과 같은 세월로 느껴지게 만드는 것입니다. 하하하, 하루에 일 년씩 늙어간다면 기분이 어떻겠습니까?”

“그럼… 어떻게 하면 되는 것입니까?”

조금은 이해가 된 장불사가 방법을 물었다.

“장 소협은 문 앞에서 지키고 서서 밖으로 나오려는 단명후를 제지하면 됩니다. 오행멸혼실을 완성하기도 전에 변화를 눈치채고 단명후가 뛰쳐나올지도 모르니까요. 무엇보다 장 소협만이 그를 상대할 수 있지 않습니까.”

이후 제갈승운은 자신이 계획한 방법을 하나하나 지시하며 알려주었다.

검왕이 지붕 위의 황색 기둥을 맡았고, 걸왕은 청색, 권왕은 백색, 이세민은 적색, 그리고 현청 대사와 현광 대사가 짝을 이루어 나머지 하나인 흑색의 기둥을 맡았다. 두 사람이 흑색 기둥을 맡은 것은 격체전공을 이용하여 네 사람과의 균형을 맞추기 위해서였다. 본래 장불사가 맡을 자리였으나 혹시 모를 단명후의 도발을 대비하기 위해 어쩔 수 없이 내린 조치였다.

장불사는 석실의 문 입구에 자리를 잡았고 그 뒤로 나머지 사람들이 긴장한 눈빛으로 도열을 했다. 장불사가 단명후를 막지 못하는 불상사가 발생할 시 나머지 사람들이 막기 위한 배치였다. 그렇게 자리 배치가 끝나자 제갈승운의 신호에 따라 오행멸혼실을 만들기 시작했다.

오색의 기둥으로 모이는 오행의 기운을 막으면서 서로 다른 곳으로 흘려보내어 각 기둥들의 색깔이 다섯 가지 색으로 혼합될 때 오행멸혼실이 완성된다는 것이다.

여섯 사람이 혼신의 힘을 다해 오행의 기운을 막으며 뒤엉키게 한지 이틀이 지났을 무렵 각 기둥의 색깔이 점차 오색으로 변하기 시작했다. 이틀 동안이나 줄기차게 내력을 쏟아 부은 여섯 사람의 진기는 거의 바닥이 난 상태였다. 그때,

스륵.

오행환생실의 문이 열리는 소리가 들렸다.

쉬익.

문이 열리는 소리가 들리자마자 장불사는 월영인을 날리며 신형을 앞으로 폭사시켰다. 그와 때를 맞추어,

"지금입니다!"

제갈승운이 크게 외쳤다.

순간, 다섯 개의 기둥은 완전히 오색으로 바뀌어 버렸고 장불사는 등 뒤에서 엄청난 내력이 압박해 옴을 느꼈다.

'우웃.'

장불사는 다급한 신음성을 터뜨리며 등 뒤의 압력을 해소하려 하였

지만 뜻대로 되지 않았다. 이미 문 쪽으로 신형을 날리고 있었을 뿐더러 문 쪽에서도 엄청난 흡인력이 발생하며 자신을 빨아들였던 것이다.

더욱 당황한 이는 단명후였다. 월영인의 공격을 받아치며 오행환생실을 빠져나오려고 하였는데 어찌 된 일인지 월영인과 장불사가 거의 동시에 자신의 면전에 도달했기 때문이다.

쿠아앙!

쿵!

쿠당탕탕!

어떤 것이 먼저랄 것도 없이 강기와 함께 두 사람의 신형이 부딪치며 바닥을 나뒹굴었다.

"커억."

"으윽."

고통에 찬 신음을 토하며 벌떡 일어선 두 사람은 서로를 노려보았다. 그때,

스르릉.

문이 닫히는 소리가 들렸다. 그 소리에 시선을 문 쪽으로 돌리던 장불사가 당혹한 표정을 지었다. 문이 닫히자 내부의 구조가 완전히 변한 것이다. 오행환생실은 마치 끝을 알 수 없을 것 같은 무한한 공간처럼 변해 있었다. 보이는 것은 문의 입구에 있는 작은 열쇠 구멍뿐이었다.

장불사의 표정이 변하자 단명후는 뭔가 생각났는지 대치해 있던 상황을 무시하고 입구 쪽으로 급히 다가갔다.

철컥, 철컥.

몇 번이나 열쇠를 돌려도 문은 열리지 않았다.

"소용없는 짓이오."

장불사의 입에서 허무한 음성이 흘러나왔다.

낙양은 한왕(漢王) 주고후와 주첨기가 제위를 놓고 다툼을 했던 곳으로 당시에는 민심이 흉흉하였으나 선덕제(宣德帝) 주첨기가 주고후의 반란을 친정(親征)하고 제위한 지 사 년이 흐르자 백성들의 삶도 안정되어 갔다.

낙양에 자리잡은 소가표국과 장가보는 늘 분주한 하루를 맞이했다. 길 하나를 사이에 두고 마주 보고 있는 두 곳은 항상 손님들이 끊이질 않고 드나들었기 때문이다.

많은 사람들이 오가는 길 가운데 네댓 살쯤 되어 보이는 아이가 혼자 앉아 놀고 있었다. 가만히 보니 그 아이는 옛날 어릴 적 장불이와 많이 닮아 보였다.

땅바닥에 뭔가를 열심히 그리고 놀던 아이의 손놀림이 멈췄다. 누군가 자기 앞에 쪼그려 앉는 사람이 있었던 것이다.

"누구세요?"

아이의 입에서 꼭 깨물어주고 싶을 만큼 귀여운 목소리가 흘러나왔다.

"나? 나는 네 할아버지와 잘 아는 사람이지."

"어? 아닌데… 내가 여기서 항상 놀아서 아는데 아저씨는 처음 보는걸요."

아이가 이상하다는 듯 고개를 갸웃거렸다.

“후후, 그러냐? 음, 네 할아버지 이름이 장불이가 아니냐?”

“어? 그건 맞는데…….”

아이는 의아하다는 듯 다시 머리를 갸웃거렸다.

“그런데 아저씨는 우리 할아버지를 만나러 오셨어요?”

“그렇단다, 애야. 네 할아버지께 장불사라는 사람이 찾아왔다고 전해주겠니?”

“어? 아저씨 이름도 이상하네요. 저희 할아버지도 그렇고 고모할머니도 이름이 이상한데… 히히.”

아이는 해해거리며 뛰어 들어갔다.

‘후회하지 않고, 다르지 않다… 후회하지 않고, 다르지 않다…….’

장불사가 이름을 곱씹으며 회한에 잠겼을 때 대문 안쪽에서 노구(老軀)를 무릅쓰고 달려오는 두 사람이 보였다. 불회와 불이였다. 자리에서 일어나며 그들을 바라보는 장불사의 눈에 뿌연 습막이 어려 있었다.

“혀엉~!”

반백의 늙은이가 된 불이가 굵은 눈물을 흘리며 장불사를 와락 끌어안았다.

“어어엉엉.”

장불이가 감정이 북받치는지 목놓아 울었다. 장불사는 그런 동생의 등을 두드릴 뿐이었다. 아무 말도 할 수 없었던 것이다.

“오… 빠, 정말 오빠가 맞아?”

눈시울이 벌게진 눈으로 믿기지 않는다는 듯 물어보는 불회의 눈에서도 눈물이 줄줄 흐르고 있었다.

“나는… 나는 내 동생이 울보라는 것을 알고 있지.”

"흑, 어어엉."

불회는 그만 땅바닥에 주저앉으며 통곡을 하였다.

혹시나 하며 기다려 온 지가 육십 년이었다. 그 오랜 세월 동안 가슴에 사무쳤던 그리움들을 어찌 다 말로 표현하겠는가?

오늘따라 하늘은 눈이 시릴 정도로 맑았다.

장불사가 장가보로 돌아온 지 한 달이 지났다. 그동안 장불사는 조용한 시간을 보내며 지냈다. 많은 의문점이 있었지만 굳이 그것을 알아볼 생각이 없었다.

자신이 알고 있던 대부분의 사람들이 세월의 흐름을 거부하지 못한 채 사라졌고, 왜 자신이 오행멸혼실로 들어갔어야 했는지, 또 왜 그들이 그렇게 할 수밖에 없었는지 짐작이 가고도 남았던 것이다.

단명후가 했던 말처럼 자신 또한 그들에게 토사구팽(兎死狗烹)의 신세가 된 것은 어쩌면 당연한 일인 줄도 몰랐다. 아무도 감당할 수 없는 절대강자는 두려움과 시기의 대상일 뿐, 결코 존경과 환영받을 수 없는 존재였기에…….

하지만 다시 한 달이 흐르자 장불사는 그동안의 일을 소상히 알 수 있었다. 중원 최대의 표국으로 자리잡은 소가표국에서 각 지부를 통하여 알고 싶지 않은 일들까지 소상히 전해준 것이다. 소삼인 형제들이 장불사가 사라진 육십 년 전부터 장불사와 관련된 모든 사람들을 조사했다고 한다.

소삼인… 소중소… 소삼정… 그들 형제는 살아 있었을 때도 그랬지만 한 줌의 흙으로 돌아가서까지 장불사의 마음을 기껍게 했다. 안타까운 것은 장불사에게 있어서는 엊그제 같은 육십 일이란 짧은 세월이 그들에게는 비켜갈 수 없는 긴 세월이었다는 것이다. 그나마 위안이 되는 것은 그들의 자녀들이 동생들과 친자매처럼 지내며 이젠 서로 사돈 관계를 맺어 한 가족이 되었다는 것이다.

굳이 알려고 하지 않았지만 그래도 마음 한구석으로는 궁금해하고 짐이 되었던 일들을 알게 되니 한편으로는 속이 시원해진 것도 사실이었다.

심형연은 건강한 몸으로 잘살고 있다 하고 남궁화는 끈질긴 홍성의 구애로 짝을 이루었으나 슬하에 자식이 없단다. 또한 오행멸혼실에서 죽어가던 단명후가 부탁했던 이소추도 평온한 죽음을 맞이했다고 한다. 지금까지 무림의 일인자로 군림하고 있는 제갈승운이 철하연과 결혼을 하였으니 이소추는 지은 죄에 비하면 나름대로 평온한 삶을 살았다고도 할 수 있었다.

자신 때문에 악인의 길을 걸어야만 했던 딸에게 미안할 뿐이라며 혹시 살아 있으면 이소추를 잘 돌봐주라던 단명후의 말은 그 당시 장불사에게 있어서는 충격적이었다. 이소추가 왕소려와 단명후의 사이에서 태어난 딸일 것이라고는 꿈에도 생각하지 못했던 것이다. 하지만 그런 사실을 인정하게 되자 이세민과 이소추 간에 있었던 일들도 이해가 되었다.

그렇게 두 달이 지나고 석 달째 접어들자 장불사는 이제 떠나야 할 때라고 생각했다. 아직까진 주변의 사람들이 늙고 병들어 죽어가는 것을 볼 자신이 없었던 것이다. 정 의원의 소원대로 불노불사의 신체가 되었지만 그것이 오욕칠정(五慾七情)을 끊고 세상사를 달관하는 것과는 무관한 일이었다.

만남이 있으면 헤어짐이 있기 마련이니 너무 슬퍼 말아라. 시작이 있으면 끝이 있다고 하나… 나는 시작은 있었으되 끝이 보이지 않으니 너희와 함께하기가 힘들구나. 너희의 끝은 보이는데 나의 끝은 보이지 않으니 어찌 내가 기쁘겠느냐? 나는 어딘지 모를 끝을 찾아 떠날 것이다. 그러니 너희는 나를 기다리지 말거라. 내세에 태어나면 다시 좋은 인연으로 만나자.

장불사는 동생들을 보면 차마 떠날 수 없을 것 같은 마음에 서신을 한 장 써놓고 장가보를 떠났다.

장가보를 나선 장불사는 정주(鄭州)로 이어지는 구릉이 나지막한 산길로 접어들었다. 쉬엄쉬엄 발을 놀리며 막 고개의 정상에 올라섰을 때 두런두런 얘기를 나누며 올라오는 노부부를 보았다. 참으로 다정해 보이는 한 쌍이었다.

노부부를 보며 흐뭇한 미소를 짓던 장불사가 문득 발을 멈추었다. 아무래도 노부부의 모습이 눈에 익었던 것이다. 그러자 노부부도 걸음을 멈추고는 장불사를 바라보았다. 순간 세 사람의 눈길이 엉켜들고 동시에 기쁨의 빛이 떠올랐다. 장불사의 눈에 들어온 사람은 주름진 얼굴과 검버섯으로 옛날의 영준했던 모습은 간데없었지만 분명 모용현민이었다.

"모용… 형!"

"장… 형!"

두 사람은 누가 먼저랄 것도 없이 달려가서는 서로의 손을 붙잡았다. 두 사람은 한참 동안 손을 맞잡고 말이 없었다.

"누군지 아시겠습니까?"

모용현민이 먼저 장불사의 손을 놓으며 약간은 민망한 표정으로 노부인을 가리켰다.

"저를 감쪽같이 속였던 단 부인이 아닙니까?"

"허허허, 알고 있었습니까, 장 형?"

"예. 너무 늦었지만… 축하합니다, 단 부인."

장불사는 담담한 눈으로 단엽에게 축하의 말을 건넸다.

"고마워요. 오라버니에게 그 말을 꼭 듣고 싶었어요."

단엽의 벽안에서 눈물이 흘러나왔다.

"……."

"……."

장불사는 머리를 끄덕이며 애써 웃음을 지었다.

"그래. 저를 찾아오는 길입니까, 모용 형?"

"예. 장 형에게 빚을 졌으니 갚아야 할 것이 아닙니까?"

"아닙니다, 모용 형. 오히려 제가 더 미안한 생각이 듭니다. 저에게는 단지 두 달이라는 짧은 시간이었는데 모용 형이 저를 이렇게 찾아온 것을 보면 모용 형은 육십 년의 세월 동안 그때의 일을 가슴에 두고 살았지 않습니까."

"허허, 장 형의 그 말을 들으니 우리 부부는 이제야 편히 눈을 감을 수 있을 것 같습니다."

모용현민은 무거운 짐을 내려놓은 듯 단엽을 보며 미소를 지었다.

"그런데 장 형은 어디로 가는 길입니까?"

"저도 아직은 모르겠습니다. 예전에 나를 알던 사람들은 지금의 나를 더욱 두려워할 테니 나를 환영해 주는 곳으로 가야겠지요. 그나저나 모용 형, 이쯤에서 헤어지는 것이 좋겠습니다. 해가 얼마 안 남았군요."

장불사는 서산으로 떨어지는 해를 보더니 발길을 돌렸다.

"장 형! 언제쯤 돌아올 겁니까?"

한참이나 멀어진 장불사를 보며 모용현민이 안타까운 듯 물었다.

"글쎄요, 언제일지 기약은 할 수 없지만… 나를 기억하는 사람들이 없을 때에 돌아올 생각입니다."

장불사는 잔잔한 미소를 남기고 붉게 물든 석양 속으로 사라졌다.

〈大尾〉

정말 오랜 시간에 걸쳐 한 편의 글을 썼습니다.

전문적으로 글을 쓰는 사람이 아니다 보니 문장이나 문맥상의 오류도 많았고, 출판사에서 교정을 본다지만 사람이 하는 일인지라 여러 군데 오타도 많았습니다.

또한 지명상의 오류도 여기저기 보이고, 무엇보다 개연성도 없었고, 주인공에게 이렇다 할 위기도 없이 무난히 흘러온 글이 아닌가 생각됩니다. 거기에다 부득이한 사정으로 갑작스럽게 끝을 내다 보니 독자 여러분들께서 이해하지 못할 수도 있는 이상한 결말이 되고 말았습니다.

단엽이 단명후의 또 다른 딸이라는 것과 모용현민이 미쳐 버린 고려무사의 손자라는 것, 그 고려무사와 단명후 간에 모종의 협약으로 인해 두 사람이 정혼을 하였다는 것, 불사비전에 기록된 경공은 신익비(神翼飛)라는 기물을 등 쪽에 심어 하늘을 날 수 있게 하는 경공술이었다는 것, 홍성이 한눈에 남궁화에게 반하여 뒤를 쫓다가 건곤대나이신공을 얻게 된 일, 독왕 또한 건공대나이신공 때문에 소림사에 순순히 잡혀간 것, 그리고 장불사와 용설공주의 뒷 얘기 등등 많은 얘기들을 지면에 옮기지 못했습니다.

이 점에 대해 무척 죄송스럽게 생각하며 다시 한 번 머리 숙여 사죄의 말씀을 올립니다.

처음 글을 쓸 때는 재미있는 무협을 써보자는 의욕을 갖고 연재를 시작했는데 시간이 흐르면서 글의 흐름도 변하고 출판으로 인한 부담감 때문인지 많이 부족한 글이 되었습니다.

이미 출판된 글이기에 어쩔 수 없는 일이라는 것을 알지만 좀 더 잘 쓸 수 있었을 텐데 하는 아쉬움이 남습니다. 그와 더불어 결코 짧지 않는 3년이라는 시간 동안 한 편의 글을 완결 짓고 나니 시원섭섭하기도 합니다.

차기작으로 삼십육계(三十六計)라는 글을 구상하고 있는데 이 글 역시 활자로 인쇄되어 나올지는 미지수지만 불사전기보다 더 나은 글이 되도록 노력하겠으니 앞으로 많은 관심 가지고 지켜봐 주시면 고맙겠습니다.

끝으로 부족한 글을 출판해 주신 청어람 출판사와 연재를 할 수 있게 도움을 주신 GO!武林판타지(www.gomufan.com), 무협소설천국(murimkhan.com)의 관계자 분들에게 감사의 말씀을 드리며 불사전기를 끝까지 애독해 주신 독자 여러분들에게 무한한 감사의 말씀을 드립니다.

무한 상상 · 공상 세계, 청어람 신무협&판타지

『두령』, 『사마쌍협』을 보았다면
꼭 섭렵해야 할 월인의 최신작!

천룡신무(天龍神舞) / 월인 지음

2005년 무협계를 평정할
거대한 놈이 나타났다!

『천룡신무』
(天龍神舞)

처음에는 운 좋게 병신춤만 추는 인간들을 만나 사지육신을 온전히 보존하고 있는 줄 알았다.
그리고 십 년 동안 이상한 춤만 가르쳐 주고 몽둥이 휘두르는 법은 물론, 주먹 쥐는 법 하나
가르쳐 주지 않은 사부를 원망하기도 했었다.

하지만 이젠 그딴 거 필요없다.
사부께서는 용무(龍舞)를 열심히 수련하면 네놈 몸뚱이 하나는 네 마음대로 움직일 수 있다고 하셨다.
그리고 그렇게 만들어주셨다.
사부께서는 한계를 뛰어넘고 초식을 무너뜨리는 춤을 가르쳐 주신 것이다.

중원의 무공 따위는 눈 아래로 내려다볼 수 있는 춤!

그래서 천룡신무(天龍神舞)이리라……

매력적인 작품 세계를 보여온 월인만의 매혹에 다시 한 번 유혹당한다!

무한 상상·공상 세계, 청어람 신무협&판타지

『초일』, 『건곤권』, 『송백』!! 신무협 소설의 성공 신화!
작가 백준!! 그가 쓰는 새로운 강호!

청성무사(靑城武士) / 백준 지음

강호를 뒤덮은
마도의 피바람을 잠재워라!

『청성무사』
(靑城武士)

"우화등선하거라… 나의 마지막 소원이다."
사부의 소원이 무섭다.
떠나버린 사매가 야속하다.
하지만 소초산은 개의치 않는다.

망해버린 청성의 마지막 장문인 소초산!
그러나 망한 문파에서도 천하제일인은 나온다!

무한 상상·공상 세계, 청어람 신무협&판타지

『무정지로(無正之路)』의 화끈함을 계승한다!
작가 참마도의 두번째 작품!!

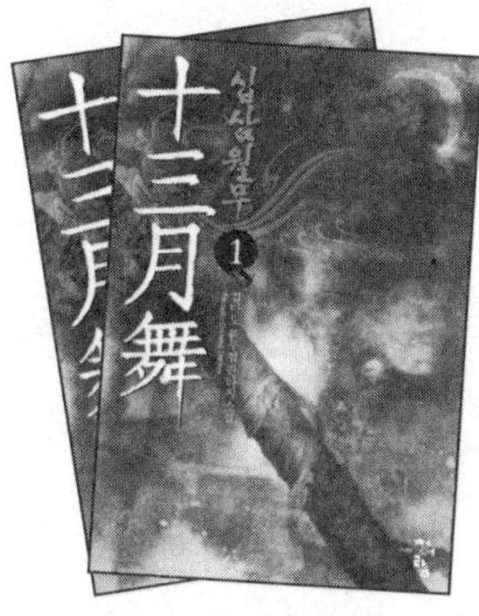

십삼월무(十三月舞) / 참마도 지음

거칠고, 사납게 휘몰아친다!

『십삼월무』 (十三月舞)

"난 살기 위해 싸울 뿐이오. 내 일을 하기 위해 싸울 뿐이고. 그리고 내… 마음속에 있는 사람들을 위해 싸울 뿐이오."

어둡고 무거운 저녁 안개 속을 뚫고서 살아 번뜩이는 야성의 눈동자! 피로 물든 천지 속에서 터져 나온 광포한 포효가 검진강호를 뒤흔든다!